남편 성격만 알아도 행복해진다

- 부인 성격 알면 더 행복해진다

남편 성격만 알아도 행복해진다

지은이 | 이백용 · 송지혜
초판 발행 | 2006. 10. 11.
개정 1쇄 | 2023. 3. 30
등록번호 | 제1999-000032호
등록된 곳 | 서울특별시 용산구 서빙고로65길 38
펴낸곳 | 비전과리더십
영업부 | 2078-3352   FAX | 080-749-3705
출판부 | 2078-3331

책값은 뒤표지에 있습니다.
ISBN 979-11-86245-51-4 03810

독자의 의견을 기다립니다.
tpress@duranno.com   www.duranno.com

비전과리더십은 두란노서원의 일반서 브랜드입니다.

남편 성격만 알아도 행복해진다

부인 성격 알면 더 행복해진다

이백용 · 송지혜 지음

비전과리더십

| 목차 |

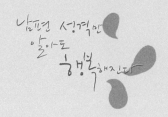

틀려먹은 사람은 없다, 다만 다를 뿐이다

이무석 전남대학교 의과대학 정신과 교수

세상에 같은 인간은 없다. 그런데 나와 다른 것을 틀려먹은 것으로 생각하는 데서 갈등은 시작된다. 가족치료 전문가인 버지니아 사티어 박사는 부부 갈등의 가장 중요한 원인이 바로 이것, 즉 부부가 서로 다른 것을 인정하지 못하는 것이라고 했다. 그래서 갈등의 해결은 다르게 살 권리를 서로 인정해주는 것이다. 그러기 위해서는 먼저 아내나 남편이 나와 어떤 점이 다른가를 파악할 필요가 있다.

이백용·송지혜 내외분이 쓴 『남편 성격만 알아도 행복해진다』는 배우자를 잘 볼 수 있는 안경을 빌려준다. 이 책을 읽으면서 나는 내 아내가 보여서 흥미로웠다. '아하, 집사람 기질이 이래서 그랬구나!' 이 책이 흥미로웠던 것 중의 하나는 이백용·송지혜 부부가 어떤 상황을 놓고 당시 심정을 각자의 입장에서 설명한 것이었다. 읽으면서 내 마음에 이런 생각이 떠올랐다. '틀려먹은 사람은 없었어. 다만 다를 뿐이었어.' 그리고 염려도 일어났다. '아니 이렇게 노골적으로 사생활을 노출하다가 두 분이 다시 부부싸움 나는 거 아냐(?)' 이렇게 자신들의 사생활을 노출하기가 쉬운 일이 아닌 것을 안다. 독자를 사랑하는 마음을 읽을 수 있었다. 그리고 두 분의 인생을 읽으며 나도 여러 번 울 뻔했다. 사람이 자기대로 살 수 없을 때 얼마나 비참해지는가를 느낄 수 있었다.

부부문제로 내 진찰실을 찾는 분들에게 소개할 책을 갖게 되어 기쁘다. 주 를 부탁하는 제자들에게 이 책을 읽고 독후감을 쓰도록 해야겠다.

이무석 교수는 『30년만의 휴식』과 『정신분석에로의 초대』의 저자이다.

성격차이가 아니라 무지가 문제다

김성묵 아버지학교 국제운동본부장

"여보, 이번엔 어디로 가요? 정확하게 목적지를 정해놓고 떠나요. 그렇지 않으면 난 이번엔 절대 안 가요!" 아내는 단호하게 이야기했다. 나는 흠칫 놀라, "음, 이번엔 틀림없이 강릉이야. 다 예약해놓았어. 걱정하지 마." 그러면서 속으로는 '예약을 빨리 해야겠구나!' 하고 생각하고 있었다. 사실 거의 해마다 있는 일이었다. "올해는 부산으로 가자!" 하고 떠난 후 고속도로에서, "생각해보니 계룡산도 괜찮은 것 같은데, 그리로 가자!"라고 한 적이 한두 번이 아니었다. 그럴 때마다 아내는 기가 막혀 어쩔 줄 몰라 했다. "아니, 그렇게 계획성이 없어요?" "아니, 내가 계획성이 없다고? 무슨 말을 그렇게 해!" 난 오히려 내가 융통성이 있고, 아내는 꽉 막힌 옹고집형이라고 생각했다. 아내는 늘 나에게 왜 그렇게 결정을 빨리 빨리 하지 않느냐며 우유부단한 사람이라 했고, 나는 칼같이 매정하게 결정하는 아내를 보고 성격이 모질고 못됐다고 몰아붙였다. 그래서 참 무던히도 싸웠다. 왜 싸우는지도 모르고 싸웠다. 그

것이 성격차이라는 것을 나중에 알았다. 성격차이, 남녀차이, 문화차이, 가치관의 차이, 상처의 차이, 이런 것들로 인해 결국 피투성이가 되도록 싸우고 엄청난 수업료를 물어야 했다. 후일 MBTI 검사를 하면서 우리 부부는 너무 후회했다. 진작 공부할 것을…. 한마디로 무지의 결과였다. 우린 서로에 대해 너무 무지했던 것이다. 열렬히 사랑했으니 멋진 결혼생활을 하리라 착각을 하고 있었던 것이다.

많은 사람들이 성격차이를 이유로 이혼하고, 성격이 안 맞아 못 살겠다고 한다. 성격차이가 문제가 되는 것이 아니라, 사실은 무지가 문제이다. 서로가 서로에 대해서 알아야 한다. 인간은 관계 속에서 살아가게 되어 있다. 인간은 누구나 날마다, 일과 다른 사람과의 관계 속에서 정보를 취하고, 인식하고, 판단해서 어떤 결정을 내려야만 한다. 그런데 결국 이런 모든 과정 속에서 자신의 기질 내지는 성격대로 정보를 취하고 인식하고 판단하고 반응한다는 것이다.

따라서 나의 기질을 알고 상대방의 기질을 안다면 왜 저 사람이 저렇게 반응을 하고 있는지 그 이유를 알 수 있는 것이다. 서로의 행동을 이해할 수 있다면 우린 불 요한 오해를 줄일 수 있다. 최소한 상대방이 나를 무시하고 있다고는 생각하지 않을 것이다. 무지가 오해를 낳고, 오해가 무시당했다는 생각을 하게 하고, 무시당했다는 생각이 싸움을 불러일으킨다. 서로 알아야 한다. 상대방을 알지 못하고 사랑한다면 오히려 최악의 결과를 초래할 수 있다. 그것은 사랑이 아니라 무관심이기 때문이다.

부부인 저자들은 자신들의 사례로 MBTI를 아주 재미있고 알기 쉽게 설명하고 있다. 가정에서 학교에서, 군대에서, 기업에서 모든 분들이 한 번 쯤은 읽어둬야 할 내용이다. 특별히 가장이나 각 기업 부서의 책임자, 군 지휘관 등은 꼭 한 권씩 소장하고 있어야 할 좋은 책이다. 좋은 관계를 맺으며 살기 원하는 모든 이들에게 권하고 싶다.

심리학의 '심'자도 배워본 적이 없는 우리 부부가 심리학에 바탕을 둔 MBTI에 관한 책을 쓰게 되었다. 그러나 이 책은 심리학 교과서 같은 책이 아니다. 우리 부부가 힘들어하며 갈등하다가 회복하게 된 이야기들을 진솔하게 쓴 책이다. 우리의 솔직한 이야기가 다른 부부들의 사랑과 행복 만들기에 조금이나마 도움이 된다면 이 책은 그 목적을 다한 것이다.

왜 싸우는지 모르고 싸웠던 우리 부부

우리 부부는 주위의 축복을 듬뿍 받으며 사랑해서 결혼한 이상적인 커플이었다. 그러나 남들 다 좋다는 신혼시절부터 우리의 갈등은 시작됐다. 사랑하지 않는 것도 아닌데 같이 사는 것이 너무 힘이 들었다. 갈등하며 힘들어하면서도 왜 그런지 이유를 알 수 없었다. 그래서 이혼도 생각해봤다. 간신히 이혼의 위기를 넘기고도 변함없이 똑같은 문제로 부딪치고 갈등하며 살았다. 그러다가 성격유형을 알려주는 MBTI를 알게 되었다. 우리 부부가 그토록 힘들었던 것이 서로 나쁜 사람이어서거나 더 이상 사랑하지 않아서가 아니라, 다른 기질로 태어났기 때문이라는 걸 알게 되었다.

사람이 이토록 다르게 창조되었다니, 세상에 사람에 대해 이렇게 이해할 수 있는 도구가 있다니, 정말 놀라울 뿐이었다. 우리는 갈등의 원인을 알게 되면서 서로를 이해하고 긍휼한 마음으로 볼 수 있게 되었다. 처음 사랑이 회복되는 것 같았다. 우리 가정은 다시 살아나기 시작했다. 내가 살았으니 남도 살려야 하지 않겠는가? 우리가 너무나 아팠기에 아파하는 다른 부부를 위해 배운 것을 얘기해주기 시작했다. 그러다 아예 강의를 하라고 해서 강의를 시작하게 되었고 이제 책까지 쓰게 된 것이다. 우린 둘 다 무척 바쁘지만 MBTI라면 발 벗고 나선다. 이번에도 많은 것을 접고 책 쓰는 일에만 몰두했다.

이 책에 사용된 예는 모두 실제 상황들이지만 사생활 보호를 위해 내용을 재구성했다. 예만 보면 이상하거나 혹 나쁜 사람으로도 보일 수도 있겠지만, 사 에 나오는 사람들은 모두 사회에서 인정받고 가정을 잘 가꾸어나가는 사람들이다. 수많은 예 중에서 기질의 차이를 극명하게 보여주는 예를 찾다보니 기질의 극단적인 면만 강조되었고, 서로 갈등을 일으키는 면을 부각시켜야 했기에 본의 아니게 각 기질들의 특성이 조금 부정적으로 표현되었다.

예를 들어, 신뢰할 수 있고 책임감 강한 전통주의자guardian들이 융통성 없는 쫀쫀한 사람으로만 비쳐진 것이나 순발력이 뛰어난 경험주의자artisan들이 하고 싶은 대로 하고 덜렁대는 사람으로만 묘사되기도 했다. 합리적인 관념주의자rational는 꿈은 높으나 실생활에는 어리바리한 사람으로, 세상을 개혁해가는 이상주의자idealist들은 감정만 앞세우고 꿈만 쫓는 사람으로 묘사된 것 등이 그것이다. 독자들의 이해를 돕고자 극단의 예를 든 것이니, 이 점 오해 없기 바란다. 아울러 이 책에 소개된 기질이 그 유형의 모든 사람을 대변하지는 않는다. 같은 유형이라도 강하고 약한 정도의 차이가 있고 유형의 조합으로 이 차이는 더 커진다. 뿐만 아니라 집안 환경이나 다양한 성장 배경이 성격유형에 큰 영향을 미치기도 하기 때문이다.

그 후 10년이 지난 지금 ☒ ✔

지난 봄 MBTI 검사를 다시 해볼 기회가 있었다. 그동안 강의를 많이 하러 다녔지만 남편과 나란히 앉아 검사를 한 것은 95년 이후 처음이었다. 혹시 우리가 변했을지도 모른다는 기대를 하며 답안지를 표시해 나갔다. 남편은 답안지의 네모 칸 밖으로 벗어나지 않게 조그맣게 표시하고 있었다. 그런데 나는 네모 칸을 훨씬 벗어나 시원스럽게 휘갈기듯 표시하고 있었다. 남편이 옆에서 또

한 마디 한다 "그거 좀 네모 안에 얌전히 표시하면 안 되냐?" 이게 MBTI와 10년 이상을 함께 보낸 우리의 모습이다. 남편은 여전히 내가 틀에서 벗어나는 것이 못마땅하다. 반면 나는 그 틀 안에 있는 것이 답답하다. 그러나 안다. 어쩔 수 없음을. 이제는 꼼꼼하게 네모 안에 답을 집어넣는 남편이 귀엽기까지 하다. 아직도 한 마디씩 꼭 해야만 하는 남편이지만, 내가 그냥 넘어가주면 된다. 그러다가 그냥 서로 웃는다. 다른 게 재미있어서.

MBTI를 처음 알게 해주었고 모든 강의 내용을 사용할 수 있도록 허락해주신 Mike와 Linda Lanphere 목사님 부부, 우리 부부를 훈련시켰던 CBMC의 많은 프로그램 안에서 정말 소중한 대화법 강의를 해주신 이기복 교수님, 가정생활이 공개되는 것이 편치 않으셨겠지만 허락해주시고 격려해주신 양가 부모님. 매일매일 따끈따끈한 예를 제공해주는 우리의 사랑스런 두 딸과 두 아들, 승현, 지연, 해성, 해찬이(이들이 각각 MBTI의 대표적 네 가지 기질로 태어난 것은 창조주의 계획이었다고 밖엔 설명할 길이 없다. 엄마 아빠가 그리워 다니러온 딸들은 찜질방 한 번 못가고 떠나는 날까지 교정만 봐주다 갔다. MBTI를 통한 변화를 보고 체험한 아이들이기에 자기들도 이 일이 얼마나 소중한지 안다.)

그리고 바이텍 직원들(사장이 MBTI 강의하러 다닐 여유를 만들어준 직원들이 고맙다), 한국 피아노 교수법 연구소, 교회의 순모임, 수많은 예들의 주인공이었던 CBMC 회원 가족들(MBTI는 CBMC의 공식 프로그램이 되었다), 더운 여름 MBTI 워크숍까지 참가하면서 13시간짜리 강의를 몸으로 체험하더니, 급기야는 결혼 25주년 기념사업으로 준비하던 책 출간을 한 해 일찍 밀어붙이신 고준영 편집장님과 남희경 팀장님. 책을 읽어주시며 추천의 글을 써주신 분들. 이 자리를 빌려 관계된 모든 분들에게 감사드린다.

솔직히 우리 주변의 모든 모임은 살아있는 MBTI의 체험현장이었다. 그 체험현장의 한복판에 깊숙이 박혀 있던 것들이 이 땅의 부부들을 위해 다 꺼내어졌다. 이 책이 "우리 부부는 맞지 않아. 잘못 만난 거야"라며 힘들어하는 부부들의 손에 들려, "아하~, 그래서 우리가 이렇게 힘들었던 거구나, 잘못 만난 게 아니라 서로 이해하지 못해서 힘들었구나" 하고 얘기할 수 있게 된다면 밤 세 시까지 글 쓰고 다음날 하루 종일 일했던 지난 몇 달 간의 수고가 헛되지 않을 것 같다.

우리 부부를 만나게 하시고, 그 힘든 갈등으로 훈련시켜 깨닫게 하시고, 마침내 아름답게 사용해주시는 주님께 이 책을 드린다.

2006년 가을에
이백용·송지혜

나!
전통주의자 남편. 내
가 좀
꼼꼼하지.

전통주의자(ISTJ) 남편
꼼꼼하고, 질서정연한 것을 좋아하는 그는 충동적이고 덜렁대는
부인 때문에 무나 힘들었다.

나!
경험주의자 부인.
내가 좀
발랄하지!

경험주의자(ESTP) 부인
생기발랄하고, 자신의 일을 똑부러지게 했던 그녀는
시집오면서부터 미운 오리새끼가 됐다.

제1부
내 아내는 불량품

••• MBTI®의 저작권과 상표권은 미국 CPP사에 있으며, 국내 MBTI®출판권 및 상표권은 CPP사
와의 계약에 의해 KPTI(한국심리검사연구소)가 가집니다. 본 도서의 저자들은 KPTI의 승인
을 받고 MBTI®와 Myers-Briggs Type Indicator®등 MBTI®상표를 사용함을 알려드립니다.

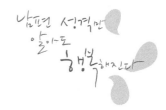

'환상의 커플', 우리도 그런 줄 알았다

우리 부부는 1982년 6월, 가족과 많은 분들의 축복 속에서 모두가 부러워할만한 아름다운 결혼식을 올렸다. 양가 모두 그리 큰 부자는 아니었지만 경제적으로 부족함이 없었기에 우리 부부는 좋은 환경에서 부모님의 사랑을 듬뿍 받으며 자랐다. 또 양가가 3대째 크리스천 집안이었기에 늘 기도하고 예배하는 분위기 속에서 열심히 신앙생활을 했고, 공부도 웬만큼 잘해 둘 다 알아주는 학교를 마쳤다. 그러니 어찌 보면 사람들이 부러워하는 조건을 많이 갖춘 한 쌍인 셈이었다.

나는 원래 낭만적이기보다는 현실적인 성향이 강해서 미혼 시절에도 결혼에 대한 환상 같은 건 없었다. 그저 진실한 사람이면 남편감으로 적당하겠다고 생각했다. 그러다 마침내 남편감으로 만나게 된 사람은 정말 내가 바라던 대로 진실해 보이는 사람이었다. 주변에서는 적극적으로 밀어주고 있었지만 정작 당사자인 나는 당장 결혼하고 싶은 생각이 전혀 없었다. 대학 내내 유학 가려고 토플 준비만 했지 결혼에 대한 마음의 준비도, 현실적인 준비도 되어 있지 않은 상태였다. 지금은 결혼하고 싶지 않다고 우겼지만, 당시 미국 유학 중이던 남편은 4~5일만 시간이 나도 태평양을 건너와 날마다 우리 집에 출근도장을 찍었다. 그러면서 나더러 밥은 못해도 되니 그저 옆에만 있어 달라고 했다(난 어이없게도 그 말을 믿고 말았다). 게다가 혼자 유학 가려는 딸을 짝지어 보내고 싶어 하셨던 아버지의 적극적인 설득까지 가세해, 결국 나는 4학년 말에 약혼을 하고, 졸업한 뒤 결혼해 미국으로 가게 되었다. 솔직히 결혼 그 자체에 관심이 있어서였다기보다는 유학생이던 남편과 더불어 나의 숙원이던 유학의 꿈을 이룰 수 있다는 점에 매력을 느껴서였다.

아내를 만난 후 나는 결혼해서 함께 미국에 가고 싶었다. 그러나 아직 대학생이던 아내를 설득하기는 쉽지 않았다. 어쩔 수 없이 혼자 시작한 유학생활은 쉽지 않았다. 외롭고 힘든 나머지 내 삶은 점점 메마르고 거칠어져갔고, 유학생활에 지친 나는 빨리 결혼해서 안정된 가정을 갖고 싶었다. 당시 나는 많은 여자들을 만나봤지만 생기발랄한 아내가 가장 내 마음을 사로잡았다. 지쳐 있던 내게 누구보다도 활력을 불어넣어 줄 사람으로 보였다. 게다가 두 집안이 서로 아는 사이였고, 처갓집도 우리의 혼인에 적극적이었다. 나는 아내가 내 옆에만 있어줘도 행복할 것 같았다(불행히도 아내는 내 옆에만 있어주는 얌전한 여자가 아니었지만 말이다…). 아무튼 나의 끈질긴 노력과 처갓집의 적극적인 후원(?)에 힘입어 드디어 우리는 결혼에 골인했다.

우리보다 더 많이 싸운 부부 있으면 나와 봐!

나는 남들은 다 싸워도 우리 부부만은 예외일 줄 알았다. 양가가 같은 교회에 다니는데다 시누들이 나와 같은 음악학교 동창이고, 양가 아버님이 모두 사업을 하시는 등 여러 모로 공통점이 많았다. 그래서 모두들 잘 맞는 커플이라며 축하해주었고, 우리도 역시 그렇게 생각했다. 그러나 그것이 환상이었음을 깨닫는 데는 그리 오랜 시간이 걸리지 않았다. 우린 정말로 많은 갈등을 겪었고, 엄청난 시간을 부부싸움으로 허비했다. 지금도 우리보다 더 많이 싸운 부부가 있으면 나와 보라는 농담을 할 정도로 말이다.

나는 여자란 다 조신하고 얌전한 존재인 줄 알았다. 그러나 아내는 전혀 그렇지 않았다. 늘 급했고 덜렁거려 사고가 잦았다. 우리 집은 조용한 분위기였는데 아내는 걸을 때도 쿵쿵 소리를 내며 걸었고, 음식을 준비할 때도 자주 흘리고 그릇도 잘 깨뜨렸다. 또 식사를 하다가도 물을 쏟기 일쑤였다. 옆에서 보니 자기 일은 잘 챙기는데, 나와 관련된 일은 너무나 성의 없이 하고 실수도 많이 하는 것처럼 보여 무시당하는 느낌이 들었다. 나나 나의 주변사람에게 실수하는 것은 그만큼 정성과 사랑이 없기 때문이라고 생각했다.

또한 아내의 잘 잃어버리는 습관은 나를 무척이나 힘들게 했다. 집 열쇠를 잃어버려 집에 못 들어간 적이 한두 번이 아니었다. 오죽하면 설악산으로 떠나는 신혼여행 버스표를 두고 나와 다시 들어가기도 했을까. 사람은 누구나 실수를 한다지만 아내는 심해도 너무 심한 것 같았고, 나로서는 그런 모습들을 도저히 이해할 수 없었다. 안경도 벗어놓고 늘 어디에 두었는지 찾지 못하면 또 새것을 사고 그러다가 잃어버리면 다시 사고…. 집안 여기저기에 아내의 안경이 널려 있는 것을 보면서 절약하지 않는 아내의 모습에, 그리고 물건이 늘 제 위치에 있지 않음에 화가 나곤 했다. 결국 이런 일들이 쌓이면서 아내의 사소한 실수에도 이전 것까지 합쳐져 화가 났고 갈등의 골은 깊어만 갔다.

누구나 시작은 환상적이지….

마음의 준비조차 없이 결혼생활로 들어간 나는 새로운 문화와 환경에 적응할 수가 없었다. 결혼 전에는 자기 일은 자기가 알아서 잘하는 기특한 딸이라고 칭찬만 듣고 자랐는데 결혼해서 공부가 아닌 살림을 하려다보니 모든 것이 서툴렀다. 일부러 그러는 것은 아닌데 남편의 기준에 맞추는 것은 정말 힘이 들었다.

슈퍼마켓 갈 때마다 싸우는 신혼부부

아내는 워낙 조심성이 없어 비행기 안에서 옆 사람 바지에 음료수를 쏟기도 하고, 가방으로 사람을 치고도 모르고 가버리기도 했다. 미국에서 유학생활을 할 때의 일이다. 슈퍼마켓에 장을 보러 가면 아내는 늘 급하게 카트를 밀고 다니며 사람들을 치고도 그냥 지나가버렸다. 그러면 뒤따라가던 나는 놀라서 어이없이 쳐다보는 외국인들에게 "I am sorry"를 연발해야 했다. 그렇게 장을 보고 주차장에 이르러 아내에게 왜 그렇게 사람들을 치고 다니느냐고 화를 냈다. 그러나 아내는 자기는 그런 적이 없다고 한다. 얼마나 기가 막히고 열이 나던지…. 안 당해 본 사람은 모른다. 사람이 어쩌면 그렇게 거짓말까지 하느냐며 싸운 적이 한두 번이 아니었다.

아내는 당장 필요하지 않은 물건이라도 세일을 하면 많은 양을 사들이곤 했다. 그래서 우리 집은 늘 물건들로 넘쳐났고, 장을 열면 쌓아놓은 물건들이 와장창 쏟아져 나올 지경이었다. 나는 나중에, 내 자신이 주변 정리가 안 되면 스트레스를 받는 기질이라는 것을 알게 되었지만, 그 당시엔 아내가 이것저것 마구 사오는 것이 날 힘들게 하는 원인이라고 생각했다. 내가 힘들어하고 화를 내자 그 다음부터 아내는 나를 속이고 물건을 사오기 시작했다. 그러다 걸리기라도 하면 나를 속인 것 때문에 또 대판 싸웠다. 다른 것은 몰라도 남편인 나를 속이는 행위는 도저히 용납할 수 없는 일이었다. 지금은 웃으면서 이 글을 쓰지만 그 당시 아내의 모든 행동은 나를 극도의 스트레스 상황으로 몰고 갔다.

슈퍼마켓은 우리가 자주 싸우는 장소 가운데 하나였다. 서럽게도 남편은 슈퍼마켓도 마음대로 가지 못하게 했다. 20년 전 미국은 우리나라에 비해 슈퍼마켓이 엄청 크고 물건의 종류가 다양해서 나는 슈퍼마켓에 가기만 해도 신이 났다. 그러나 남편은 결혼 전부터 일주일에 한 번 정해진 시간에 슈퍼마켓에 가곤 했고, 계획되지 않은 시간에 가는 일은 거의 없었다. 그런 습관을 알고 있던 나는 학교에서 공부하고 돌아오는 길에 슈퍼마켓에 들르자고 했다. 남편은 슈퍼마켓에 들어가면 머리가 아프다고 혼자 다녀오라면서, 몇 시까지 나올 거며 무얼 살 거냐고 꼬치꼬치 캐묻곤 했다. 내가 시시콜콜 말하지 않고 "우유!" 하면 "10분 안에 와!"라고 명령했다.

혼자 가는 게 신난 나는 머리를 굴려 최대한 신속하게 우유를 집어 들고, 이어서 그 주에 끝나는 세일 품목들을 사려고 10분 안에 부지런히 뛰어다녔다. 빨리 가려고 이리 뛰고 저리 뛰다가 급하게 나오면 "왜 이렇게 늦었어?" 하는 남편의 기분 나쁜 표정이 늘 나를 기다리고 있었다. 그렇게 한바탕 뛰어다니다가 집에 돌아와 보면 어디서 부딪혔는지 무릎에 멍이 들어 있곤 했다.

남편은 같이 장을 볼 때면 딱 살 것만 사라며 감시자처럼 붙어 서서 여기저기 둘러보지도 못하게 했다. 내가 "잠깐만 옆 칸에 갔다 올게" 하고 다녀오면 금방 오지 않는다고 성화였다.

바쁘다…바빠!

왜 내가 그렇게 급하게 카트를 몰았을까? 늘 남편은 필요한 것 한 가지만 사가지고 10분 안에 나오라고 했지만, 나는 그 짧은 시간에 여러 가지를 다 사고 싶었고, 그렇게 후다닥 해치우는 것이 살림을 잘하는 거라고 생각했기 때문이다. 그리고 미리 남편에게 이것저것 살 거라는 말을 안 한 것은, 남편은 당장 필요한 것 외에는 쌓아두는 것을 싫어하기 때문에 일일이 다 말하다가는 내가 원하는 것을 못 사게 할 것이 뻔했기 때문이다. 그러나 나는 어차피 필요한 것들이니 세일할 때 한 푼이라도 싸게 사놓는 것이 낫다고 판단했다.

어떤 사람은 차라리 안 사고 안 먹든지, 아니면 그 다음 주에 정가를 다 주고 사는데 나는 그게 맘에 안 들었다. 그래서 누가 시키지 않아도 쿠폰을 모으고 그 주간의 특별세일을 최대한 이용했다. 그렇게 하여 20달러만 가져가도 물건을 한 아름 들고 나올 수 있었다. 나는 그런 나 자신이 자랑스럽고 많은 걸 챙겨 나오는 것 같아 흐뭇했는데(또 남편도 이런 알뜰살뜰한 부인에게 결국 고마워할 거라고 생각하면서), 남편은 그에 대해서는 한 마디 칭찬도 없이 그저 자기가 정한 시간에 오지 않았다며 버럭 화만 냈다. 그렇게 사소한 일을 가지고 화만 내고, 격려나 칭찬은 조금도 할 줄 모르는 쫀쫀이가 부인에 대해서만 완벽함을 요구하는 것 같아 너무도 답답하고 숨이 막혔다.

"난 미운 오리새끼야, 이혼하자"

나는 아내를 바꿔보려고 무던히도 애썼지만 달라지는 것은 하나도 없었다. 내가 아내를 고치려 하면 할수록 아내와의 관계는 더욱 악화되어 가고 있었다. "하나님, 어쩌자고 저런 아내를 주셨어요?" 하는 원망의 기도가 나올 정도였다. 하나님을 믿는 사람으로서 차마 이혼은 할 수 없었지만, 저런 여자와 평생을 같이 살자니 정말 막막하기만 했다. 물론 아내는 아내대로 힘들어했다. 결혼 전에는 자랑스럽고 훌륭한 딸이었는데, 결혼하고 나서부터는 어느 새 사사건건 욕먹는 천덕꾸러기가 돼버렸기 때문이다.

서울로 돌아온 후 우리의 갈등은 더 깊어졌다. 나는 미국처럼 서로 간섭하지 않고 남의 눈 신경 쓰지 않으며, 자기 일만 열심히 하면 되는 분위기가 좋았고 체질에도 맞았다. 하지만 남편은 5년 간의 미국생활을 접고 한국에 들어가자고 고집했다. 곧 한국에서 올림픽이 열리는데 미국보다는 한국이 앞으로 가능성이 더 많다는 등 잘 이해되지 않는 주장을 하는 남편을 따라 나는 눈물을 머금고 체질에 딱 맞는 미국을 떠나올 수밖에 없었다.

남편은 미국에서 돌아와 사업을 시작했고, 사업 초기라 경제적으로 어려운 형편이어서 나에게 더욱 빡빡하게 대했다. 나를 무엇 하나 제대로 할줄 아는 게 없는 사람이라고 생각했고, 골칫덩이 취급을 하는 것이었다. 내가 이상한 사람인지 혼란스럽기 시작했다. 마침내는 내 행동이 비정상인 것처럼 여겨졌다.

지적을 많이 받다보니 자신감도 없어지고 얼굴이 점점 어두워지고 우울해졌다. 매일매일 눈물로 잠자리에 들었다. 아마도 그때가 내 인생에서 가장 어두운 시기가 아니었나 싶다. 하루하루가 힘겨웠다. 당시 괴로워하다 잠이 들면, 나는 꿈속에서 하염없이 강둑을 걷고 있었다. 그러면서 '여기에 빠져 버릴까? 아니야 안 돼! 자살은 죄야, 죽을 수는 없지' 하는 생각을 했다. 그러다 깨고 나면

'과연 이렇게 계속 살 가치가 있을까?' 하는 의문이 들었다.

결혼 후 8년째가 되자 도저히 견딜 수가 없었다. 더는 이런 생활을 계속하기 힘들겠다는 생각이 들어, 어느 날 굳은 결심을 했다. 남편을 회사 근처로 불러냈다. 남편은 심상치 않은 나의 태도에 긴장하는 빛이 역력했다. 그런 남편을 보며 나는 마음에 품었던 말을 털어놓았다.

"아무리 생각해봐도 분명한 건, 지금 난 행복하지 않다는 거예요. 결혼 전엔 밝고 활기차게 살던 내가 결혼한 다음부턴 슬픔과 좌절로 하루하루를 보내고 있어요. 저도 노력해보았지만 아무리 해도 나아지지 않을 것 같아요. 당신도 나 때문에 힘들어하고, 이젠 날 이해하지도 못하는 것 같으니, 우린 애당초 잘못 만났나봐요. 피차 더 불행해지기 전에 여기서 관계를 끝내는 것이 좋겠네요."

물론 나는 남편을 사랑하지 않는 건 아니었기에 눈물이 나왔다. 아무도 없는 곳에서 홀로 울던 수많은 밤들. 중얼중얼 기도로 밤을 지새우면서 죽어볼까도 하고 도망칠까도 했다. 그러나 예수를 믿으니 자살할 수도 없고, 무책임하게 집을 나가버릴 수도 없었다. 마지막 남은 방법은 헤어지는 것뿐이라는 결론을 내린 나는, 그 날 최후통첩을 했던 것이다. 남편은 흠칫 놀라는 기색이었다.

 아내의 폭탄선언을 들은 나는 어찌할 바를 몰랐다. 우리는 행복한 가정이 될 거라고 생각했는데 어쩌다 이 지경이 돼버렸는지 한심하기까지 했다. 서울에 돌아오자마자 사업을 시작해 눈코 뜰 새 없이 바쁜 남편을 격려하고 거들어주지는 못할망정 이렇게 남편을 힘들게 하는 아내가 정말 미웠다. 어떻게든 손을 써보려 했지만 해결의 기미는 보이지 않고 갈등의 골은 더욱 깊어갔다. 바쁘다는 핑계로 손을 놓고 있는 사이에 최악의 상황이 돼버린 것이다.

아무리 힘들어도 그렇지 아내가 이혼하자고 말한 건 내게 큰 상처가 되었다. 자기만 힘드나 나도 힘든데. 나도 수백 번 이혼하고 싶었지만 참고 사는데. 그러나 그 상처를 돌아볼 여유가 있는 상황은 아니었다. 가정을 책임지고 있는 사람으로서 이혼의 위기를 넘기기 위해 아내를 달랠 수밖에 없었다.

바가지 긁는 남편

이혼의 위기를 넘기고 나서도 남편과 나의 갈등은 여전했다. 남편은 내 모든 일에 시시콜콜 참견을 했다. 이를테면, "오늘 어디 갔었어?", "지금 어디 있어?", "이건 왜 그래?", "저건 또 뭐야?" 하는 식이었다. 어떤 때는 내가 〈적과의 동침〉(줄리아 로버츠 주연의, 의처증 남편과 사는 부인이 도망치는 영화)의 상황과 비슷한 처지에 놓여 있다는 생각이 들기도 했다.

　나는 바가지라는 것은 여자나 긁는 건 줄로만 알았다. "왜 늦게 들어와요?", "옷 사줘요", "돈 더 줘요"와 같은 말은 부인이 남편에게 하는 것이라고 생각했기에, '난 적어도 그런 부인은 아니야' 하며 스스로를 대견하게 여겼다. 유학 중엔 남편이 연락도 없이 늦게 들어와도, '연구에 몰두하고 있나보다'라고 이해했고, 서울에 돌아와서도 사업상 밤을 새고 아침에 들어와도, '얼마나 고될까' 하고 생각했지 그것 때문에 심각하게 오해하고 고민한 적은 없었다. 또 유학시절엔 틈틈이 아르바이트를 해서 가계에 보탬을 주었고, 귀국 후엔 아이들을 가르치고 학교에 출강하며 맞벌이를 했기에, '나 같은 부인이 어디 있어?' 하며 스스로를 기특히 여겼다.

　그런데 이게 웬걸! 이 기특한 부인에게 칭찬은 못할망정 남편은 잔소리나 해대느라 바빴다. 내가 하는 행동은 사사건건 맘에 들어 하지 않았다. 그것도 무슨 대단한 일도 아닌, 일상생활에서 일어나는 아주 사소한 일들을 가지고 그랬다. 밥을 먹다가 흘린다든지, 물건을 잊어버리고 안 가지고 오거나 금방 찾지 못하면 남편의 표정이 무섭게 변했다. 나는 그때마다 위축되고 마음이 불편했다. "남자가 뭘 그런 걸 가지고 그래요?" 하면 조목조목 무섭게 따지고 들기 때문에, "어휴 저 성격!" 하면서 참았다. 사실, 잊어버리는 것도 흘리는 것도 전통적인 현모양처상은 아닌 게 맞긴 하니까. 하지만 그렇게 계속 당하다보니 '내가 무조건 잘못한 거야'라는 생각이 들면서 '나는 왜 맨날 이 모양일까?' 하는 자책을 하게 되었다. 어느 날 교회에서 "내 모습 이대로 날 받으옵소서…"란 찬송가를 부르는데 눈물이 줄줄 나왔다. "하나님은 날 생긴 모습 이대로 받으시는데 왜 남편은 나를 끊임없이 고치려 드는 걸까?" 그날 이후 이 찬송은 당시 내가 가장 즐겨 부르던 찬송이 되었다.

성경에 보면 하나님께서 자신의 형상대로 인간을 만드셨다고 했지만, 내 아내는 아무리 생각해도 뭐가 잘못돼도 한참 잘못된 것 같았다. 아내를 고쳐보려고 수없이 지적해주었건만 아무런 소용이 없었다. 고칠 생각도 전혀 없어 보였고 노력도 하지 않아 보였다. 그러다보니 나의 지적은 점점 잔소리가 되었고, 내가 문제를 지적할수록 둘 사이의 갈등은 더욱 깊어만 갔다. 하나님을 원망해도 소용없었다. 아내의 태도와 습관엔 아무런 변화가 일어나지 않았다. 기도하다 지친 나는 하는 수 없이 이렇게 결론을 내렸다. 공장에서 물건을 만들다보면 아무리 잘 만들려고 노력해도 몇 퍼센트의 불량품이 나오는데 아마 하나님께서도 실수하셔서 인간 불량품을 하나 만드셨나보다 하고 말이다. 그렇게 생각하니 마음이 조금은 편안해지는 것도 같았다.

아내는 불량품이 아니라 백조였다

👩 어느 날 남편은 기진맥진이 되어 말했다. 좀 쉬어야겠다고. 사람이 아프면 몇 개월 입원도 하는데, 입원한 셈치고 잠시 일을 접고 떠나야겠다고 했다. 당시 남편은 부도가 나서 어려워진 친정아버지의 사업도 맡아서 운영하고 있었는데, 자기 사업하랴 장인어른 사업 다시 일으키랴 힘들어하는 기색이 역력했다. 게다가 장인과 사위 사이의 갈등은 남편을 더욱 힘들게 하고 있었다.

👨 1995년이 되면서, 나는 아무리 노력해도 해결되지 않는 회사의 수많은 문제들, 장인어른과의 갈등, 그리고 집에 와서도 제대로 쉴 수 없는 환경 속에서 더 이상 일할 힘을 잃어버렸다. '사람이 죽는다는 것이 이런 거구나' 하는 생각이 들 정도로 몸과 마음이 지칠 대로 지친 상태였고 하루하루 죽어가고 있는 느낌이었다.

나는 계속 이렇게 살아서는 안 되겠다는 생각이 들었다. 그래서 회사고 아내 학교고 다 접고 하와이 코나에서 열리는 CDTS (Crossroad Discipleship Training School) 프로그램에 참석하기로 했다. 이 코스는 3개월에 걸쳐 진행되었기에 나처럼 사업하는 사람이 갈 수 있으리라고는 상상도 못했던 프로그램이었지만, 이번에 가지 않으면 죽을 것 같았기에 두 회사를 과감히 직원들에게 맡겨놓고 가족들과 함께 떠나기로 했다.

한 강의가 일주일씩, 12주 동안 진행되는 CDTS에서 세 번째 주에 MBTI 과정을 듣게 되었다. 나중에 알게 된 것이었지만 원래 CDTS 프로그램에는 MBTI 과정이 없었는데 그때만 특별히 그 과정이 개설되었다고 했다. MBTI 강의는 마치 처음부터 우리를 위해 만들어진 프로그램 같았다. 서로 사랑해서 결혼했으면서도 성격이 달라 이혼을 생각하기도 하고, 그나마 이혼의 위기는 넘겼지만 여전히 힘들게 사는 우리를 위한 프로그램이었다.

🙂 나는 그 날을 잊을 수가 없다. 생전 처음 들어보는 기질에 대한 강의. 놀랍기도 하고, 내 인생을 옥죄던 쇠사슬에서 풀려나는 듯한 깨달음의 시간들. 강의시간 내내 지나간 일들이 주마등처럼 떠오르면서 눈물이 그치질 않았다. 그런데 흐트러짐 없이 반듯한 차림으로 논조도 변함없이 다소 수줍은 듯 지루하게 강의하시는 강사님의 모습은 소름이 돋을 정도로 남편과 비슷했다. 또 강의가 지루해질 즈음이면 옆에 섰다가 너무나 순발력 있게 재미있는 예를 들어주시는 사모님에게서는 내 모습을 발견할 수 있었다. 사모님이 말씀하시는 내용이 어쩌면 그렇게 내 생각과 같은지, 그분이 마치 내 마음을 읽는 것 같아 가슴이 쿵쿵 뛰었다. '아니, 이 지구상에 나와 같은 생각을 가지고 행동하는 사람이 또 있다니….'

내 생각과 행동을 이해받는 걸 포기했던 나에게, 나처럼 생각하는 사람이 이 세상에 한 명 더 존재한다는 사실은 그야말로 충격 그 자체였다. 그것도 자기 생각을 남들 앞에서 드러낼 뿐만 아니라 가르치는 입장에서 저렇게 당당하게 얘기하는 것을 들으니, '내가 정상이었구나'라는 생각에 안심이 되기도 하고 서럽기도 해서 평 펑 울었다. 불현듯 어릴 때 읽었던 동화가 생각이 났다. '왜 나는 모습도 다르고 걷는 것도 다르지?' '나도 오리처럼 되고 싶어' 하고 지내던 미운 오리새끼가 알고 보니 종류가 다르게 만들어진 백조였음을 깨닫게 된 것이다.

그 강의를 통해 나의 모습도 잘못된 것이 아니라는 것을 세상으로부터 인정을 받은 것 같았다. 가슴에 얹혀 있던 묵직한 바윗덩어리가 어디론가 사라진 느낌이었다. 그러면서 이렇게 살아서 뭐하나 싶었던 내게 살아갈 희망이 보였다. 강의를 들으며 우리는 누가 잘하고 누가 못해서가 아니라, 우리가 서로 너무나 다르기 때문에 그동안 그렇게 괴롭고 힘들었음을 알게 되었다.

일주일 동안 강의를 들으면서 나는 참으로 놀라운 사실을 깨닫게 되었다. 아내는 실수로 만들어진 불량품이 아니라 하나님께서 아름답게 만드신 정품이었다. 내 생각과 방식으로 도저히 이해가 안 되는 아내를 불량품이라고 결론 내린 것은 철저히 나만의 관점에서 내린 평가였을 뿐이었다. 그동안 내가 그렇게 힘들었던 것은 아내와 나의 너무나 다른 기질 때문이지, 아내 그 자체는 아무런 문제가 없었던 것이었다.

사람들은 다 같은 줄 알았는데 강의를 듣고 보니 기질마다 달라도 너무나 다른 사람들이었다. 그렇게 아내를 고쳐보려고 하였던 나의 모든 노력이 왜 아무 소용이 없었는지 깨달았다. 옆에서 계속 우는 아내에게 미안한 마음도 들었다. 아내를 제대로 된 사람 한 번 만들어주려고 사명감을 가지고 한 일이 오히려 아내를 너무나 힘들게 했던 것이다. 도저히 해결할 방법이 없어 좌절하고 갈등하던 아내와의 관계도 달라질 수 있을 거라는 가능성이 보이는 순간이었다.

MBTI를 통해 회복된 우리 가정

우리가 왜 그렇게 갈등하며 다투었는지 그 원인을 알고 나니 그동안 그렇게 심하게 미워하며 처절하게 싸웠던 지난날의 모습들이 너무나 한심하게 여겨졌다. 서로의 차이점을 진작 알았더라면 쓸데없는 소모전으로 지치지 않아도 되었을 것을, 왜 그랬나 생각해보니 결국 모든 것이 무식의 소치였다. 누군가 제대로 알려주는 사람만 있었어도 우리 부부는 갈등의 늪에서 허우적대지 않아도 되었을 것이다. 생각이 거기까지 미치고 보니, 그동안 아무도 우리에게 그런 것을 가르쳐주지 않았다는 사실에 화가 나기까지 했다.

그리하여 그날 이후로 우리 부부는 우리가 깨달은 것을 다른 사람들에게 알려주기 시작했다. 그러자 놀랍게도 우리의 이야기나 강의를 들은 부부들이 회복되기 시작했다. 그런 모습들을 지켜보며 우리는 예전의 우리 같은 어려움에 처한 사람들에게 그 힘겨운 갈등의 원인이 무엇인지 알려주고, 그것을 쉽게 극복할 수 있도록 도와주는 것이 우리 부부의 사명이라고 생각하게 되었다. 우리는 회사 일을 하고 학교 일을 하면서도 틈틈이 짬을 내어 강의를 하러 다니기 시작했다. 그러다보니 지난 10년간 우리 부부는 전 세계를 돌아다니며 강의를 하게 되었고, 많은 부부들이 회복되는 모습을 지켜보는 특권을 누렸다.

물론 10년 이상 MBTI 강의를 하고 다녔다고 해서 우리 부부가 완벽하게 서로를 이해하고 아무런 갈등 없이 지낸다는 것은 결코 아니다. 그렇게 수없이 강의하고 수많은 사람들을 회복시켜줬지만, 여전히 지금도 나는 아내의 언행에 화가 날 때가 많다. 물론 아내도 마찬가지다. 심지어는 MBTI 강의를 하러 가는 도중에 싸우기도 했다. 한 번은 너무 심하게 싸워 차를 돌리기까지 했다. 오던 길로 10여 분 정도 되돌아가다가 그놈의(!) 책임감 때문에 다시 차를 돌리기는 했지만, 그런 날은 강의하는 내내 서로의 심기가 불편해서 사례를 들어도 꼭 상대방을 공격하는 예만 들었다.

다시 말하지만, 서로의 성격이 어떤가를 다 안다고 해서 갈등이 완전히 사라지는 것은 아니다. 갈등은 결코 없어지지 않는다. 나도 처음에는 서로가 다른 점을 이해하고 훈련을 통해 성숙해지면 갈등이 완벽하게 사라지는 줄로만 알았다. 그러나 서로 다른 기질의 사람들이 같이 산다는 것 자체가 그만큼 스트레스가 되기 때문에 갈등이 완전히 사라질 수는 없는 것이다. 다만, 갈등이 있어도 그 원인을 이해하니까 쉽게 해결할 길이 보이는 것이다.

우리 부부가 과거보다 나아진 점이 있다면, 과거에는 갈등이 생기면 화내고 서로 힘들게 지내는 시간이 길었지만, 지금은 훨씬 빨리 갈등의 원인을 파악하여 문제를 풀어나간다는 것이다. 또한 서로의 기질을 잘 알기 때문에 서로에 대한 이해의 폭이 그만큼 넓어지게 되었다. 그런 면에서 MBTI는 한 번 해보고 마는 검사가 아니라 평생을 통해 적용해봐야 할 기질 이해 도구인 셈이다.

우리 가정은 MBTI를 통해 놀랍게 변화되었다. 부부관계는 물론, 자녀들과의 관계도 많이 회복되었고, 가족들과의 관계도 많이 좋아졌다. 그뿐만 아니라 직장에서의 인간관계 역시 MBTI를 이해함으로써 많은 도움을 받았다. 직장도 가정 다음으로 사람들과 많이 부딪히는 장소이기 때문이다. 더 나아가 친구관계나 각종 모임 등 나의 모든 삶의 영역에서 MBTI는 사람을 이해하는 데 많은 유익이 되었다.

MBTI는 나의 직업인 피아노 교육에도 많은 영향을 미쳤다. 가르치는 아이의 기질을 파악하여 조금만 신경 써주면, 쉽게 음악을 사랑하는 사람이 되는 경우가 많았다. 그래서 내가 하는 피아노 교수법에서는 MBTI를 필수 코스로 포함시킨다. 음악교육이 음악과 인간을 가르치는 것인데 인간을 모르고 음악만 가르칠 수는 없지 않은가?

우리 집 네 아이들은 그 기질이 제각각이다. 그래서인지 한 아이를 키우는 데는 통했던 방법이 다른 아이를 키우는 데는 잘 먹히질 않았다. 만약 MBTI를 통해 사람들의 기질이 서로 다르다는 걸 몰랐다면, 각 기질의 장·단점이나 행동의 동기를 이해할 수 없었을 것이고 성격이 전혀 다른 아이들을 제대로 키우기도 힘들었을 것이다.

우리 아이들도 자기들끼리 싸우거나 혹은 친구들과 갈등관계에 있을 때면 MBTI를 통해 그 갈등을 풀어나간다. 워낙 어려서부터 MBTI 강의를 들은지라 우리 아이들은 웬만한 어른들보다도 인간에 대한 이해가 깊다. 이제 이 MBTI라는 도구는 우리 가정과 뗄래야 뗄 수 없는 관계가 돼버린 것 같다.

제2부

사람의 성격을 알려주는 매직 스토리, MBTI

Chapter 1

남편과 힘들었던 한 심리학자의
'사랑의 도구'

다른 기질은 다른 나라 말을 한다

남편과 기질이 달라 힘들었던 여성 심리학자 캐서린 브릭스 Katherine Briggs. 그녀는 심리학자였던 만큼 남편과의 갈등을 칼 융 Karl Jung이 창안한 심리유형 이론을 통해 해결해나갔다. 융에 따르면 사람마다 선호하는 경향이 있는데, 이것이 바로 기질이고, 기질이 다르면 마치 "화성에서 온 남자 금성에서 온 여자"처럼 다른 나라 말을 하게 되어 서로를 이해하는 데 어려움이 있다는 것이다.

캐서린 브릭스는 남편과의 갈등을 해소하는 데 너무나 유익했던 융의 이론을 더 많은 사람이 활용할 수 있도록 돕고 싶었다. 그리하여 같은 심리학자인 딸 이사벨 마이어스Isabel Myers와 함께 심리학자에게 상담을 받지 않고도 스스로 자신의 성격유형을 판별할 수 있도록 인간을 16가지 유형으로 구분하는 심리유형 검사를 만들어냈다. 이 검사를 그들의 성을 따서 '마이어스 브릭스 타입 인디케이터'Myers Briggs Type Indicator®라고 이름 붙였고 간략하게 MBTI라 부르고 있다. 목마른 사람이 우물을 파듯, 남편과 성격이 달라 괴로웠던 심리학자가 MBTI를 만들었고, 성격이 달라 고달팠던 우리 부부가 이를 통해 회복되었다. MBTI는 부부 간의 이해를 높여 주는 것은 물론, 각 개인들이 서로를 이해하는 좋은 도구이다. 1950년대에 만들어진 MBTI는 현재 세계에서 가장 많이 사용되고 있는 심리유형검사 방법 가운데 하나로, 국내에는 한국MBTI연구소에서 전문 교육을 담당하고 있고, KPTI가 상표권 및 출판권을 가지고 보급하고 있다.

대부분의 세계적인 글로벌 기업에서는 MBTI 교육을 실시하고 있다. 서로 다른 사람들을 이해하고 그들과 협력하는 것이 현대 사회와 기업 활동에 필수적 조건이 되었기 때문이다. 얼마 전 한 글로벌 기업의 임원에게 들어보니, 그 기업은 외부기관과 독점계약을 맺고 전 세계 모든 임원들에게 2박 3일 동안 MBTI 강의를 한다고 했다. 어떤 글로벌 기업에서는 서로를 더 많이 이해하고 더욱 효율적으로 회의하기 위해, 각자의 MBTI 기질을 써서 가슴에 달고 회의에 참석하게 한다고 한다. 이처럼 MBTI가 많은 곳에서 활용되는 데는 다음과 같은 유익이 있기 때문이다.

첫째로, MBTI는 자기 자신을 이해하는 데 많은 도움이 된다. 많은 사람들이 자신의 기질과 성격에 대해 만족하지 못하며 산다. 심한 경우 자신의 성격을 받아들이지 못하고 평생을 힘들게 살아가는 사람들도 종종 보게 된다. 이들은 자녀에게서 자기가 싫어하는 자기 기질을 발견하면 스스로에 대한 못마땅함까지 덧붙여서 아이를 심하게 나무라곤 한다. 그러나 우리가 태어나면서 창조주에게 부여받은 기질에는 아무런 문제가 없다. 각 기질은 모두 좋고 아름다운 것이다. 그저 서로 다른 것뿐이다. 어떤 기질은 우월하고 어떤 기질은 열등한 것이 아니다. 이 부분이 해결되어 자신을 용납할 수 있을 때 우리의 자아상이 건강해진다. 자아상이 건강해야 모든 일에 긍정적으로 임할 수 있으며, 그럴 때 일도 잘 풀리고 다른 사람들과도 원만한 관계를 맺을 수 있다.

사실 우리를 힘들게 하고 인간관계를 깨뜨리는 것은 기질이 아니라 우리의 미성숙이다. 우리가 보통 이야기하는 나쁜 성격이란 바로 이 미숙한 부분을 말하는 것이다. 모든 사람은 각자 가진 기질과 성격 가운데 성숙을 도모해야 한다. 그렇게 할 때 각자의 기질이 서로 다 다르듯 성숙한 모습도 각기 다른 양상으로 나타나게 된다.

둘째로, MBTI는 이웃을 이해하는 데 도움을 준다. 어린 시절을 함께했던 부모, 형제, 친척들. 학교에 가면 만나는 선생님과 친구들. 직장상사와 동료, 부하직원들. 그리고 수없이 만나야 하는 고객과 거래처 사람들. 결혼하면서 만나게 되는 배우자와 그의 가족들, 그리고 자녀. 이 모든 사람들은 물론 나와 다르게 생각하고 행동한다. 그러므로 그들이 왜 그런 생각과 행동을 하는지 이해가 안 되면 갈등할 수밖에 없고 관계가 나빠지기 마련이다. 또 그런 상황이 지속되면 서로 상처받고 심한 경우에는 관계가 깨진다.

결혼 내내 마치 자신의 사명처럼 나를 조신하고 얌전한 사람으로 고치려들었던 남편이 하도 "조신한 여자, 조신한 여자" 하기에 어느 날 정색을 하고 물어보았다. "아니, 나란 여자가 그런 줄 몰랐수? 자기가 좋다며 결혼하자고 쫓아다니고는 그런 줄 몰랐다는 게 말이 되요?" 남편은 곰곰이 생각해보더니, "당신 말이 맞아. 사실 당신의 생기발랄한 면이 좋았고 가끔 처가에 가면 화기애애한 분위기가 특히 좋았지"라고 고백했다. 돌이켜 생각해보니 남편이 좋아하는 여배우는 산드라 블록(할리우드 영화에서 주로 첩보요원이나 강인한 역할로 나오는 명랑쾌활형의 외향적인 여배우) 같은 유형이었다. 적극적이고 명랑하지만 칠칠치 못한 타입의 여자다. 그리고 남편의 고지식하고 융통성 없는 면 때문에 힘들어했던 내가 좋아하는 남자 유형은 총무 스타일의 꼼꼼하고 성실한 모범생 타입이었다. 꼭 남편처럼.

발랄한 여자에게 매력을 느껴 결혼하고는 평생 수습이 안 되어 고생하는 남편이 있는가 하면, 어떤 여자는 박력 있는 남자에게 매력을 느껴 결혼을 하고는 그 남편에게 맞고 지내기도 한다. 부부야 자기가 골랐으니 자기들 책임이라고도 할 수 있지만, 재미있게도 우리에게 선택권이 없는 부모와 자식도 같은 기질로 만나는 경우는 드물다. 그래서 내향적이고 조용한 학자 분위기의 집안에서 동네방네 설치는 아이가 나와 그 부모가 힘들어하고, 또는 정신 없이 바쁘고 어지러운 분위기의 집안에서 조용한 아이가 태어나 마음 고생하기도 한다. 이렇게 우리의 가정이 인간관계에서 갈등이 가장 심한 곳이기 때문에 MBTI가 가장 도움을 줄 수 있는 곳도 역시 가정이다.

오른손잡이는 오른손으로 일할 때 편하다

'기질', '성격' 하면 어떤 단어가 떠오르는가? 대부분의 사람들은 '성격' 하면, "그 사람 성격 참 좋다" 또는 "그 사람 성격 참 괴팍하다", "그 사람 성격 참 더럽네"와 같은 좋고 나쁨의 개념을 떠올린다. 그러나 기질 또는 성격은 좋고 나쁜 것이 아니다. 물론 기질에 미성숙함이 보태지면 나쁘다고 할 수 있지만 일반적으로 기질을 좋다 나쁘다로 평할 수는 없다. 그렇다면 기질은 무엇인가? 기질은 영어로 "preference"라고 한다. 즉, "내가 더 좋아하는 것"이라는 뜻이다. 이 의미를 더 쉽게 이해하기 위해 간단한 연습을 해보자. 지금 이 책의 오른쪽 여백이나 다른 종이에 자신의 이름을 크게 써보자. 그런 다음, 그 밑에 손을 바꾸어 오른손잡이는 왼손으로, 왼손잡이는 오른손으로 자신의 이름을 써보자. 바꾼 손으로 몇 번 자신의 이름을 써보면서 자기 안에 일어나는 느낌을 말해보자. 어떤 느낌이 드는가? 불편하다, 힘들다, 신경이 쓰인다, 애써도 잘 안된다 등의 느낌이 들 것이다.

여기서 왼손과 오른손은 서로 다른 기질을 상징하는 것이다. 기질이 다른 사람들은 각자 자신의 주변 환경에 대해 보이는 반응이 다르다. 자신의 주변 환경이 자신의 기질과 맞을 때는 오른손잡이가 오른손으로 이름을 쓸 때와 같이 쉽고 편안한 느낌을 갖는다. 너무나 편하기 때문에 다른 생각을 하거나 다른 일을 하면서도 글을 쓸 수가 있다. 그러나 주변 환경이 자기 기질과 맞지 않을 때는 오른손잡이가 왼손으로 이름을 쓸 때와 같이 불편하고 어색하고 쉽게 안 된다. 잘 쓰려 해도 안 되기 때문에 더 집중해야 하고 그래도 잘 안 되서 짜증마저 난다. 그리고 그런 시간이 점점 길어지면 자신도 모르는 사이에 스트레스를 받게 되고, 스트레스 수준이 올라가면 아주 작은 자극에도 쉽게 화를 내게 된다.

다시 말하면 내향적인 사람들은 내향적인 환경을 좋아한다. 그런 환경에 있을 때는 아무 문제가 없고 편안하다. 그러나 외향적

오른손잡이가 오른손을 쓰는 느낌, 그것이 자기 기질이다

인 환경, 즉 새로운 사람을 만나야 하거나 시끄러운 장소에 가서 일해야 할 때는 왼손으로 이름을 쓰는 것과 같이 불편하고 스트레스를 받는다. 내향적인 사람들은 이런 상황에 놓이게 되면 영문도 모른 채 스트레스 지수가 올라간다. 어떤 사람은 자신의 이런 반응에 당황해서 자기가 무언가 잘못되지 않았나 걱정하기도 한다. 그러나 이것은 잘못된 것이 아니라 자신의 기질과 맞지 않는 환경에서 나타나는 아주 자연스러운 반응이다. 그러므로 기질이 무엇인지를 명확하게 아는 것은 대단히 중요하며, 이것이 기질 차이로 일어나는 모든 문제를 해결하기 위한 출발점이 된다.

오른손잡이도 오른손을 다쳐 왼손을 사용할 수밖에 없는 상황이 되면, 처음엔 서툴다가도 시간이 지날수록 점점 적응하게 되어 불편을 덜 느끼게 된다. 우리는 자라면서 어쩔 수 없이 자신의 기질과 맞지 않는 환경에서 지내야 하는 경우가 많다. 그런 시간이 많아지다보면 자신의 기질과 맞지 않는 환경에 적응하는 능력이 생기게 된다.

직장생활을 하는 내향적인 사람의 경우에는 많은 부분에서 외향적인 환경에 스스로 적응해야 한다. 타고난 기질은 비록 내향적이지만 섬차 외향적인 환경에 대한 적응력이 커지면서 어느 순간부터는 외향적인 환경이 전혀 힘들지 않게 여겨지기도 한다. 내 경우도 본래의 기질은 내향적이지만 오랜 사회생활을 통해 외향적인 환경에 길들여지게 되었다. 나를 잘 모르는 사람들은 내가 외향적이라고 오해하기도 한다. 심지어 MBTI 검사를 처음 했을 때는 외향적인 기질로 나타났다.

그러나 MBTI를 공부하고 나서 보니 나의 외향적인 기질은 왼손으로 글쓰기를 연습해서 된 것처럼 사회생활을 오래하면서 형성된 것이지 나의 근본 기질은 아니었다. 왜냐하면 외향적인 환경에 어느 정도 불편 없이 적응할 수는 있어도 근본적으로 내가 좋아하는 환경은 내향적인 환경이기 때문이다. 내가 힘들고 지칠 때 나를 편안하게 해주는 것은 나의 기질에 맞는 환경이다. 우리가 급할 때는 잘 사용하는 손이 먼저 나가듯이, 힘든 상황이 되면 각자의 본래 기질에 맞는 환경을 더 선호하게 되는 것이다.

성격과 기질의 기본—8가지 유형

여기서 먼저 자신의 성격유형(psychological Preference) 또는 기질(temperement)이 무엇인지부터 알고 넘어가도록 하자. 마이어스와 브릭스가 처음 만든 성격유형검사지는 여러 전문가들의 손을 거쳐 지금도 계속 개발되고 있지만, 여기서는 간단하게 자신의 성격유형을 알아볼 수 있도록 자기 유형 측정 체크리스트를 책 뒤에 제시하였다. 이것은 간단한 체크리스트이기 때문에 보다 정확하게 자신의 유형을 파악하고자 한다면, MBTI전문교육을 받은 전문가

8가지 성격유형을 나누는 기준

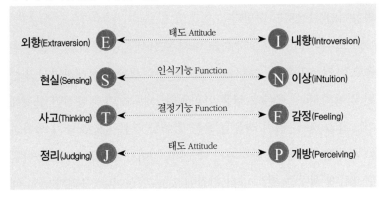

에게 검사 및 해석을 받아보기 바란다.

성격유형은 보통 16가지로 분류되는데, 이는 4가지 선호경향을 기초로 하여 만들어진다. 이제부터 여덟 가지 선호지표에 대해 좀더 자세하게 알아보기로 하자.

위 도표에서 알 수 있듯이 8가지 선호지표는 두 가지씩 짝을 이루어 네 개의 그룹으로 나뉜다. 외향형이냐 내향형이냐, 현실형이냐 이상형이냐, 사고형이냐 감정형이냐, 정리형이냐 개방형이냐로 나누고 있다. 이 네 개의 그룹은 사람들이 쉽게 알아볼 수 있는 태도와 생각하고 결정하는 내면의 기능에 따라 크게 둘로 나뉜다.

밖으로 드러나는 태도로 알 수 있는 기질들

외향형(E)은 에너지의 방향이 밖으로 향해 있기 때문에 다른 사람과 함께 일하는 것이 훨씬 편한 반면, 내향형(I)은 에너지의 방향이 자기 안으로 향하기 때문에 혼자 깊이 생각하거나 혼자 일하는 것이 더 편안하다. 그래서 외향형은 내향형보다 더 활동적으로 보이게 된다.

정리형(J)은 주변의 모든 것을 자신의 기준에 비추어 판단하려는 경향이 있는 반면, 개방형(P)은 주변 환경을 있는 그대로 인식하고 수용하려는 경향이 있다. 정리형은 주변이 잘 정리되어 있어야 편안한 사람이라 집안이 어질러져 있으면 스트레스를 받기 시작한다. 그러나 개방형의 경우, 주변이 정리되어 있지 않아도 그 환경을 그대로 인식하고 수용하는 기질이기 때문에 주변을 크게 문제 삼지 않는다.

이 두 가지 태도는 주로 사람들과의 관계에서 그리고 그 사람이 일하는 모습에서 드러나기 때문에 서로 다른 유형의 사람들이 만나면 갈등을 일으키게 된다. 외향형과 내향형이 함께 있을 때, 내향적인 환경에 있으면 외향적인 사람이, 반대로 외향적인 환경에 있으면 내향적인 사람이 스트레스를 받는다. 마찬가지로, 정리형과 개방형이 함께 있을 때도 주변 환경에 따라 둘 중 한 사람은 스트레스를 받기 시작한다. 갈등의 대부분은 이 두 가지 태도의 차이 때문에 일어나는 경우가 많아 이 기질적 차이만 잘 이해해도 사람들 사이의 갈등, 특히 부부 갈등의 많은 부분이 해결된다.

생각하고 결정할 때 나타나는 기질들

정보를 받아들일 때 현실형(S)은 사실에 기초한 오감(보고, 듣고, 만지고, 냄새 맡고, 맛을 느끼는)을 주로 사용하지만, 이상형(N)은 일차적 느낌뿐 아니라 육감까지도 사용한다. 예를 들어, 두 기질이 설악산에서 단풍구경을 한다고 하자. 현실형은 '설악산이 북쪽에 있어 단풍이 제일 먼저 들지. 이제 조금 있으면 내장산에도 단풍이 들기 시작하겠네. 올해는 일교차가 커서 단풍이 더 예쁘군" 하며 사실에 근거한 생각들을 한다. 반면, 이상형은 눈앞의 단풍은 어느덧 보이지 않고 첫사랑과 단풍구경을 했던 시절을 떠올리며 추억 속으로의 여행을 시작한다. 동일한 순간 동일한 사물을 보더라도 각자의 유형에 따라 서로 다른 정보를 받아들인다.

사고형(T)은 주로 논리적이고 객관적인 기준을 가지고 의사결정을 하는 반면, 감정형(F)은 주관적인 기준과 사람과의 관계를 중심으로 의사결정을 한다. 예를 들어, 영화를 보러 갈 때도 사고형들은 평론가의 평이 좋은 영화라든지, 아카데미상을 수상한 영화를 더 선호하는 반면, 감정형들은 자기가 좋아하는 영화배우가

〈8가지 기질 정리〉

밖으로 드러나는 태도		내면에서 작용하는 기능	
에너지를 얻고 쓰는 방향	**내향형(Introversion)** 자기 자신과 내부	정보 인식 방법	**현실형(Sensing)** 오감(五感)을 활용
	외향형(Extraversion) 외부의 사람이나 사물		**이상형(iNtuition)** 의미, 직관에 의지
삶을 살아가는 방식	**정리형(Judging)** 어느 정도에서 정보를 차단하고 판단	결정할 때	**사고형(Thinking)** 객관적 분석결과가 기준
	개방형(Perceiving) 정보를 계속 받아들이고 판단 유보		**감정형(Feeling)** 주관적 가치관이 기준

나온다든지 좋아하는 감독이 만든 작품이라든지 친한 친구가 권유한 영화를 더 선호하는 경향이 있다.

우리의 내면에서 작용하는 이 기능들은 바깥으로 나타나는 태도의 경우보다는 갈등이 적은 것처럼 비치기도 한다. 그러나 부부처럼 마음을 깊이 나누는 관계일 때는 서로가 다른 생각을 하고 있다는 것 때문에 문제가 심각해지는 경우도 많다. 현실형과 이상형은 서로의 마음을 이해하지 못하고 급기야는 대화를 포기하는 예도 심심치 않게 있다.

Chapter 2

사람을 만날 때 충전되는 외향형,
혼자 있을 때 충전되는 내향형

사람과의 관계에서 드러나는 태도로 나눈 내향형(I)과 외향형(E)을 보자. 기질 유형 중에서도 많은 사람들이 가장 잘못 이해하고 있는 기질이 내향적인 기질과 외향적인 기질이다. 사람들은 대부분 내향적인 사람은 소극적이고 사람 만나는 것을 좋아하지 않기 때문에 사회생활을 하는 데 심각한 문제가 있을 것으로 생각한다. 이러다보니 사회전체가 외향적인 사람을 선호하고 그 방향으로 사람을 키워가게 된다.

나도 처음 MBTI 검사를 했을 때는 외향형으로 결과가 나왔지만 내향형과 외향형의 차이를 이해하고는 아무 갈등 없이 내향형을 나의 기질로 선택하게 되었다. 왜냐하면 내향적인 것은 열등한 것이 아니라 외향적인 것과 다른 아주 좋은 것임을 알았기 때문이다.

자기가 내향형인 것 같아 열등감을 갖고 있었다면 이 책을 읽으면서 그 열등감을 벗어버리기 바란다. 자기 자신에 대해 바르게 이해할 때 스스로에게 더욱 편안함과 자신감을 갖게 되기 때문이다. 내향형 자녀를 둔 대부분의 외향형 부모들은 늘 걱정이 앞서는 것 같다. '얘가 앞으로 이 험한 세상을 어떻게 살아갈지….' 그러나 너무 걱정하지 말기 바란다. 이 세상에서 성공한 사람의 절반은 분명 내향형이었을 것이기 때문이다. 반면에 내향형 부모, 특히 내향형이면서 정리형(IJ)인 부모가 외향형 자녀를 볼 때 걱정스럽기는 매한가지다. 산만하고 정리가 안 되고 무엇 하나 제대로 하는 것이 없어 보이기 때문이다. 하지만 역시 걱정할 것 없다. 그런 사람도 다들 이 세상에서 잘 살아가고 있으니 말이다. 외향형은 외향형 기질을 잘 살리고, 내향형은 내향형 기질을 잘 살려서 얼마든지 사회에서 성공할 수 있다.

에너지 용량이 다른 외향형과 내향형

그렇다면 내향형과 외향형의 가장 큰 차이는 무엇일까? 내향형과 외향형을 구분 짓는 가장 중요하고 큰 차이는 에너지 용량의 차이이다. 사실 이것 하나만 제대로 이해해도 우리는 주변에서 일어나는 수많은 갈등을 해소할 수 있다.

에너지가 방전되면 다시 충전시킬 수 있는 충전용 건전지같이, 사람의 몸 안에도 에너지를 담는 전지가 있다. 내향형의 사람들은 혼자 조용히 방에서 쉬고 있을 때 이 몸속의 전지에 에너지가 충전된다. 그리고 밖에 나가서 사회활동을 하고, 사람들을 만나고, 일을 하면 에너지가 방전되기 시작한다. 그러나 이와는 정반대로 외향형의 사람들은 혼자 조용히 방에 있으면 에너지가 방전되기 시작해 힘이 빠지지만, 밖에 나가 활동하거나 일을 하면 에너지가 충전되기 시작한다.

대부분의 사람들은 상대방도 자기와 같다고 생각하기 때문에 갈등이 시작되는 것이다. 내향형은 혼자 조용히 있어야 에너지가 충전되기 때문에, 같은 환경에서 외향형이 에너지가 소모되어 답답해하고 힘들어한다는 것을 이해하지 못한다. 반대로 외향형은 사람을 만나면 에너지가 충전되고 힘이 나기 때문에, 즐거운 파티를 하면서 에너지가 소모되어 힘들어하는 내향형을 이해하지 못한다.

사람들은 남을 이해하지 못할 뿐만 아니라 자신의 내부에서 일어나는 현상도 이해하지 못한다. 외향적인 환경에 놓인 내향형들은 자기가 왜 에너지가 떨어지고 스트레스가 쌓이는지 모르는 채 힘들어한다. 때로는 자기가 분위기를 못 맞추어 미안한 마음이 들기도 하지만 몸이 말을 듣지 않는다. 내향적 환경에 놓인 외향형도 자기가 왜 이런 분위기를 힘들어하는지 이해가 안 되기는 마찬가지이다.

얘기하고 싶은 외향형, 쉬고 싶은 내향형

내향형의 남편은 직장에서 일을 많이 하면 할수록 몸속의 에너지가 고갈된다. 만나기 싫은 사람을 많이 만나야 하든지, 일이 잘 안 풀릴 때는 에너지 소모가 더욱 많게 마련이다. 이렇게 직장에서 에너지가 고갈된 남편에게 드는 생각은 무엇일까? 오로지 쉬고 싶다는 생각뿐일 것이다. 내향형은 혼자 조용히 쉬어야 에너지가 충전되기 때문에, 빨리 집에 가서 쉬고 싶다는 생각에 일찍 집에 들어간다. 그런데 집에는 누가 기다리고 있을까? 하루 종일 혼자서 심심하게 지낸 외향형의 아내가 기다리고 있다. 언제쯤 남편이 들어와 자기와 놀아주면서 자기의 에너지를 채워줄까 기다리던 외향형의 아내에게 격무에 시달린 내향형의 남편이 나타난 것이다. 이제 여기서부터 갈등이 시작된다. 아내는 오랜만에 일찍 들어온 남편이 반가워서 어떻게 일찍 들어왔는지, 회사에 무슨 일은 없는지, 자기의 문제가 무엇인지 등등 이야기를 털어놓는다. 그런데 에너지가 다 방전된 남편에겐 말할 힘이 남아 있지 않다. 그러니 아무 말도 하지 않고 소파에 앉아 TV를 켜거나 신문을 펼쳐든다. '나에게 더 이상 말 시키지 말라'는 무언의 메시지다. 남편의 얼굴은 딱딱하게 굳어 있고 아내가 애교를 부려봐도 잘 먹히지 않는다.

이런 경우 아내는 화가 난다. 신혼 초에는 안 그랬는데 요즘 자신에게 너무한다는 생각이 들어 섭섭해진다. 그러는 것이 하루 이틀도 아니고…. 주말이 되면 밖에 나가 바람이라도 쐬어야 살 것 같은데 피곤한 남편은 집에서 잠만 자고 있다. 이런 갈등을 겪으며 아내는 남편이 자신을 사랑하지 않는다고 생각하고, 남편은 피곤한 자기를 계속 못살게 구는 아내가 점점 버겁게 느껴진다. 이런 식으로 스트레스가 쌓이고 서로의 신경이 날카로워져 있다 보니 사소한 문제에도 쉽게 다투고, 이것이 지속되다 보면 사랑은 식고 대화는 더욱 안 되는 악순환 속에 해결책은 요원해 보인다. 그러면서 서로 이렇게 생각한다. '우리 부부는 서로 맞지 않아.'

정말 그린가? 그렇지 않다. 연애할 때는 너 아니면 죽고 못 산다고 해서 결혼까지 한 것이다. 그때의 남편, 그때의 아내가 변한 것인가? 아니다. 변했다면 서로의 피로가 신혼 초보다 더 많이 쌓인 것뿐 변한 것은 별로 없다. 부부 사이의 에너지 수준이 다르다는 것을 이해하지 못하는 것 하나로 부부는 얼마든지 갈라설 수 있다.

내향형의 남편이 에너지가 고갈되어 집에 들어왔을 때 이렇게 해주면 어떨까? "여보, 오늘 힘들었지? 얼른 식사하세요" 하면서 편안한 분위기에서 식사하게 해준다. 하고 싶은 말이 많겠지만 이것저것 물어보고 골치 아픈 이야기를 하는 것이 아니라 조용히 옆에서 시중을 드는 것이다. 원하면 신문도 갖다 주고, 식사가 끝나면 조용하게 쉬라고 편안한 방에서 몸도 좀 주물러주고, 혼자서 푹 쉬도록 방해하지 않고 기다려준다. 이쯤 해주면 남자들은 너무 피곤해서 잠들어버리는 경우를 제외하고는 30분에서 1시간 정도 쉬다가 밖으로 나오게 되어 있다. 에너지가 충전되었기 때문이다. 그러면서 별일 없었냐고 묻는다. 그러면 그때부터 이야기 보따리를 풀면 되는 것이다. 별일이 왜 없냐고, 떨어진 내 에너지 수준도 올려 달라고. 이렇게 하면 서로 스트레스 받지 않고 많은 문제와 갈등을 해소할 수 있을 것이다.

내향형인 나 역시 에너지가 고갈되면 집에 가고 싶은 생각밖에 없다. 쉬어야 하니까. 아이들이 어린 탓에 집안이 늘 어질러져 있었을 때 내가 가장 가고 싶었던 곳은 깨끗하고 조용한 호텔방이었다. 나는 지금도 에너지가 고갈되면 좋은 호텔에 가서 쉬고 싶지만 아직 한 번도 가보지 못했다. 나의 에너지가 고갈되어 힘들다는 것을 안 지금은 아내에게 미리 전화를 해서, 에너지 수준에 빨간 불이 들어왔다고 말한다. 집에 가서 앞에서 말한 그런 대접 받기를 기대하면서 말이다. 그러면 아내는 되도록 조용하고 편하게 쉴 수 있는 공간을 마련해주고 혼자 쉬게 해준다. 물론 아이들이 넷씩이나 있는 상황에서 쉬운 일은 아니기에 지금껏 한 번도 내가 원하는 그런 대접을 받아보지는 못했지만, 아내는 내가 방해 받지 않고 쉴 수 있도록 나름대로 배려하고 기다려준다.

🙆 남편이 이렇게 혼자 쉬고 싶어한 때가 언제였는지 기억난다. 아이들이 셋 있을 때였다. 막내가 어려 장난감은 거실에 널브러져 있고 딸들은 각자의 방에서 악기 연습을 하고 나는 나대로 레슨 하느라 바빴다. 아이 보는 아줌마가 있었으나 아이 돌보는 일만 해도 바빠 남편이 집에 들어올 시간이 되어도 집안을 깨끗이 치워둘 수 없었다. 간신히 하루하루 꾸려 가기도 바빴으니까. 맞벌이를 해야 하는 상황이었기에 힘들기는 나도 마찬가지였다. 아이는 울어대고, 집안은 어질러져 있고 저녁이 되면 파김치가 되었다. 집에 와서도 레슨 하느라 쉬지도 못하고 있는데, 빨리 집에 와서 애들을 봐주지는 못할망정 회사가 어려워 힘든데 집에 와도 쉴 수가 없다고 불평해대는 남편과 좋은 대화가 오갈 리가 없었다. 지금 생각해보면 남편은 정말 일이 힘들어 쉬고 싶었던 것 같다. 사람은 스트레스를 받으면 왼손을 쓸 줄 알면서도 편하고 익숙한 오른손을 쓰고 싶어 한다. 힘들고 아프면 다 귀찮으니까. 그래서 오른손의 환경, 즉 남편의 내향적인 성격대로 조용한 곳을 그리워했을 것이고 정

리형에 맞는 호텔방 같은 정갈한 피신처를 원했겠지만 현실은 그렇지 못했다.

🧑 상대방을 배려하고 기다려주는 것은 아주 중요한 해결책이다. 앞에서도 말했듯이 사람은 자기 기질과 다른 환경에 놓이게 되면 스트레스 수준이 올라가게 되어 있다. 에너지 수준이 떨어진 내향형은 외향형이 보기에는 별 것 아닌 것 같은, 약간의 복잡하고 시끄러운 상황에서도 심한 스트레스를 받는다. 이런 경우, 뭘 그런 걸 가지고 그러냐고 맞대응할 게 아니라 상대방을 이해하고 배려하고 기다려줘야 한다. 기다려주다 보면 내향형은 점점 왼손을 잘 사용하게 되면서 어지러운 환경에 조금씩 적응해간다. 내향형이 자기와 다른 환경에 적응하는 방법은 에너지 용량을 올리는 것밖에 없다.

내향형의 남편들은 대개 일찍 집에 들어간다. 친구를 만나 술을 먹거나 밤 도록 놀다 들어가는 일이 많지 않다. 늦게 들어갈 때는 대부분 일 때문에 어쩔 수 없이 늦는 것이지 자기가 좋아서 놀다가 늦는 일은 많지 않다. 왜냐하면 내향형은 기본적으로 모임에 가면 에너지를 빼앗기기 때문이다. 반면에 외향형은 모임에 가면 에너지 수준이 올라가기 시작한다. 그래서 1차가 끝나면 2차를 가자고 주장하고, 2차에 가면 더 에너지가 충만해져서 3차를 가자고 우긴다. 내향형은 모임이 끝나고 2차 가자는 말은 좀체 하지 않는다.

왜? 피곤하니까.

우리 강의를 들은 K사장의 이야기다. K사장은 직원들에게 무엇을 해주면 좋아하고 열심히 일할까를 생각하다가, 직원들과 잘 놀아주는 것이 가장 좋을 거라고 생각해서 회식을 자주했다고 한다. 그래서 회식 가서 신나게 먹여주고, 2차 가서 신나게 술 먹고 놀아주고, 3차에 가서 또 놀아주고…. 물론 자기도 그런 것을 좋아하니까 그렇게 열심히 술 먹고 놀았겠지만, 직원들을 사랑하고 위하는 마음에 때로는 몸이 피곤해도, 때로는 돈이 너무 많이 들어도 회식을 자주 했다고 한다. 그런데 강의를 듣고 직원들의 기질을 알아보니까 다들 내향형이었다고 한다. 직원들도 그런 모임이 싫지는 않았겠지만, 2차, 3차 가자는 사장의 얘기에 할 수 없이 끌려간 것이었지 가고 싶어 간 게 아니었을 거라고 생각하니 자기가 허비한 돈과 시간이 그렇게 아깝더라나.

외부에서 충전되는 외향형,
혼자 있을 때 충전되는 내향형

외향형인 A사장은 늘 에너지가 넘친다. 파티를 좋아하고 시도 때도 없이 친구들을 집에 불러들인다. 그러나 에너지가 모자라는 내향형의 아내는 이 모든 것을 힘들어한다. 물론 신혼 초에는 어느 정도 받아주었지만 시간이 흐르고 많은 일에 지쳐 있을 때는 웃으면서 받아주기가 쉽지 않다. 손님을 치르면서 지친 기색이 역력한 아내를 보며 자신은 이렇게 신나고 좋은데 아내가 힘들어하고 싫어하는 것이 이해가 안 된다. 부부 동반 파티 때면 더욱 그렇다. A사장도 처음에는 아내와 함께 다니는 것을 좋아했다. 그러나 아내는 어느 모임에 가든 얼마 지나지 않아 얼굴이 굳어지며 힘들어하고, 그런 일이 잦아지면서 자기가 좋아하는 것을 함께 좋아해주지 않는 아내에게 은근히 화가 났다. 그렇다고 그런 일로 대놓고 화를 낼 수도 없고, 마음에 꿍 하고 벼르다가 무슨 일만 터지면 때를 만났다는 듯이 아내에게 퍼붓는다. 그러면서 둘 사이는 점점 멀어지고 A사장은 친구들을 집으로 부르는 대신 밖에서 더 많은 시간을 보내게 된다. 그리고 A사장은 결심을 한다. 다시는 아내를 데리고 친구 모임에 가지 않겠다고.

내향형인 아내도 자신의 모습이 잘 이해가 되지 않는다. 남편하고 보조를 맞추어 신나게 놀고 싶은데, 잘 모르는 사람을 만나 함께 지내는 것이 왠지 어렵다. 남편이 좋아하는 모임이니 나도 좋아하고 싶은데 시간이 갈수록 몸과 마음이 힘들어져만 간다. 죄책감도 들고 미안한 마음도 드는데 남편이 화를 내는 순간 미안한 감정이 싹 사라지고 자신도 화가 난다. 자기 마음을 이해해주지 못하고 화를 내는 남편이 야속하기만 하다.

A사장이 자신은 파티를 할수록 에너지가 충전되는 외향형이

지만, 아내는 파티 장소에 있으면 에너지가 빨리 고갈된다는 내향형 기질이라는 것을 알았더라면 그렇게 갈등하고 싸우지는 않았을 것이다. 기질의 차이를 극복하는 비결은 대화와 타협이다. 둘이 맞지 않는다고 부부가 서로 다른 길을 가는 것은 해결책이 아니다. 남편은 남편대로 아내는 아내대로 자기 기질에 맞게 따로 논다면 그것은 부부가 아니다. 서로 힘든 부분을 솔직하게 나누고 문제를 해결할 수 있어야 부부인 것이다.

A사장이 부부들 모임에 갈 때 내향형의 아내에게 이렇게 부탁하는 것은 어떨까? 이번은 아주 중요한 모임이고 내가 좋아하는 모임이니 한 시간만 신나게 지내자고. 그리고 정 힘들면 나에게 신호를 보내라고. 아내는 모임에서 즐겁게 지내다가 에너지가 고갈된 것 같으면 남편에게 신호를 보내면 된다. 윙크를 하든지 옆구리를 찌르든지. 그러면 남편이 일어나 친구들에게 이렇게 얘기한다. "미안하지만, 중요한 일이 있어 먼저 일어날게." 그리고는 에너지가 고갈된 아내를 데리고 그곳에서 나오는 것이다. 집으로 돌아오면서 한 시간을 잘 지낸 아내에게, "오늘, 아주 잘했어. 다음에는 한 시간 반 해보자" 하며 칭찬과 격려 가운데 타협하는 것이다.

앞에서도 말했지만 우리는 훈련을 통해 나와 다른 기질의 환경에서도 오랜 시간 지낼 수 있게 된다. 왼손으로도 자꾸자꾸 연습하면 편하게 글을 쓸 수 있는 것처럼 말이다. 이렇게 서로 대화와 타협을 잘 하면 행복한 부부관계를 유지할 수 있다.

경계를 넘나드는 외향형, 경계가 분명한 내향형

내향형들은 대부분 자신의 경계선boundary을 가지고 있기 때문에 그 경계선 밖을 나가게 되면 힘들어한다. 뿐만 아니라 다른 사람이 그 경계선을 넘어 들어와도 스트레스를 받는다. 반면에 외향형들은 경계선이 없다. 그들은 경계선이 있으면 답답해하고 그 바깥으로 나가고 싶어 한다. 또 누가 경계선을 그어놓고 있으면 그 안에 들어가 보고 싶어 하고, 그곳에 못 들어가게 하면 스트레스를 받는다.

남의 집에 초대 받아서도 외향형은 조금만 친하다고 여겨지면 아무 방에나 들어가 보고 냉장고를 열어보는 데 별로 거리낌이 없다. 그러나 내향형은 늘 조심하고 사전에 허락을 구한다. 내향형은 사전 동의 없이 자신의 경계선을 넘어 들어오는 외향형이 잘 이해되지 않는다. 그래서 대부분의 내향형은 외향형을 좀 무례하다고 생각한다. 그리고 정도가 지나치면 "배운 것이 없네" 좀더 나아가면 "배우지 못한 집안이네" 하며 가문까지 들먹인다.

부부 사이도 마찬가지다. 양가 사이에 이런 일이 일어나면 서로의 집안을 들먹이며 싸움이 시작된다. 그러나 꼭 기억하기 바란다. 부부싸움에서 상대방의 가문을 건드리는 날에는 더 이상 누가 잘하고 잘 못하고는 중요하지 않고, 한 치의 양보 없이 가문의 영광을 위해 피 흘리면서까지 싸운다는 것을. 누구를 닮아서 그렇다든지, 배우지 못해서 그렇다든지 하면서 말이다. 한 번 선을 넘어 가문을 건드리면 수습하기가 여간 어렵지 않다.

더운 여름날, 같은 아파트 단지에 사시는 내향형이자 정리형이신 은사님께 드리려고 수박을 하나 더 샀다. 미리 연락을 드릴까 하다 그까짓 수박 때문에 전화하는 것도 우습고, 혹 안 계시면 경비실에 맡겨도 될 것 같아 전화하지 않았다. 그러나 뜻밖에 찾아간 나를 보는 선생님의 모습은 반가운 표정이 아닌, 웬일인가 하시는 눈치였다. 내가 그 상황이라면 얼씨구나 하고 좋아할 텐데, 순간 '내가 뭐 잘못한 게 있나' 하는 생각에 덜컥 겁이 났다. 외향형인 나는 선생님의 낮잠시간을 방해했고 미리 약속되지 않은 시간에 나타나 선생님을 당황하게 만든 것이었다. 그것은 선생님의 내향형의 경계선을 넘어선 것이고, 스케줄대로 행동하는 정리형이 힘들어하는 행동이었던 것이다.

경계선은 장소의 개념만은 아니다. 외향형은 모르는 것이 있으면 궁금해서 견딜 수가 없다. 내향성이 강한 K사장이 외향형의 아내와 함께 우리 집에 놀러온 적이 있다. K사장의 아내는 우리 아이도 바이올린을 공부한다는 것을 안 순간, "요즘 바이올린은 비싼 걸 사줘야 한다던데 이 집은 얼마짜리 사주셨어요?" 하고 물었다. 그 말에 외향형인 내 아내도 쉽게 대답했다. "얼마짜리에요." 그리고 대화는 자연스레 다른 쪽으로 넘어갔다. 그런데 그 순간 옆에 있던 K사장의 얼굴이 하얗게 변하는 것을 보았다. 아니나 다를까 그 다음날 아침 K사장의 아내가 전화해서는 "어제 제가 무례하게 바이올린 값을 물어봐서 죄송해요"라고 사과했다. 아내가 "뭘 그런 걸 가지고 전화까지 하세요?" 하자, 그 부인 왈, 어젯밤에 집에 가면서 그 일로 남편과 대판 싸우고 남편이 아침에 사과전화 안 하면 가만두지 않겠다고 했단다. 외향형은 주변에 알고 싶은 것이 있는데 안 물어 보면 스트레스를 받는다. 그러나 내향형은 누가 그런 것을 물어보면 스트레스를 받는다.

속을 드러내야 직성이 풀리는 외향형, 내 맘을 지키고 싶은 내향형

내향형은 자기 속에 아무에게도 드러내고 싶지 않은 그 무언가가 있다. 그리고 그것이 남에게 드러나게 되면 스트레스를 받는다. 반면에 외향형은 자기 속에 있는 것을 남에게 이야기하지 못하면 스트레스를 받는다. 그래서 외향형은 처음 만난 사람이라도 자기의 속마음을 쉽게 다 털어놓는다. 그러나 내향형은 만난 지 20년이 되고 심지어는 부부 사이라 해도 이야기하지 않는 부분이 남아 있다. 사랑한다면 서로의 모든 것을 다 알아야 한다는 외향형과 사

랑은 하지만 그렇지 못한 내향형의 특징 때문에 부부들이 갈등을
겪는다.

부부모임을 해보면 늘 자기 집안의 문제라든지 부부싸움 한
이야기를 먼저 털어놓는 쪽은 외향형의 사람이다. 그러면 그 순간
내향형의 배우자는 얼굴색이 변한다. 분명 집에 가는 길에 대판 싸
울 것이다. 창피하게 어떻게 그런 이야기를 남들 앞에서 할 수 있
느냐고. 그러면 외향형은 그까짓 것 별 것도 아닌데 그런다고 받아
칠 것이다. 그리고는 말한 부분 중에 어느 부분이 틀리느니 맞느니
하며 계속 싸운다.

우리 집도 마찬가지였다. 부부싸움을 하거나 갈등이 있어 힘
들 때 남에게 먼저 이야기하는 쪽은 늘 아내였다. 물론 자기도 힘
드니까 그렇겠지만 기도 부탁을 한답시고 만나는 사람마다 이야기
하는 모습은 마치 온 동네방네 떠들고 다니는 것 같아 보였다. 나
도 힘들기는 마찬가지이다. 하지만 내향형인 나는 창피하기 때문
에 이런 이야기를 남에게 잘 하지 않는다. 사방에 소문내고 다니는
아내가 못마땅하기도 하고 억울하기도 하지만 아내가 하는 말에
일일이 변명하기도 치사한 것 같아 그냥 입을 다물고 만다. 한 번
은 아내만 알던 한 목사님이 나중에 나를 만나 친해지고 나서 하시
는 말씀이 자기는 아내의 말만 듣고 처음에는 내가 아주 이상하고
못된 사람인줄 알았는데 알고 보니 그런 사람이 아니었다는 말을
할 정도였다.

여기서도 대화와 타협이 필요하다. 부부 중 한 사람이 어떤 얘기를 하지 못해 가슴이 답답하다면 남들에게 얘기하기 전에 먼저 배우자에게, "내가 이 이야기를 하지 못하면 답답해 죽을 것 같다"고 얘기해야 한다. 그러면 상대방도 지지 않고 "나는 그 이야기를 남에게 하면 죽어버리겠다"고 나올 수도 있다. 그렇다 할지라도 서로 대화하면서 어느 선까지만 남에게 이야기하자고 타협할 수는 있을 것이다. 이렇게 서로 상대방의 입장을 존중하고 배려하는 것이 행복한 부부생활의 지름길이 아니겠는가.

내향형의 아이들은 부모가 손님들 앞에서 자기 이야기를 하는 것에 대해 아주 민감하게 반응한다. 심한 경우 마구 화를 내거나 우는 아이도 있다. 아이들이 어렸을 때 친구 가족과 함께 섬에 놀러간 적이 있다. 그 집 딸아이와 우리 집 딸아이는 오후 내내 해변에서 조개껍질을 주웠고, 그것을 소중하게 간직하고 있었다. 저녁이 되어 조그만 배 두 척에 두 식구가 나누어 타고 돌아오고 있었다. 그런데 갑자기 파도가 거세지더니 배가 흔들리며 위험한 상황에 처하게 되었다. 그러자 겁에 질린 아이들은 무게를 줄여야 한다고 생각했는지, "야, 다 바다에 버려!" 하면서 소중하게 들고 있던 조개껍질을 바다에 버리는 것이었다. 얼마 후, 집에 놀러온 손님들에게 그때 이야기를 했다. 그러자 옆에 있던 딸아이의 표정이 굳어지더니 눈물을 글썽였다. 나는 별 것 아니라 생각하고 이야기했지만, 내향형의 아이는 그 사건을 남에게 드러내는 게 싫었던 것이다.

이런 경우 "아니, 너는 별 것도 아닌데 울고 그러냐? 네가 잘했다고 칭찬하는 거잖아" 하고 아이를 다그친다면, 아이의 상처는 더 깊어질 것이다. 어린아이도 한 인격체이다. 엄마가 실수해서 마음에 상처를 주었다면 정중하게 사과하는 것이 옳다. "그 이야기를 남에게 하는 걸 싫어하는 줄도 모르고 엄마가 실수를 했구나. 미안하다" 하고 말이다.

남에게 보여주기 싫은 부분은 마음속뿐만 아니라 어떤 특정 장소일 수도 있다. 강한 내향형인 S사장의 부인은 얼마 전 아주 친해진 우리 부부에게 결혼해서 처음으로 자기네 안방에 들어갈 수 있는 특권(?)을 허락했다. 결혼한 지 30년이 다 되도록 그 부인은 단 한 번도 외부인을 그 방에 들여놓지 않았다고 한다. 그 방이 자신이 원하는 만큼 깨끗하게 정리되어 있지 않았기에 남에게 보이고 싶지 않았던 것이다. 그 부인이 내향형이면서 정리형이기에 더욱 그랬던 것 같다.

반면 외향형인 내 아내는 집안이 지저분해도 다른 사람들이 오는 것에 대해 그다지 신경 쓰지 않는다. 오히려 손님으로 오신 분들이 청소를 하고 정리해준다. 우리 집은 늘 많은 손님들로 북적댔고 부부 성경공부 모임도 많았다. 그때 모임 때문에 자주 오셨던 어느 내향형 부인은, 자기는 다른 사람을 초대하려면 한 달 전부터 커튼 빨래를 시작하는데, 우리 집은 아무렇게나 해놓고 손님을 맞이하는 것을 보고 처음에는 너무나 놀랐다고 했다. 그러나 그런 집에 자주 손님으로 오다보니 집안을 청소하고 빨래를 하는 것이 별로 중요하지 않다는 것을 알게 되었고, 그런 부분에서 자유로워졌다고 했다. 집안을 이렇게 해놓고 손님을 불러도 손님으로 온 내가 아무렇지도 않은데, 그동안 손님이 어떻게 생각할까 때문에 너무 걱정이 많았다는 것이다.

사람이 많으면 궁금한 외향형, 새로운 사람 만나는 게 힘든 내향형

내향형의 사람들은 새로운 사람을 만나는 것이 쉽지 않다. 새로운 환경에 가고 새로운 사람을 만나야 할 때면 마음이 불안하고 가슴이 콩닥콩닥 뛰고 스트레스를 받는다. 그래서 어느 모임에 가도 아는 사람이 없나부터 살피게 되고 그런 사람을 찾지 못하면 마음이 불편해진다. 이것이 잘못된 것인가? 아니다. 단지 내향형일 뿐 지극히 정상적인 반응이다.

반면에 외향형은 아는 사람을 만나는 것도 좋지만 새로운 사람을 만나면 더 신이 난다. 새로운 것을 안다는 건 늘 신나고 즐거운 일이다. 이러니 부부가 같이 다니면 외향형은 늘 새로운 환경을 좋아하고, 내향형은 낯익은 환경을 좋아하기 때문에 갈등이 생긴다. 내향형은 새로운 환경이 힘들고 외향형은 친숙한 환경이 따분하기 때문이다. 그렇다고 서로 따로 다녀야 하는가? 아니다. 역시 대화와 타협으로 해결해야 한다. 열심히 연습만 하면 왼손으로도 글씨를 잘 쓸 수 있다는 점을 명심하고 서로가 힘든 환경을 이기는 훈련을 해보는 것이다.

　　몇 년 전 아내와 함께 LA에 갔을 때 친한 부부들과 함께 해변으로 점심을 먹으러 간 적이 있다. 우리 부부 외에는 다 LA에 사는 가정이기 때문에 각자 집에서 밥과 반찬을 준비해왔다. 그런데 점심시간이 되어 싸온 음식을 내놓는데 한 부인이 어쩔 줄 몰라 하기 시작했다. 밥을 해놓고 안 가지고 온 것이다. 고기와 반찬은 많은데 밥이 없는 상황이 되었다. 주변을 둘러보니 한국 사람들이 많이 놀러온지라 우리는 체면 불구하고 밥을 얻어먹기로 했다. 보통 밥은 여유 있게 싸오기 때문에 좀 얻어먹을 수 있을 것이라 생각하면서 말이다. 밥을 잊고 온 부인이 미안해서 그릇을 가지고 밥을 얻으러 나섰고 아내도 도와주려고 같이 나섰다. 내향형인 그 부인은 낯선 사람들에게 가서 밥을 얻는 것이 편치 않았나보다. 그 부인이 쭈뼛거리며 사람들 주변을 맴돌고 있는 사이, 외향형인 아내는 사방을 다니면서 즐겁게 얘기까지 하며 밥을 잘도 얻어 왔다. 아무튼 그날 우리는 온갖 종류의 밥은 다 먹어보았고 얻어 온 밥이 남아서 저녁까지 먹고 와야 했다.

내향형인 남편과 살면서 늘 아쉬운 점은 밖에 더 있고 싶은데 빨리 집에 가자는 것과 늘 자기 옆에만 있으라는 거였다. 일주일 만에 교회에 가면 반가운 사람들과 만나 얘기하고 싶어서 내 눈은 빠른 속도로 사람을 찾는다. 그런데 사람들을 만나 얘기가 길어지면 서로 모르는 사이도 아닌데, 남편은 기분 나쁜 표정을 지어 꼭 눈치를 보게 만든다. 그러다보니 어느 날은 만나고 싶은 사람과 약속 시간을 정해놓고는 일단 남편과 같이 집에 갔다가 다시 나와서 그 사람을 만난 적도 있다.

이런 얘기를 했더니 어쩜 그렇게 자기와 똑같냐고 맞장구치던 친구가 있다. 그 친구는 외향형 점수가 거의 만점이 나오고 그 친구의 남편은 내향형 점수가 만점이 나왔다. 그래서 그런 문제에 어떻게 대처하고 있느냐고 물었더니, 아예 남편과 따로 교회에 다닌다고 했다. 이는 좋은 방법이 아니다. 역시 대화와 타협이 필요하고, 인내와 격려와 훈련이 필요하다. 우리 부부의 경우, MBTI를 이해하고 오랜 훈련을 거치면서 오히려 남편이 더 많은 사람을 만나고 싶어 하고 나는 빨리 집에 들어가고 싶어 하는 날도 생기게 되었다.

대화를 주도하는 외향형,
속으로 대답하는 내향형

내향형의 사람들은 대체적으로 말수가 적다. 대화를 하더라도 친한 사람과만 깊게 대화한다. 반면에 외향형의 사람들은 늘 말이 많고, 모임에서도 대화를 주도한다. 내향형은 늘 신중하게 생각하면서 대화하기 때문에 좀처럼 실수를 하지 않지만 너무 말이 없어 답답한 때가 많다. 그러나 외향형들은 말이 많고 어떤 때는 별생각 없이 이야기를 툭툭 던지기 때문에 실수할 때가 많다. 그리고 그 실수를 별로 개의치 않는다.

그렇다고 내향형이 아주 말이 없는 사람이라고 생각하는 건 큰 오산이다. 친한 사람끼리 만나서 밤새도록 수다를 떠는 쪽은 오히려 내향형이다. 외향형은 만나야 할 사람이 많기 때문에 한 사람하고 아주 오래 이야기하지는 않는다. 내향형이 말이 없는 것은 분위기가 낯설기 때문이다.

회사나 모임에서 회의를 해도 늘 외향형이 대화를 주도한다. 회의 참석자 열 명 중 여덟 명이 내향형이고 외향형이 둘뿐이라도 외향형 둘이서 주거니 받거니 하면서 결론을 내버리기 일쑤이다. 내향형들은 회의시간 내내 아무 발언도 하지 않는 경우가 많은데, 말하지 않은 책임이 자기들에게 있으면서도 뒤에 가서는 자신들의 의견이 반영되지 않았다고 궁시렁거리는 경우가 많다. 그렇기 때문에 외향형은 하고 싶은 말이 많아도 옆에 있는 내향형을 대화로 초청해줘야 한다. 내향형은 초청을 받아야 이야기를 시작하기 때문이다.

외향형들은 대부분 성격이 급하기 때문에 상대방이 전화를 안 받는 것도 답답해하고 회신을 늦게 해주는 것도 참지 못한다. 외향형이 전화 회신을 부탁하면 빨리 회신해주자! 그러나 내향형들은 전화 받기 싫으면 전화기를 아예 꺼놓거나 진동으로 해놓고 나중에 필요한 사람에게만 회신을 한다.

외향형인 아내는 부재중 통화 내역에 자기가 모르는 전화번호가 찍혀 있어도 반드시 회신을 한다. 그리고 물어본다. "저한테 전화하신 분 누구세요?" 외향형은 중요한 전화가 왔는데 못 받으면 손해라는 생각을 하는 것 같다. 그러나 나는 내가 아는 번호에는 반드시 회신을 하지만 모르는 전화번호가 있으면 좀처럼 회신을 하지 않는다. 필요하면 다시 걸겠지 하는 것이 내향형의 생각이다.

물건을 잊어버리고 찾지 못하는 경우 외향형은 "내 안경 못 봤어?" 하면서 주변 사람을 끌어들인다. 반면 내향형들은 조용히 자기 물건을 찾기 시작한다. 왜? 창피하니까.

내향형의 아이에게 "니 이거 왜 이랬니?" 하고 물으면 대답 없이 가만히 있을 때가 많다. 내향형의 아이들은 신중하기 때문에 무슨 대답을 하든 시간이 필요하다. 그래서 잘 대답하려고 신중하게 생각하고 있는 것이다. 그러나 외향형 엄마의 인내심은 10초를 넘기지 못한다. 그리고 다시 다그치듯이 몰아세운다. "너는 엄마가 물어보는데 왜 말이 없니?" 그러면 내향형의 아이들은 더욱 긴장한다. 말을 잘못하면 큰일 날 것 같은 생각에 더욱 신중하게 생각하느라 아무 말도 못한다. 그러면 인내심의 한계에 다다른 외향형의 엄마가 한 대 때리면서 "아이고 아빠 닮아서 고집은 세 가지고…"라고 한다.

내향형의 아이는 사랑하는 엄마에게 대답을 잘 하려고 생각하고 있는 건데 엄마는 기다려주지 못한다. 이럴 때 내향형의 아이는 "우리 엄마는 날 사랑하지 않아"라고 받아들인다. 대부분의 내향형 아이들은 고집이 세다는 말을 많이 듣는다. 그러나 사실 그들은 고집이 세다기보다는 생각을 오래하는 것이다. 그런데 엄마는 그 아이를 데리고 동네방네 다니며 흉을 본다. "우리 아이가요 좀 고집이 세서요…." 그럴 때마다 자신의 속이 다 드러나는 그 아이의 심정은 어떨까? 부모가 아이들의 기질을 잘 몰라서 온갖 상처를 다 준다면 이 얼마나 가슴 아픈 일인가?

이런 것을 알고부터 내향형인 우리 딸에게 무언가를 물어볼 때 나는 이렇게 한다. "너 이거 왜 이랬니?" 하고 질문했을 때 아무 대답이 없으면, "그래 30분 시간을 줄 테니 잘 생각해서 대답해라" 하고 기다려준다. 그러면 시간을 갖고 잘 정리해서 대답한다. 내향형에게는 어린 아이건 어른이건 시간이 필요하다. 기다려주는 여유가 필요하다.

외부에서 배우는 외향형, 혼자 공부하는 내향형

내면으로 들어가는 내향형들은 공부를 하거나 지식을 습득할 때 대부분 조용하고 차분한 분위기가 필요하다. 그래서 어떤 문제에 부딪히면 동굴로 들어가 버린다. 반면에 외부와의 접촉이 중요한 외향형들은 행동하고 대화하면서 지식을 습득한다. 그래서 대화하면서 공부하고 모르는 게 생기면 사람을 찾아간다. 아이들도 마찬가지이다. 시험공부 할 때 내향형의 아이들은 혼자서 열심히 외우지만, 외향형 아이들은 엄마에게 와서 시험에 나올 만한 것을 물어봐 달라고 조른다.

사람들은 자기 방식과 다르게 행동하는 사람을 잘 인정하지 않으려는 경향이 있다. 그래서 갈등이 생기는 것이다. 외향형의 아들이 늘 밖에 나가 놀기만 하다가 모처럼 공부한다고 방에 틀어박혀 몇 시간째 나오질 않는다. 너무 기특하다는 생각에 내향형의 엄마는 맛있는 간식을 만들어 아들 방에 들어선다. 책상 앞에 반듯하게 앉아 공부하는 아들의 모습을 기대하고 방에 들어서는 순간, 시끄러운 음악소리가 나는 가운데 난장판이 된 방바닥에 공부하는 건지 노는 건지 분간이 안 되는 모습으로 누운 아들을 보고는 실망스러워 분노가 치민다. 순간 화가 나서 소리친다. "너 공부하는 거니, 노는 거니?" 딴에는 모처럼 마음잡고 열심히 공부해보려는 아들도 화가 나기는 마찬가지다. "안하면 될 것 아니야!" 내향형에게 내향형의 공부방식이 있다면 외향형에겐 외향형 나름의 공부방식이 있다. 나와 다른 방식으로 공부한다고 틀린 것은 아니다. 다른 것일 뿐이다.

　　교회에서 모임을 가지면 QT(Quiet Time, 성경말씀을 묵상하고 나누는 것)를 많이 한다. 이 시간이 되면 모두들 조용히 성경말씀을 묵상하면서 하나님과의 깊은 교제에 들어간다. 내향형들은 이런 시간을 아주 좋아한다. 조용히 하나님을 깊이 생각하는 시간은 그들의 기질에 맞는 아주 편한 시간이다. 그러나 외향형의 사람들은 혼자 깊이 묵상하는 것이 쉽지 않다. 조금만 앉아 있어도 다른 생각이 나고 몸이 근질거리기 시작한다. 그래서 적당히 묵상하고 밖에 나가버린다. 그런데 다 같이 모여 서로 묵상한 것을 나누는 시간이 되면 별로 많이 묵상하지도 않은 것 같은 외향형이 더 나눌 것이 많다. 내향형의 사람들이 보기에는 도무지 이해가 안 된다. 그러나 외향형의 사람들은 대화를 하면서 더 많은 것을 배우고 느낀다는 것을 알면 이해하기 힘든 것도 아니다. 신앙생활을 하는 모습도 기질에 따라 다 다른 것 같다. 누가 신앙심이 더 깊은지, 하나님과 깊이 교제하는지는 겉으로 드러난 모습과는 전혀 다를 수 있다. 기질에 따라 다 다르게 행동하기 때문이다.

Chapter 3

내 뜻대로 정돈되어 있어야 편한 정리형,
있는 그대로 수용하는 개방형

🧑 정리형(J)과 개방형(P)은 주변 환경에 대해 반응하는 태도이기 때문에 조금만 같이 생활해보면 그 사람이 어떤 유형인지 쉽게 알 수 있다. 정리형은 주변 환경이 자기가 원하는 방식대로 착착 정리돼 있어야 편한 사람들이다. 이들은 주변환경이 자기가 원하는 방식대로 정리돼 있지 않으면 스트레스를 받기 시작한다. 그래서 열심히 주변 정리를 한다. 이들은 늘 자신의 주변 환경을 자기 기준으로 정리하는 사람들이기 때문에 정리형이라 불린다.

반면에 개방형은 주변 환경에 대해 그다지 민감하지 않다. 그들은 주변 환경을 있는 그대로 받아들이는 편이다. 정리형이 '여기는 왜 이렇게 정리가 안 돼 있지?' 하고 판단하는 경우에도 개방형은 '뭐 그럴 만한 이유가 있겠지' 하고 쉽게 받아들인다. 대부분의 경우 개방형은 정리가 안 되어 있는 정도는 문제라고 느끼지도 못한다. 이렇게 주변을 있는 그대로 인식하는 개방형을 수용형이라고 하는 것이 더 어울릴 것 같다는 생각도 해본다.

모든 물건에는 자기 위치가 있다고 믿는 정리형, 아무 데나 놓고 나중에 찾는 개방형

정리형의 책상은 아주 잘 정돈되어 있다. 게다가 늘 정리정돈을 하기 때문에 무엇이 어디에 있는지 잘 알고 있다. 무슨 자료가 필요할 때 다른 사람에게 전화해, "내 방 책상 몇째 서랍을 열면 파일이 세 개 있는데 그 중에 가운데 파일을 보면 무슨 노트가 있고, 거기 중간쯤에 내가 적어놓은 것이 있는데 그게 뭐지?" 하고 물을 수 있는 사람이 정리형이다. 개방형은 책상 정리가 안 되어 있을 뿐만 아니라 그것을 어디에 적어 놓았는지 기억조차 못하는 경우가 허다하다.

내가 아는 한 정리형 주부의 부엌에는 그릇은 종류대로 제 위치에 놓여 있고, 수저도 큰 것 작은 것 따로따로 분리해 완벽하게 정리되어 있다. 심지어 수저를 넣는 서랍을 열어보면 막 쓰는 수저와 젓가락까지 따로 수납되어 있다. 냉장고도 아주 잘 정리되어 있고, 무엇이 어디에 있는지 다 알고 있다. 그러나 개방형인 내 아내는 물건을 아무 데나 대충 놓고 산다. 그래서 필요할 때 찾으면 늘 없고, 집에 없는 줄 알고 또 사오니 늘 물건이 차고 넘친다. 그런 이유로 우리 집에는 한 30명이 갑자기 찾아와도 먹을 것이 충분히 준비되어 있는 것 같다.

일반적으로 남편은 어지르고 아내는 정리한다는 통념이 있기 때문에 개방형 남편이 정리형 아내와 살 때는 아내의 잔소리에 그냥 그러려니 하고 넘어가기도 한다. 그러나 반대로 정리형 남편이 개방형 아내와 살 때는 아내의 정리 안 되는 모습에 남편이 일일이 잔소리를 해야 하니 갈등이 훨씬 더 심해지기 마련이다.

한 번은 우리 집에서 부부모임을 하는데, 정리형 기질이 강한 한 분이 30분 동안 계속해서 편치 않은 표정으로 앉아 계셨다. 왜 그러냐고 물어보니 장롱 문에 넥타이가 조금 삐져나와 있는데 그게 눈에 거슬려서 아무것도 할 수 없다고 했다. 같이 있던 개방형들은 넥타이가 삐져나와 있는지도 잘 몰랐는데 말이다. 넥타이가 눈에 거슬린다고 말하면 될 것을 내향형이어서 30분이나 참으며 스트레스를 받고 있었던 것이다.

정리형의 지갑을 보면 만 원권, 오천 원권, 천 원권이 아주 잘 정리되어 있다. 심지어는 만 원권에 나온 세종대왕 얼굴이 모두 한 방향으로 맞추어져 있어야 마음 편한 사람도 있다. 그러나 개방형은 이 주머니 저 주머니에서 돈이 나오고, 구겨져 있는 경우도 많다. 정리형은 모든 것이 잘 정리가 되어 있어야 기분이 좋기 때문에 남에게 돈을 줄 때도 깨끗한 돈을 고르고 골라 세종대왕의 얼굴을 한 방향으로 잘 정리해 깨끗한 봉투에 넣어서 준다.

해외여행을 갈 때면 개방형인 아내는 늘 서랍을 뒤지기 시작한다. 무얼 찾느냐고 물으면 달러 남은 것 있나 찾는다고 한다. 도대체 어떻게 달러가 이 서럽 저 서랍에서 나오는지 정리형인 나로서는 도저히 이해가 안 된다. 그런데 아내는 갑자기 나오는 돈을 찾는 재미가 아주 쏠쏠하다나?

선물할 때도 마찬가지다. 정리형은 선물의 내용도 중요하지만 포장하는 데도 많은 정성을 쏟는다. 그러나 개방형들은 깨끗하게 잘 정리하는 것에 약할 뿐만 아니라 잘 하려고 들지도 않는다. 포장보다는 돈의 액수나 선물의 내용이 더 중요하다고 생각하기 때문이다. 정리형은 누가 돈이나 선물을 보내와도 정성껏 포장이 안 되어 있거나 정리가 잘 되어 있지 않으면 기분이 상하기 쉽다. 자기는 그렇게 하지 않기 때문이다. 심한 경우, 보낸 사람이 성의가 없다거나 예의가 없다거나 심지어는 나를 무시한다고까지 생각한다. 이렇게 해서 별것도 아닌 것이 갈등으로까지 비화되는 것이다.

이상형이고 개방형(NP)인 C교수가 현실형이자 정리형(SJ유형)인 선임교수에게 포장도 하지 않은 감나무 가지를 보낸 사건은 이 기질의 차이를 아주 잘 보여준다. C교수는 산에 놀러 갔다가 감 열매와 나뭇잎이 달려 있는 감나무 가지를 하나 꺾어 와서 선임교수 댁에 보내드렸다. C교수는 포장을 하지 않는 것이 오히려 가을 정취를 느끼게 할 것이라 여겨 감나무 가지를 보냈고, 이런 후배교수의 선물을 받은 선임교수는 황당하기 그지 없었다. 감을 먹으라고 보낸 것인지, 나뭇가지를 무엇에 쓰라고 보낸 것인지 이 유형의 관점으로는 도저히 이해할 수 없는 선물이었다. 그것을 받은 선임교수는 어떻게 예의없이 선배교수에게 이런 선물을 보내나 싶었던 것이다. 물론 C교수가 정식으로 선물하려고 했던 것은 아니다. 선물이라기보다는 풍류를 공감하자는 마음이었을 것이다. 그런데 대상이 친구가 아니라 선배님이었다. 전통주의자인 선배교수가 생각하는 선·후배란 어려운 관계이며 예의범절이 신경 쓰이는 관계이다. 예상치 않은 감나무 가지는 멋진 가을 정취가 아니라 '느닷없음', '예의 없음'으로 인식되었다.

정리형은 보통 작은 지갑을 갖고 다니지만 개방형은 대부분 큰 가방을 선호한다. 정리가 잘 안 되기 때문에 일단 다 넣어가지고 다니길 좋아하는 것이다. 정리형인 딸은 며칠에 한 번씩 내 가방을 정리해준다. 지난번에 정리해주었는데 또 어질러져 있다고 온갖 잔소리를 해대며 말이다. 딸아이가 그러는 이유는 정리가 안 된 엄마의 가방을 보는 것이 스트레스가 되기 때문이다. 그러나 그런 모습을 옆에서 보는 나 역시 심기가 불편하다. 누가 정리해 달랬나?

남편한테 잔소리 듣는 것도 괴로운데, 정리형인 딸한테까지도 자주 잔소리를 들어야 하니 참 고역이다. 아침에 콘플레이크를 먹는데 늘 먹던 옥수수 맛이 지겨워서 초콜릿 향 콘플레이크를 뜯자 딸이 짜증 섞인 소리로, "엄마, 먹던 거 다 먹고 새 것 뜯어야지"라고 했다. 난 "내가 먹고 싶은 거 먹을 자유도 없니?" 하며 마치 그동안 남편한테 당한 것을 복수라도 하듯 쏘아붙였다(뭐야, 딸한테까지 비슷한 잔소리를 듣다니!). 감히 남편한테는 말대꾸를 못해도 딸한테는 내가 권위자니 속에 있는 그런 말도 막 했던 것이다. 딸도 상처 좀 받았을 것이다. 그래, 이런 식으로 상처는 권위자로부터 오는 것이다.

나는 자동차 열쇠가 여러 개다. 찾는 게 싫어 아예 여러 개 만들어놓았다. 그리고 열쇠가 쉽게 눈에 띄도록 가지각색의 장식 줄을 길게 매달아놓는다. 반면, 남편은 열쇠가 하나다. 어떻게 저렇게 안 잃어버릴까? 남편은 열쇠만 달랑 하나 바지 주머니에 넣고 다니는데 잃어버리는 일이 거의 없다. 그런 모습을 보며 나는 스스로 위안해본다. '여자는 가방도 자주 바꾸어 메야 하지만 남자는 다른 바지로 갈아입을 때만 열쇠를 빼서 옮겨 넣고 다니면 되니 잃어버릴 염려가 없는 거지' 하고 말이다. 하지만 남편은 그만큼 주변이 깔끔하게 정리가 잘 되어 있다.

나는 안경도 여러 개다. 하루는 남편이 화가 났는지 사방에 있는 안경을 하나씩 들어올리며 이건 어디에 쓰는 거냐, 왜 필요하냐 꼬치꼬치 캐물으면서, 안경이 하나면 됐지 몇 개씩 있을 필요가 있느냐면서 버리자고 했다. 정리형인 남편은 필요하지 않은 물건을 잘 버린다. 정리한다는 얘기는 잘 버린다는 얘기다. 그런데 개방형인 나는 잘 못 버린다. 내가 정리한다는 것은 여기 있는 것을 가져다가 저기에 놓는 것을 의미한다. 사실 그 중에는 도수가 조금 안 맞거나 안경알에 긁힌 자국들이 있어서 거의 쓰지 않는 것도 있다. 물론 버릴 수도 있지만 자동차에 하나 갖다 놓으면 급할 때 요긴하게 쓸 것 같아서 아직 버리질 못했다. 또한 도수가 같은 안경도 여러 개 있다. 하나는 뿔테이고 하나는 무테, 하나는 보라색, 하나는 검은색 등이다. 내게는 안경도 옷에 맞게 쓰고 싶은 패션 아이템인 것이다. 그렇게 비싼 안경을 왜 몇 개씩이나 가지고 있느냐고 물을지도 모르지만, 사실 그 안경들은 별로 비싸진 않은 것들이다.

이런 나를 보다 못한 남편이 어느 날 결심을 한 모양이다. 모든 물건은 자기 자리가 있다며 연설을 하더니, 하루는 내 뒤를 졸졸 쫓아다니며 일일이 물건의 위치를 정해주었다. 그런데 며칠이 지나자 또다시 물건들이 제자리에 놓여 있질 않았다. 그때그때 정리해야 하는데 나는 늘 시간에 쫓겨 아무 데나 놓고 나중에 찾느라 시간을 보낸다. 그런 내가 싫은데 잘 안 고쳐진다.

피아노 책을 쓰고 강의를 많이 해야 하는 나는 늘 자료에 파

문혀 있고 집안 전체가 어질러져 있다. 보다 못한 남편이 내 방을 하나 만들어주고는 도저히 더는 봐줄 수 없으니 다 싸들고 그 방에 가서 실컷 어지르며 살라고 했다. 나도 내 방에 가면 어질러진 것이 보기 싫다. 그래서 때로 마음이 동하면 밤새워 정리하기도 한다. 그렇지만 며칠 지나면 어느새 책상 위에 새로 온 편지들과 정리 안하고 놓아둔 자료가 수북이 쌓인다. 어휴~.

여기서 중요한 것 한 가지를 짚고 넘어가야겠다. 기질과 훈련을 혼동하지 말자는 것이다. 주변을 정리하는 것은 누구에게나 아주 중요한 일이다. 주변 정리는 정리형만이 하는 것이 아니라 누구나 해야 하는 것이다. 자기의 기질이 개방형인 줄 알게 된 사람이 이제 자기는 정리를 안 하고 살아도 되겠구나 한다면 이는 큰 착각이다. 잃어버린 것을 찾는 데 시간 낭비하지 않고 생산성을 올리기 위해서는 주변이 잘 정리돼 있어야 한다. 힘들게 주변 정리하는 것을 좋아하는 사람은 아무도 없다. 선천적으로 정리하는 것을 좋아할 것 같은 정리형도 남이 어지럽힌 주변을 계속 정리하다보면 화가 난다. 정리형은 주변 정리가 안 되어 있으면 스트레스를 받고, 개방형은 주변 정리가 안 되어 있더라도 크게 스트레스를 받지 않는다는 것이지, 개방형이면 정리를 안 해도 된다는 것은 결코 아니다.

🧑 개방형이지만 정리도 잘하고 시간도 잘 지키는 사람도 있기는 하다. 그런 경우는 부모님이 강한 정리형일 확률이 많다. 타고난 기질은 개방형이지만 어려서부터 강한 정리형 엄마의 잔소리에 훈련받으면 정리 잘하는 개방형이 될 수 있다. 반대로 개방형 부모 밑에서 자란 정리형은 하겠다고 마음먹으면 잘 하지만 정리를 안 해도 며칠이고 지낼 수 있다.

🧑 정리형이 주변 정리를 원하는 것은 환경뿐만이 아니다. 자기와 관련된 사람과의 관계나 일에서도 마찬가지다. 정리형은 며느리는 며느리로서, 아들은 아들로서, 제자는 제자로서, 친구는 친구로서 해야 할 일이나 의무가 있다고 생각한다. 그래서 정리형들은 자기 본분에 맞게 잘 처신한다. 며느리는 며느리로서, 아들은 아들로서, 모임의 회원이면 회원으로서 자기 할 일을 스스로 알아서 잘하며 동시에 다른 사람들도 자기 본분에 맞게 행동해주기를 기대한다. 이때 정리형들은 대부분 보편적인 기준을 적용하지만, 심한 경우에는 자기만의 방식을 강요하기도 하는 등 전혀 융통성 없게 행동하기도 한다.

그러나 개방형은 그렇게 생각하지 않는다. 개방형은 이런 며느리도 있고 저런 며느리도 있을 수 있다고 생각한다. 그래서 정리형보다 융통성도 있고 이해의 폭도 넓다. 그러니 다른 사람들이 자기에게 잘 해주면 고맙지만, 혹시 잘 못해주어도 그다지 마음 상하지는 않는다. 그럴 수도 있지 하거나 무슨 이유가 있겠지 하고 넘어가 버린다. 그러나 문제는 그런 마음으로 다른 사람, 특히 정리형을 대하게 되니 많은 것을 기대하고 있던 정리형과는 갈등이 깊어지게 된다.

정리형 시어머니가 보기에 개방형 며느리는 한심하기 짝이 없고 하는 행동마다 이해가 안 된다. 아무리 생각해도 시어머니인 나에게 이렇게 할 수는 없다고 생각하니, '얘가 나를 무시하는구나' 하고 단정 지을 수밖에 없다. 사실 며느리는 전혀 그럴 의도가 없었는데도 말이다. 단지 자기 기질대로 잘 잊어버리고 신경을 다른 곳에 쓰느라 잊어버린 것뿐이다. 그러니 잘못은 자기가 했어도 오히려 자기 마음을 몰라주는 시어머니가 섭섭하기만 하다. 시어머니는 시어머니대로 며느리로부터 대접을 못 받은 것 같아 서운하다. 이처럼 서로 상대의 기질을 모르면 갈등만 남게 된다.

정리형은 인간관계에서 기대하던 모습이 나타나지 않을 때 상대방이 예의가 없다거나 무시당했다고 느낀다. 별로 친하지 않은 관계일 때는 이런 기대가 크지 않지만 부부나 가족, 친한 친구 같은 관계에서는 기대가 크기 때문에 실망이나 분노도 더 크기 마련이다.

계획대로 돼야 뿌듯한 정리형,
중요도에 따라 바꾸는 개방형

정리형이 가장 성취감을 느끼는 날은 자기가 계획했던 대로 모든 일이 착착 진행되어 잘 마무리된 날이다. 그런 날 가장 기분이 좋고 많은 일을 한 것 같은 성취감에 뿌듯해 한다. 일반적으로 정리형은 시간계획하는 것을 좋아한다. 아침에 하루 일과를 시작하기 전 그날 할 일을 다시 한 번 정리하거나, 그 전날 밤 다음날 계획을 미리 점검하기도 한다. 그래서 그런지 정리형의 사람들은 수첩 선물받기를 좋아한다. 수첩에 늘 계획을 적어놓을 뿐만 아니라 수첩도 종류별로 여러 개를 가지고 다니기도 한다. 정리형은 시험공부를 하려 해도 먼저 스케줄부터 짠다. 그래서 어떤 때는 스케줄만 짜다 끝나는 경우도 있다.

그러나 개방형은 전혀 다르다. 시간계획에 크게 매이지 않는 경향이 있다. 물론 개방형도 미리 시간계획을 세운다고 한다. 언젠가 개방형은 시간계획을 하지 않는 것 같다고 말했다가 한동안 아내에게 싫은 소리를 들은 적이 있다. 그러나 개방형에게는 계획한 대로 일이 착착 진행된 날이 가장 보람된 날이 아니고, 계획에는 없었지만 더 중요한 일이 생겨 그것을 해결하느라고 바빴던 날이 더욱 기분 좋고 성취감을 느끼는 날이다. 그러다보니 정리형은 개방형의 변화무쌍하여 어디로 튈지 모르며, 한 가지 일을 끝까지 해내지 못하는 태도에 스트레스를 받는 것이다. 반면 개방형은 더 좋고 유익한 일이 생겨도 거들떠보지 않고 계획한 일만 하는 정리형이 답답해 견딜 수가 없다.

일을 할 때 정리형은 미리 계획된 시간 그 자체가 우선순위다. 그들은 시간을 관리하는 사람들이다. 반면에 개방형은 일의 중요도가 우선순위다. 사전에 정해진 시간은 얼마든지 바꿀 수 있다. 그들은 시간은 기회라고 생각하는 사람들이다.

그날은 2시 30분까지 큰아이를 데리러 학교에 가기로 한 날이었다. 그리고 그날은 내게 무척 중요한 날이었다. 우리 아들의 머리를 다치게 한 아이의 엄마를 만나 예수님에 대한 이야기를 해주려고 기도해온 날이었기 때문이다. 그 엄마를 만나 이 얘기 저 얘기하다가 드디어 본론에 들어갈 순간이었다. 그런데 이야기를 하다보니 시간이 흘러 아이를 데리러 가기로 한 시간이 다가오고 있었다. 얘기가 한창 무르익으면서 그 엄마도 무척 흥미를 보이고 있었다. 이번 기회가 아니면 다시는 이런 얘기를 꺼내기 힘들 거란 판단이 섰다. 시간은 다가오고 마음이 급해졌다. 아이에게 양해를 구해야 한다는 생각에 전화를 걸어 오늘 못 데리러 갈 것 같다고 했다. 그러자 정리형인 아이는, 엄마는 밤낮 약속을 안 지킨다고 마구 신경질을 부렸다.

개방형인 아내는 한 가지만 오래하지 못하며 약속한 일도 쉽게 바꾼다. 이 일을 하다보면 저 일이 더 중요하게 생각되어 저 일을 시작하고, 또 얼마간 그 일을 하다보면 또 다른 일이 더 중요하게 생각되어 그 일을 시작한다. 그래서 아내의 책상이나 방에는 아직 끝나지 않은 프로젝트가 널려 있다. 이런 대책 없이 바쁜 아내의 모습을 옆에서 지켜보는 것 자체가 스트레스다. 일이 많아 힘들어하는 모습을 보면 도와주고 싶은 생각도 들지만, 쓸데없어 보이는 일 하느라 바빠서 정작 아내가 해야 할 집안일도 하지 않고, 가족들과 지내야 할 시간을 손해 본다는 생각이 들면 화가 나서 견딜수가 없다.

나도 일을 하나씩 마무리해야 한다는 생각은 한다. 그러나 해야 할 일 자체가 너무 많다. 그 일들을 다 끝내고 자려면 늘 밤늦게까지 일하게 되거나, 거의 쉬는 시간 없이 일에 매달려야 한다. 끝내긴 해야 하니까. 그러나 나의 개방형적인 성향은 모든 일을 다 중요하고 가능성 있는 것으로 보기 때문에 어느 것 하나도 버릴 수가 없어 늘 일이 많다. 남편은 쓸데없는 일은 하지 말라고 하지만, 나에게는 다 중요하고 해야 할 이유가 있는 것들뿐이다.

정리형 남편은 늘 나의 일을 정리해주고 싶어 한다. 그래서 내가 무슨 일을 새로 시작해보려는 생각에 말을 꺼내면 "뭐는 하고 싶지 않겠어? 이제 그만 좀 벌리시지" 하고 핀잔을 주는 뉘앙스로 말한다. 그러니 하고 싶은 일이 생겨도 말 안 하고 몰래 하게 되고, 그러다가 결국 들통 나고…. 뭐 이러면서 싸웠다.

이젠 나도 일 벌리는 것이 힘들다. 또 남편과 의논 없이 결정하면 도움도 못 받으니 나만 피곤하게 된다. 그래서 이제는 어떤 일을 시작하기 전에 꼭 남편과 의논을 하고 나서야 하게 되었다. 남편이 반대할 때는 설득해가며 일의 진척이 늦어지더라도 합의를 한 뒤에야 일을 시작한다. 그러면 괜찮다. 후환이 없다고나 할까? 정리형은 처음에는 반대를 했더라도 일단 하기로 결정한 것에 대해서는 인정하고 도와준다.

얼마 전, 어떤 저녁 모임에 참석했을 때의 일이다. 주요 행사가 끝나고 시상식 때문에 시간이 지연되자, 갑자기 아내가 집에 가야 한다고 했다. 막내아들이 내일 시험인데 지금 자기가 가서 봐주지 않으면 분명히 공부도 안 하고 있을 거라면서 말이다. 중요한 것 다 들었으니 이제 다른 중요한 것 하러 가야 한다는 것이다. 나는 모임이 끝나면 진행하신 분들과 잠시 인사라도 할 생각이었는데…. 모임 중간에 나가는 것도 힘들고, 끝나면 만날 사람도 있으니 그냥 있자고 했더니 아내는 당장 가지 않으면 큰일 날 것 같이 말하며 그 시간 내내 힘들어했다. 아무튼 그날은 아내가 참고 좀더 있어 주었다. 모든 순서가 끝나 아내와 같이 서둘러 집에 가려는데, 아내는 자기가 아까 일찍 가자고 했던 것은 까맣게 잊어버린 듯

이 사람 만나서 이야기하고 저 사람 만나서 이야기하면서 갈 생각
도 하지 않고 있었다. 내 참 기가 막혀서. 급하게 가자고 할 때는 언
제고 지금은 딴전 부리고 있나. 그럼 아까 가자고 마구 졸랐던 건
다 뭐란 말인가. 그래서 조금 전에는 빨리 가자고 하지 않았느냐고
물어봤더니, 그러려고 했는데 너무 늦어서 아이 공부시키는 일은
포기했기 때문에 서둘러서 안 가도 된다고 했다.

　　논리적으론 이해가 안 되는 일이다. 하지만 개방형이 강한 아
내는 별로 중요한 것 같지도 않은 시상식을 보고 있는 것보다는 집
에 가서 아이들 공부시키는 것이 중요하다고 느꼈기에 집에 가자
고 했을 것이다. 정리형인 나는 미리 계획한 대로 더 있기를 원했
던 것이고. 그러나 아내는 그 순간이 지나고 오랜만에 사람들을 만
나고 보니 이제는 그것이 더 중요해져서 집에 빨리 가야 한다는 것
을 잊어버린 것이다. 다시 말하지만 정리형은 시간은 지키라고 있
는 것이기에 그 시간표대로 움직인다. 그러나 개방형은 중요하다
고 생각되는 일을 해야겠다는 충동이 생기면 그것을 하지 않고서
는 견딜 수가 없다. 이들에게 시간은 중요한 일을 할 수 있는 기회
일 뿐이다.

　　아내는 일식을 먹기로 하고 집을 나와 예약된 식당으로 가다
가도, 그 옆에 새로 생긴 이태리 식당을 보고는 거기에 가자고 한
다. 아까는 일식이 먹고 싶었지만 갑자기 새로 생긴 이태리 식당이
너무 가보고 싶어 아까의 약속은 더 이상 중요하지 않단다. 그러면

미리 예약까지 해놓은 정리형은 기가 막힌다. 일관성 없고 신의를 지키지 않는다고 생각한다. 다시 전화해서 예약을 취소하는 것도 정리형으로서는 힘든 일이다.

예고 없는 일이 힘든 정리형, 느닷없는 일도 좋은 개방형

정리형과 개방형은 힘들어하는 상황도 서로 다르다. 정리형은 미리 계획한 것을 하지 못하게 될 때 스트레스를 받는다. 반면에 개방형은 하고 싶은 새로운 것이 나타났는데도 그것을 하지 못하게 될 때 스트레스를 받는다.

어느 날 정리형이 저녁 식사를 한 후 시간을 내어 그동안 못 읽었던 책을 읽기로 계획을 세웠다. 그런데 평소에 만나고 싶던 사람이 예고도 없이 갑자기 찾아왔다. 당연히 기쁘고 반가워야 하는데, 마음속 깊은 구석에 불편함이 있다. 다른 사람이나 급한 일 때문에 계획을 바꾸어야 하는 것은 정리형에게 스트레스를 주기 때문이다. 갑자기 찾아온 사람이 싫어서도 아니고 화가 나 있어서도 아니다. 그냥 계획을 바꾸어야 하는 것, 내가 지금 무엇을 하려고 했는데 그것을 할 수 없다는 것에 화가 나고 스트레스를 받는 것이다. 내향형이면서 정리형인 경우 스트레스는 더욱 심하다.

정리형의 이런 반응에 찾아온 사람 역시 기분이 상한다. 나도 바쁘지만 시간을 내어 찾아왔는데 맞이하는 태도가 시큰둥한 것이다. 자기에게 집중하지 않는 것 같고 자꾸 다른 생각을 하는 듯하다. 아무리 생각해도 상대방의 태도가 이해가 안 된다. 내가 뭘 잘못한 것이라도 있나? 신경이 쓰이고 스트레스를 받는다. 이렇게해서 갈등이 시작되는 것이다. 갑자기 찾아온 사람은 대개 개방형, 아마 외향적인 개방형(EP)일 것이다. 정리형, 특히 내향적인 정리형(IJ)들에게는 이해가 안 되는 사람들이다.

반면 개방형은 무엇을 하려고 계획했다가도 예상 밖의 반가운 사람이 오면 너무 신이 난다. 하던 일은 잠시 미룰 수 있다. "그렇지 않아도 만나고 싶었다"면서 반긴다. 어쩌면 이다지도 다른지.

개방형인 B사장은 바쁘다는 이유로 번번이 휴가도 제대로 가지 못했다. 그래서 이번 여름휴가엔 특별히 시간을 내 가족과 함께 지내기로 했다. 부산 해운대에서 며칠 지내기로 하고 부산을 가는 도중 대구쯤 가보니 새롭고 더 재미있어 보이는 유원지 광고가 붙어 있었다. 그것을 보는 순간 B사장은 새로운 곳에 가보고 싶은 충동이 일어 갑자기 핸들을 틀었다. "야, 저기 더 좋은 곳이 있네." 그 순간 정리형인 아내의 얼굴 표정이 싸늘하게 식었다. 아내는 부산에 가서 할 일과 놀 일 그리고 만날 사람 등 모든 것을 사전에 계획하고 내려왔다. 때에 맞추어 입을 옷도 모두 준비하고, 아이들과 보낼 시간계획까지 짰는데, 그 모든 것이 수포로 돌아갔다.

이런 일이 한두 번도 아니고 이랬다저랬다 하면서 모든 것을 자기 멋대로 하는 남편에게 서운한 감정이 들었다. 말도 하기 싫어 창밖만 바라보았다. 그런 아내의 모습을 보면서 B사장 역시 속으로 화가 났다. '부산에 가면 어떻고 대구에 가면 어때. 어차피 가족끼리 재미있게 지내자는 건데'. 화가 나서 말도 안 하는 아내가 갑자기 미워지기 시작했다. 가족을 새로운 곳으로 데려가서 더 재미있게 해주겠다는데 뭐가 화가 나서 그러는지 이해가 안 된다. 그리고는 화가 나서 거칠게 차를 몰기 시작했다. 뒤에 있던 아이들도 부모 눈치 보느라 갑자기 조용해졌다. 과연 이 가족이 즐거운 휴가를 보냈을까?

개방형인 C여교사의 이야기는 더욱 재미있다. 정리형인 남편은 모처럼 여름휴가를 가기로 하고 가족을 즐겁게 해주려고 30분 단위로 휴가계획을 잡았다. 아침부터 밤까지 몇 시에는 어디 가서 무엇을 한다는 계획을 노트에 빽빽이 적어놓았다. 그러나 그 계획을 보는 순간 C교사는 숨이 탁 막혔다. 차가 조금 밀려 계획했던 관광지에 조금이라도 늦게 도착하면 그 다음 도착지에는 정시에 도착해야 하기 때문에 그곳을 돌아볼 여유도 없이 떠나야 했다. C교사는 점점 화가 나기 시작했다. '내가 놀러왔지 시간 지키러 왔나? 보고 싶은 것 하나도 못 보게 하고… 하나 정도 못 보면 어때?' 얼굴이 굳어가는 아내를 보는 남편은 더 화가 치밀었다. '내가 누구를 위해 이 고생을 하면서 봉사하는데, 다 자기들 재미있게 해주려고 이리 뛰고 저리 뛰고 하는데, 행복에 겨워도 모자랄 판에 저렇게 입이 댓 발이나 나와 있다니.' 아내도 화가 나 있고 남편도 화가 나 있으니 사소한 건수 하나가 터지자 부부는 그것을 빌미로 대판 싸움을 했다. 그래도 모처럼의 휴가이고 아이들도 있어 대충 싸움은 마무리했다. 싸움은 싸움이고 휴가는 휴가다 하며 정리형의 남편은 나머지 휴가 일정도 계획대로 가야 하기에 아내와 아이들을 윽박질러 다음 장소로 갔다. 남편은 애를 쓰고 있지만 화가 머리끝까지 난 아내는 하나도 재미가 없다. 아내는 구경하는 곳마다 다니며 남편 들으라고 아이들에게 이렇게 외쳤다. "여기 참 재미있지? 우린 아빠의 계획대로 재밌어야 하는 거야. 정말 재미있지? 그치? 빨리 재미있다고 말해!!"

강의가 끝나자 우리에게 온 C교사는 눈물을 글썽이며 이젠 자신의 모습을 제대로 찾아서 너무 기쁘다고 말했다. 개방형인 C교사는 자기가 무언가 잘못된 게 아닌가 고민하며 살아왔다. 남편도 강한 정리형이고 동료 교사들도 대부분 정리형이었다. 사실 그날은 고등학교 교사를 대상으로 강의했는데 80퍼센트 이상이 정리형이었다. 주변의 모든 사람이 정리형의 시각으로 바라보고 있는 환경에서 여자 개방형이 버티기란 쉽지 않았을 것이다. 나는 왜 이럴까? 나는 왜 정리가 잘 안 되고 계획대로 하는 것이 힘들까? 등등. 남편이 잘해주려는 것을 알기는 하지만 그것이 답답해 견딜 수가 없는 자신의 모습을 보면서 어느 때는 죄책감마저 들었을 것이다. 자기만 혼자 이상한 사람인 줄 알았는데 알고 보니 자기 기질이 개방형이어서 그렇다니 이 얼마나 반가운 소식인가? 내가 틀리거나 잘못된 것이 아니고 단지 남과 다르다는 것, 그리고 잘못된 것 같았던 내 모습도 나와 같은 유형의 사람들에게서는 쉽게 찾아볼 수 있다는 사실에 많은 사람들이 회복되는 것 같다.

👩 그날 모인 교사들 상당수가 정리형(ISJ)이었다. 그날 유일하게 그곳에 한 분 계셨던 개방형(INFP) 교사는 눈물을 흘리며, "오늘 저는 일생 동안 사투하던 문제를 해결했습니다" 하고 고백했다. 이처럼 MBTI를 앎으로써 치유되는 모습을 보면 강의하는 보람을 느낀다.

9시까지 레슨을 하기로 되어 있던 어느 날 저녁. 남편이 계획에도 없이 갑자기 본가를 가자는 것이었다. "나 레슨 있는데…" 했는데도 갔으면 하는 눈치가 역력했다. '무슨 말 못할 일이라도 생긴 건가?' 하며 난 학생한테 다음에 더 보충하자며 서둘러 레슨을 끝내고 남편을 따라 본가에 갔다. 계획에 없더라도 상황에 따라 계획을 바꾸는 개방형이기에 이런 일은 나에게 그리 어렵지 않았다.

그리고 나서 며칠 후 모처럼 남편이 일찍 들어와 함께 쉬고 있는데 친정어머니한테 전화가 왔다. "너희 별 일 없으면 오늘 좀 올래?" 별 일 없었다. 쉬는 것밖엔. 근데 남편더러 "어떻게 해요? 간다고 해요?" 하고 물었더니 기분이 별로라고 안 간다고 했다. 그 순간

'아니, 지난번엔 자기가 계획에도 없이 가자고 해서 레슨 하다가 중
단하면서까지 함께 가주었는데 지금은 싫다고?' 화가 치밀어 올랐
다. '아니, 친정이라고 무시하는 거야?'라는 생각이 들어 분한 마음
도 일었다.

　　그런데 나중에 보니 정리형이 강한 남편은 스케줄에 들어 있
지 않은 일은 안 하는 사람이었다. 미리 계획이 잡혀 있어야 하는
것이다. 그걸 알고 난 다음부터는 친정에, "엄마, 우리한테는 미리
미리 이야기해주셔야 해요"라고 일러두었다. 이제는 친정에 갈 일
이 있으면 미리 남편에게 이야기하고 계획을 잡는다. 남편도 결정
이 된 계획은 수첩에 적어놓는다. 그런데 정작 그 시간이 돌아오면
나는 까맣게 잊어버리고 만다. 그럴 때 남편은 "당신, 오늘 갈 데 없
어?" 하고 묻는다. 스케줄이 잡혀 있으므로. 정리형들은 스케줄대
로 행동하는 사람들이다.

시계처럼 움직이는 정리형, 항상 여유로운 개방형

　　정리형은 마치 뱃속에서 시계가 돌아가고 있는 것처럼 시간
을 잘 지킨다. 약속시간에 늦는 일이 거의 없다. 10분이나 20분씩
일찍 나와서 기다리는 경우도 많다. 왜냐하면 정리형은 시간을 관
리하는 사람들이기 때문이다. 시간에 늦는 것을 견디기 힘들어하

고 시간에 늦으면 스트레스 지수가 마구 올라간다.

시간을 잘 지키는 것은 정말 중요한 일이다. 이런 면에서 시간을 잘 지키는 정리형은 모범적인 사람들이다. 그러나 정리형의 문제는 약속시간에 늦게 나오는 사람을 사람 취급하지 않는다는 점이다. 세미나 같은 모임을 해보면 정리형은 시간을 지키기 위해 30분 전쯤에 미리 나와 있다. 이들은 늦게 나가는 것에 대해 스트레스를 받기 때문에, 또 늦으면 다른 사람에게 미안하기 때문에 일찍 나온다. 그러나 많은 사람들이 시간을 지키지 않기 때문에 세미나 시작 시간이 지연되는 경우가 많다. 이럴 때 일찍 나온 정리형들은 화가 나 있다. 늦게 온 사람들 때문에 전체가 시간상의 손해를 보았기 때문이다. 특히 자주 늦는 사람을 보면, 과거의 잘못까지 다 생각이 나서 분노가 치밀어 오른다.

물론 개방형도 시간을 지키려고 노력한다. 하지만 실제 겪어보면 개방형은 약속시간에 늘 늦게 나온다. 개방형은 시간 그 자체를 중요하게 보지 않는다. 시간은 관리해야 할 대상이 아니라 기회라고 생각해 시간이 조금만 남아도 다른 것을 더 할 수 있다고 좋아한다.

연애할 때 나는 시간을 안 지키는 아내 때문에 정말 큰 상처를 받았다. 연애하면서 단 한 번도 시간에 맞추어 나온 적이 없다. 오죽했으면 결혼한 후 복수해주려고 일부러 약속시간에 늦게 나갔으랴. 연애할 때도 늦게 나가고 싶었지만 일단 결혼은 해야 했기에

複수는 나중으로 미루었다. 지금은 개방형과 약속을 하면 책을 들고 나간다. 으레 늦을 텐데 속상해 하고 애태우면 나만 스트레스 받고 건강을 해치게 될 것이 뻔하니까.

개방형이 시간을 지키는 경우는 시간 약속을 잘못 알았을 때이거나 교통상황이 너무 좋아 빨리 도착한 때라고 한다. 그러나 이런 경우 시간이 한 10분 남으면 대부분의 개방형은 이 기회를 이용하려 든다. 주변을 둘러보니 지난번엔 시간이 없어 들르지 못한 쇼핑센터가 있다. 빨리 가서 한 가지만 사가지고 나오려는데, 이것저것 사야 할 것이 왜 그리 많은지, 계산대 앞의 줄은 왜 그리 긴지, 또 엘리베이터는 왜 그리 늦게 오는지…. 아무튼 원래 계획은 10분 안에 후다닥 끝내고 오려 했는데 여러 가지 이유 때문에 20분이 걸렸다. 그래서 이번에도 역시 헐레벌떡 뛰어오면서 말한다. "미안해, 이번엔 정말 일찍 왔는데 엘리베이터가 늦게 와서…."

아내가 시간 약속하는 걸 보면 늘 이동시간은 잡지 않는 것 같다. 이동시간을 잡아도 길이 하나도 안 막히는 최상의 조건에서 어쩌다 한 번 빨리 갔던 그 시간으로 잡는다. 그러니 밤낮 늦을 수밖에. 개방형은 중요하지 않은 것을 하는 시간, 이동시간, 쉬는 시간 등은 아예 계산에서 빼는 것 같다. 그렇게 계획을 잡으니 하루 종일 많은 일을 해야 하고 늘 뛰어다녀야 한다. 정리형인 내가 볼 때는 제대로 일을 하는 건지 의심스럽지만, 아직까지 일이 끊이지 않는 걸 보면 그래도 문제가 없나보다. 참 이해가 안 된다.

막내아들을 보면서 깨달은 것이 있다. 개방형인 이 아이는 8시 40분까지 학교에 가야 하는데 지각을 밥 먹듯이 했다. 가만히 보니까 이 아이의 머리 속에는 학교에 가야 하는 시각인 8시 40분만 있는 듯 보였다. 8시 40분까지 학교에 가려면 늦어도 8시 30분에는 집에서 나가야 하는데 8시 30분이 되어도 전혀 미동도 없다. 8시 30분에 집을 나서려면 늦어도 8시 10분에는 밥을 먹어야 하는데 그렇지도 않다. 또 8시 10분에 밥을 먹으려면 8시부터는 세수하고 이를 닦아야 하는데 전혀 서두르는 기색이 없다. 아무튼 이 아이는 8시 40분이 되기 전까지는 정말 느긋하다. 그러다가 그 시간이 되면 늦었다고 뛰어간다. 이것이 개방형이 늘 늦는 이유이다. 아내도 5시까지 가야 한다면 5시라는 시각밖에 생각하지 않는 것 같다. 5시까지 가려면 가는 데 최소한 30분은 걸리고 길이 밀리면 1시간 전에 나가야 하는데 그런 개념이 없다.

개방형이 시간을 지키려면 정리형이 시간을 관리해줘야 한다. 8시가 되면 세수하라고 하고, 8시 10분이 되면 밥 먹을 시간이라고 알려주고, 8시 30분이 되면 집을 나서야 하는 시간이라는 걸 알려줘야 한다. 본인 스스로가 이런 시간관리에 익숙해질 때까지 옆에서 도와줘야 하는 것이다.

시간에 대해선 정리형한테 늘 미안한 마음이다. 실제로 개방형은 정리형보다 시간을 잘 못 지킨다. 50분 늦더라도 5분 늦은 얼굴을 하고 나타나긴 하지만, 그래도 간다고 한 이상 약속은 꼭 지킨다. 정리형은 5분 늦어도 50분 늦은 얼굴을 하고 나타난다. 그래도 그렇게라도 오면 다행이다. 정리형은 늦으면 아예 안 가려고 한다. 늦게 나타나는 것이 본인에게도 힘들고, 상대방에게도 미안하다고 생각하기 때문이다. 그러나 개방형에겐 늦게라도 와주는 사람이 고맙다.

피아노 선생님을 훈련시키는 일을 하다 보니, 많은 어머니들한테서 좋은 피아노 선생님을 소개해달라는 부탁을 받게 된다. 그래서 한 번은 능력도 있고 아이들도 사랑하는 선생님을 소개해주었다. 그런데 얼마 후 그 선생님께 배우는 것이 너무 힘들어 그만두었다는 이야기가 들렸다. 다른 건 다 좋은 데 시간을 안 지키는 것이 문제였다. 레슨 올 줄 알고 기다리고 있는데 전화해서 시간을 옮기는 일이 잦아 다른 스케줄에 지장이 너무 많다는 것이었다. 하긴 그 선생님은 학교 다닐 때도 수업시간에 자주 늦곤 했다. 그래도 일단 시작하면 최선을 다하는 제자이기에 다시 그 어머니에게 여쭈었다. "혹시 콩쿠르에 나가거나 급한 연주회가 있으면 시간에 구애받지 않고 열심히 해주지 않아요?" 했더니 그렇다고 했다. 레슨 시간 외에 콩쿠르에도 함께 가주고, 급한 연주회가 있으면 레슨 시간을 넘겨 더 가르치기도 한다고 했다. 시간을 잘 못 지키는 선생님이지만, 시간 외로 더 많은 것을 가르쳐주는 선생님이었는데. 그 학부모가 불편한 점보다는 고마운 점을 먼저 생각했더라면 하는 아쉬움이 남았다.

살다보면 일이란 것이 시간만 제대로 지킨다고 되는 건 아니다. 어떤 때는 시간을 너무 칼같이 지키는 게 인간미가 없어 보인다. 좀 너그럽게 때로는 더 해주기도 하고 덜 해주기도 하는 것이 인간적이 아닌가 싶다. 만약 시간보다 일찍 끝낼 일이 생기면 그다음에 더 많이 해주면 된다. 물론 상대방이 정리형인 경우에는 그런 방식보다는 시간을 잘 지켜주는 편이 더 낫겠지만 말이다. 그리고 사람은 미안한 마음이 들면 다음에 더 잘해주게 되어 있다. 대체로 개방형은 정리형보다 시간은 잘 지키지 못하지만 개방형만이 가진 수용성과 순발력, 이해심으로 시간관리라는 약점을 보완하는 것 같다. 그래서 남편은 이해 못하지만 아직도 시간 잘 못 지키는 나에게 배우려는 학생이나 원고청탁이 끊이질 않는다. 능력은 시간으로만 잴 수 있는 게 아니니까.

정리형은 해외여행을 가게 되면 늘 일찌감치 공항에 나간다. 3시간 전에 미리 나가 있는 사람도 보았다. 길이 막혀도 늦지 않고, 잘못되면 다시 집에 갔다 와도 늦지 않을 만큼의 시간 여유를 갖고 나간다는 것이다. 그러나 개방형이 강한 한 친구는 공항에 일찍 나가는 법이 없다. 그 친구는 공항에서도 늘 쇼핑센터를 돌다가 이름을 불러야 그제서야 비행기를 타러 간다. 개방형은 잠시라도 무엇인가 중요한 일이 없다는 것을 견디기 힘들어하는 것 같다.

　우리 강의를 듣던 한 부부의 이야기다. 남편은 정리형, 아내는 개방형이었다. 서로 다른 유형의 이 부부는 공항에 갈 때마다 늘 시간 문제로 다투었다고 한다. 공항에 일찍 가자니 개방형인 아내가 힘들고, 늦게 나가자니 정리형인 남편이 힘들고. 그래서 그들은 오랜 갈등 끝에 이 문제를 아주 원만하게 해결할 수 있는 방법을 찾았다고 자랑했다. 그 방법이 무엇인지 물어보니 공항에 따로따로 나가는 거라고 했다. 정말 그것이 해결 방법일까? 물론 아니다. 앞으로 인생의 많은 시간을 함께 보내야 할 부부가 따로따로 다닌다는 건 바람직한 해결 방법이 될 수가 없다.

　역시 여기서도 대화와 타협이 필요하다. 3시간 전에 공항에 나가지 않으면 불안해서 견딜 수가 없는 정리형의 남편은 자기의 힘든 점을 솔직하게 이야기하고 도움을 청하면 된다. 그리고 개방형의 아내도 솔직하게 3시간은 도저히 받아들이기 어려우니 2시간 반 전에 나가자고 청한다. 2시간 반 전에만 도착하도록 출발해도 아무런 문제도 안 일어날 거라고 설득하면서 말이다. 타협이 이루어지면 그 시간에 맞추어 일찍 나간다. 정리형은 공항에서 그냥 기다리는 것이 힘들지 않지만 개방형에게는 힘들 수 있으니 할 일을 가지고 가면 된다. 책을 가지고 가든지, 할 일을 가지고 가서 공항에서 하면 된다. 이런 식으로 대화와 타협을 통해 합의점을 찾아나가면 서로가 훈련이 되기 때문에 정리형은 조금씩 늦게 나가도 스트레스를 받지 않게 되고, 개방형은 조금씩 일찍 나가도 스트레스를 받지 않을 수 있다. 그렇게 하면 부부가 함께 행복하게 다닐 수 있지 않겠는가.

마감시간이 중요한 정리형, 내용이 더 중요한 개방형

정리형들은 마감시간이 정해지면 그 시간이 다가올수록 스트레스 수준이 높아진다. 그래서 마감시간을 넘겨 보고서를 제출하기보다는 미진한 부분이 있더라도 제 시간에 제출한다. 그들에게는 일의 중요성보다도 시간의 중요성이 더 크기 때문이다. 반면 개방형들은 마감시간에 대해 별로 구애받지 않는다. 시간의 중요성보다는 일의 중요성이 더 크다고 생각하기 때문이다. 시간이 조금 넘어도 더 좋은 보고서를 만들어 제출하기 위해 능장을 부리기도 한다. 대부분의 개방형들은 마감시간이 다가와야 일의 속도가 더 빨라지고 아이디어가 더 많이 솟아난다고 한다. 시간 여유가 있을 때는 더 중요한 것이 많이 있기 때문에 다른 것에 신경 쓰느라 그 일을 제대로 마무리하지 않는 것 같다.

아내는 피아노 잡지에 글을 많이 쓰는 편이다. 그러나 아내는 마감날이 임박할 때까지 다른 일을 하고 있다가 하루 전날 밤을 새워 원고를 쓴다. 그러다보니 마감날에 늦는 일이 허다하다. "미리미리 좀 써놓지" 하고 핀잔을 주면 자기도 왜 그런지 잘 모르겠지만 마감시간이 돼야 더 능률이 오른다고 한다. 나는 원고 쓸 일이 있으면 미리미리 준비하여 며칠 전에는 다 끝내놓아야 마음이 편한데, 아내는 그와 정반대니 이해할 수가 없다. 하지만 더 이해가 안 되는 것은 그럼에도 계속 원고 청탁을 하는 잡지사다. 그 잡지사에는 개방형만 있나?

우리 부부는 늘 함께 강의를 한다. 강의할 때 "몇 시까지 끝내주세요"라고 마감시간을 정해주면 나는 그 시간 내내 스트레스를 받는다. 그래서 마감시간에 맞추어 강의 내용을 조절하기 시작한다. 이 부분은 그다지 중요하지 않으니 넘어가고, 다음 것을 말해야지 하고 있는데, 아내는 조금이라도 더 가르쳐주기 위해 이것도 이야기하고 저것도 이야기하면서 그 다음으로 넘어가질 않는다. 시간은 별로 안 남았고 아내의 말은 계속 되고, 나는 옆에서 점점 스트레스를 받으며 그 모습을 망연자실 바라보게 된다.

🧑 나도 아주 재미있고 중요한 예들을 이야기해주고 싶은데, 남편은 혼자 실컷 이야기하고 시간이 없다면서 끝내버린다. 그러면 아무 말도 못한 나는 남편이 강의하는 동안 왜 옆에 서 있었는지 민망해진다. 난 강의를 들으러 온 이들에게는 시간이 좀 지체되더라도 중요한 이야기가 있으면 해주는 편이 더 낫다고 생각하기 때문에, 시간이 다 되었어도 기회를 틈타 이것저것을 이야기한다. 그러면 남편 얼굴이 금세 일그러진다. 그러면 애초부터 나한테도 시간

을 충분히 주던지….

어느 날 우리 집에 몇 쌍의 부부가 모였는데 중요한 초대 손님이 조금 늦게 왔다. 그 손님은 개방형이었다. 원래는 올 수 없는 상황이었지만 우리를 보기 위해 다른 약속을 조금 뒤로 미룬 것이다(관계중심적인 감정형이시라). 그 손님은 오자마자 늦어도 8시에는 떠나야 한다고 양해를 구했다. 그리고 우리는 같이 식사를 하고 지난 이야기를 하면서 즐거운 시간을 보내고 있었다. 다들 재미있게 즐기고 있는데 그 중에 정리형이 강한 S사장이 계속 긴장하며 시계를 들여다보고 있었다. 왜 그러냐고 하니까 손님이 가야 할 시간이 다가와 자기도 긴장이 된다고 했다. 정리형은 자기 일도 아닌 남의 시간에도 스트레스를 받나보다. 손님도 우리와 함께 있는 것이 재미있었는지 8시에 간다고 했지만 10분이나 지나가 버렸다. 개방형은 가야 하는 걸 알지만 재미있으면 조금 늦어지더라도 눌러앉는다. 10분이 지나 더 이상 참지 못하던 S사장이 한 마디했다. "이제 그만 가시지요. 제 마음이 불안해서 도저히 견딜 수가 없네요." 결국 그분은 S사장에게 쫓겨나듯 우리 집을 나서야 했다.

정리형은 시간 내에 일이 마감이 안 되면 스트레스를 받기 때문에 마감시간이 되면 그냥 손해를 조금 보더라도 계약을 끝내고 싶어 한다. 마감시간까지 일이 해결되지 않은 것을 견디기 힘들어 하는 것이다. 그래서 정리형들은 개방형과 사업상의 계약을 하면 손해를 보는 것 같다. 정리형은 시간에 더 관심이 있고 개방형은 일에 더 관심이 있으니 개방형이 시간을 끌면 정리형은 손해를 보더라도 빨리 끝내고 싶어 하기 마련이다.

캐나다로 이민을 가게 된 Y사장이 먼저 아내와 아이들을 캐나다로 보내고 자신은 나중에 짬을 내어 현지로 집을 사러 갔다. Y사장은 한 달 안에 한국으로 돌아와야 했기에 집을 찾고 매매계약을 하기까지 시간이 많이 남아 있지 않았다. 돌아올 시간은 다 되어가는데 집이 잘 구해지지 않자 정리형인 Y사장은 점점 초조해지기 시작했다. 그래서 마음에 쏙 들지는 않지만 그동안 본 집 중에 무난한 것 하나를 골라 계약하고 싶어 했다. 그러나 개방형인 아내의 생각은 달랐다. 집은 한 번 사면 수년 동안 지내야 하는데 마음에 들지도 않는 집을 사고 싶지는 않았다. 지금 못 구하면 셋방살이를 하거나 그도 안 되면 호텔에서 지내는 한이 있더라도 더 시간을 갖고 찾으면서 마음에 드는 집을 사고 싶었던 것이다. 이런 스트레스 상황에서는 약간의 의견충돌만 있어도 잘못하면 심한 부부싸움으로 번질 수 있다.

그래서 그때 조언을 해주었다. "정보는 개방형이 많이 얻으세요. 그렇지만 그 정보를 모아 결정하는 건 정리형이 하세요. 개방형은 결정을 자꾸 미루게 되니까."

정확한 것이 좋은 정리형, 자유로운 것이 좋은 개방형

보통 정리형은 자기가 그 일에 대해 가장 효율적이고 좋은 방법을 알고 있다고 생각한다. 또 사실이 그렇다. 대부분의 정리형이 사용하는 방법은 정말 효율적이고 바람직하다. 그래서 그들은 일을 깔끔하게 잘 처리한다. 그러나 정리형의 문제는 다른 사람도 다 그렇게 일해주기를 바란다는 것이고, 따라서 다른 사람이 그 방법으로 일하지 않을 때는 스트레스를 받게 된다는 것이다.

개방형인 A부인의 얘기다. 정리형이 강한 A부인의 시어머니께서 어느 날 설거지는 하지 말고 가라 하셨다. 아니, 이게 웬일인가? 며느리가 피곤한 걸 배려하시나보다 생각했다. 그런데 나중에 알고 보니 A부인이 설거지를 하면 맘에 들지 않아 어차피 다시 하게 되니 그냥 가라고 하셨던 것이다. 나중에 시어머님과 같은 유형인 동서에게 설거지를 하라시기에 보니까 시어머님 맘에 꼭 들게 확실히 해놓더라는 것이다. 정리형 주부들은 설거지도 순서에 따라 하지만 개방형들에겐 설거지는 그저 빨리 해치워야 할 일일뿐, 깔끔하고 예쁘게 정리해놓아야 할 대상이 아니다. 그래서 손에 잡히는 대로 빨리 하다 보니 A부인의 설거지가 시어머님 눈에 영 안 찬 것이었다.

기본적으로 정리형이 하는 정리나 설거지를 개방형이 따라갈 수는 없다. 개방형들은 다른 사람이 조금만 잘해도 "와 잘한다, 좋아, 그 정도면 됐어" 하고 칭찬을 해준다. 정리형만큼 기준이 그다지 높지 않기 때문이다.

얼마 전 여러 부부가 함께 서해안에 있는 콘도에 놀러 간 적이 있다. 모처럼의 여행이니까 이번엔 남편들이 밥도 하고 설거지도 해서 아내들을 편하게 해주자고 했다. 함께 간 남편들은 대부분 음식 솜씨가 엉망이라, 그래도 잘한다고 하는 K사장의 의견에 따라 저녁 메뉴는 샤브샤브로 정했다. 나는 그날 샤브샤브 국물을 만들기 위해서는 재료를 넣는 데도 순서가 있다는 사실을 처음 알았다. 우리가 순서를 틀리게 하자, 그분은 그러면 맛이 없다고 처음부터 다시 만들게 했다. 나도 정리형이지만 강한 정리형인 K사장은 우리 모두를 정말 질리게 만들었다.

정리형이 음식을 할 때 보면 모든 것이 순서가 있고 정량이 있다. 그래서 음식 맛도 표준화되어 있다. 그런데 개방형인 아내는 음식을 할 때 순서와 정량이 정해져 있지 않다. 정리형은 재료가 없으면 중간에라도 사와서 해야 하지만, 개방형은 재료가 떨어지면 다른 것을 넣어서라도 적당히 비슷하게 만들어 낸다. 그러니 늘 새로운 맛이 난다.

직장에서도 마찬가지다. 정리형의 상급자들은 부하직원들이 자기가 원하는 방식대로 일해주기를 원한다. 그 방식이 가장 효율적이라고 믿기 때문이다. 정리형 부하직원의 경우엔 큰 문제가 없을 수 있지만, 개방형 부하직원의 경우엔 서로가 참 힘들다. 상사가 정해놓은 대로 하려고 노력하는데도 뜻대로 되지 않는다. 그러면서 왜 꼭 이렇게만 해야 하는지 짜증도 난다. 일을 제대로 못하는 부하직원을 바라보는 정리형 상사도 화가 나고 짜증이 나기는 마찬가지다. 그런 간단한 것도 못하는 부하직원이 한심하게만 보인다.

남편은 아내인 나를 한심하게 여길 때가 많다. 운전을 하다가 선루프 여는 걸 잘 몰라서 이것저것 눌렀다. 운전하는 중이니 열기도 힘들어 더욱 그랬다. 그러자 옆에 있던 남편은 아직도 자기 차를 제대로 모른다며 한숨을 쉬는 정도가 아니라 완전 경멸의 눈초리로 화를 냈다. 아니, 그럴 거면 날 시키지 말고 자기가 운전할 것이지. 자기는 피곤하니 나더러 운전하라고 하고는, 좀 살살 다니라는 둥 브레이크를 충분히 안 밟는다는 둥 잔소리의 연속이다. 정말 남편 옆에서는 운전하기 싫다.

아내의 차를 타고 가는 것은 정말 짜증나는 일이다. "선루프 어떻게 열더라?", "실내 조명등이 어디 있지?", "라디오 볼륨은 어떻게 조절해?" 내 참 기가 막혀서. 이게 내 찬가? 자기가 3년 탄 차지. 옆에 앉은 사람은 신경도 안 쓰고 덜컹덜컹 함부로 차를 몬다.

나도 아내가 이런 사소한 일로 헤매는 모습을 보면 왜 짜증이 나는지 잘 모르겠다. 개방형 아내와 살면서 받은 모든 짜증이 한꺼번에 치밀어올라서 그런가?

시키는 대로 일을 해내지 못하는 개방형에겐 분명 문제가 있다. 아주 중요해서 작은 실수조차 용납될 수 없고 고도의 정확성이 요구되는 일이라면 개방형은 아마도 그 일에 적합하지 않은 사람일지도 모른다. 하지만 목숨 걸 만큼 대단하지도 않은 문제까지도 오직 한 가지 방법만을 고집하며 그것을 강요하는 정리형 역시 문제가 있는 것이다.

우리 회사가 창원에너지사를 열었을 때 격려를 겸해 내려간 적이 있다. 그때 간부 한 사람이 화장실에 팻말 하나를 붙이는데 부하직원과 한 시간 동안 씨름하는 것을 보고 웃은 적이 있다. 좌우상하 균형이 맞게 제대로 붙이라고 몇 번이나 다시 시켰는데도 뜻대로 되지 않자 결국엔 자기가 나서서 붙이고 말았다. 조금이라도 위치가 틀려서는 안 된다고 생각하고 자기 나름대로 최선을 다한 것이었으리라. 물론 완벽한 위치에 붙이면 가장 보기 좋은 게 사실이다. 그러나 화장실 안내판이 조금 비뚤어졌다고 해서 무슨 큰 문제가 일어나는 것은 아니지 않는가?

정리형들은 놀랍게도 그런 작은 것까지도 눈에 잘 보이는 것 같다. 반면, 개방형에겐 잘 안 보인다. 그러니 그런 일로 화낼 필요도 없다. 하지만 사소한 것을 잘 못 보는 개방형을 향해 정리형들은 화를 낸다. 현실형이자 정리형(SJ유형)은 더 심하다. 그런 것도 못 보냐면서…. 남편은 이발하고 와도 잘 눈치 채지 못하는 나를 보고, 자기한테 관심이 없는 거라고 했다(나 원, 이런 말은 아내가 남편한테 투정할 때나 쓰는 말 아닌가?). 관심이 없다고 느끼면 안 되겠다 싶어서 다음부터는 이발하고 오면 한 마디 해줘야겠다고 생각했다. 어느 날 남편의 머리가 짧아진 걸 보았다. 그래서 "어머, 머리 깎았네" 했더니 남편 왈, "며칠 전에 깎았거든" 했다. 차라리 말을 말걸….

Chapter 4

현실적인 현실형,
의미와 느낌을 중시하는 이상형

현실형(S)이냐 이상형(N)이냐는

주변 사물과 상황을 어떻게 인식하는지를 보여주는 기능이다. 똑
같은 환경에서 똑같은 사물을 보더라도 각자의 유형에 따라 받아
들이는 정보의 내용이 다르다. 물론 그동안 겪은 경험이나 받았던
교육에 따라서 달라질 수도 있지만, 여기서는 기질에 따라 어떻게
사물을 인식하는가에 대해 다루어보기로 하겠다. 외향형(E)이냐
내향형(I)이냐, 정리형(J)이냐 개방형(P)이냐는 것은 태도로 드러나
기 때문에 조금만 같이 지내봐도 상대방의 기질을 알 수 있지만,

현실형이냐 이상형이냐는 내면의 움직임이어서 겉으론 잘 드러나지 않는다. 그래서 현실형과 이상형은 상대방을 이해하기가 더 어렵고, 따라서 갈등의 골도 더 깊다.

나 같은 현실형의 사람은 구체적인 실례를 들어야만 쉽게 이해가 된다. 창밖에 새들이 떼지어 날아가고 있다. 그 새들을 보는 순간 외향형과 내향형의 반응이 다르다. 외향형은 새를 보자마자 "야~ 새들이 날아간다!"고 소리친다. 그런데 그 옆에 있던 내향형은 생각한다. '으음~, 새들이 날아가는군.' 현실형은 '와, 새들이 줄을 지어 날아가네. 제일 앞에 가는 새가 대장인가봐'라고 생각한다. 그리고 이상형은 '새들이 날아오는 걸 보니 봄은 봄인가봐. 또는 '저 새들은 시베리아에서 오는 철새들일 거야'라고 직감적으로 생각한다. 같은 새들을 보고도 내향형과 외향형의 표현방식이 다르고, 현실형과 이상형의 생각이 다르다. 현실형은 자신의 눈으로 본 사실과 경험을 바탕으로 생각하고, 이상형은 그 너머의 의미와 관련성, 가능성, 육감을 가지고 사물을 본다.

통계에 따르면 다른 유형들은 대체적으로 반반씩 나뉘는데 비해 이상형과 현실형의 경우는 이상형이 25퍼센트 정도밖에 나오지 않는다. 사실적이고 현실적인 사람들이 많아야 사회가 안정적으로 유지될 수 있어 그런 것 같다. 그러나 모집단에 따라 평균보다 이상형이 많이 나오는 경우도 있다. 학교 선생님이나 제조업 종사자, 회계사무소 종사자들에게서는 현실형이 평균보다 더 많고 예술가나 목회자, 교인, 과학자 집단에서는 이상형이 평균보다 더 많이 나온다. 사람들이 알게 모르게 자신의 기질에 맞는 직업을 선택하기 때문인 듯하다. 그래서 MBTI를 통해 기질을 알게 되면 아이들의 진로 지도와 성인들의 직업 상담에도 유용하게 사용할 수 있다.

눈으로 보고 만져봐야 아는 현실형, 안 봐도 느낄 수 있는 이상형

잘 익은 사과를 앞에 놓고 무슨 생각이 떠오르느냐고 질문하면 먼저 나오는 대답은 "빨갛다", "맛있겠다", "둥글다" 등이다. 이는 보고, 듣고, 만지고, 맛보고, 냄새 맡는 오감을 정보입력장치로 사용하는 현실형들의 대답이다. 그런데 어떤 사람들은 사과를 보면 난장이가 생각난다거나 화살이 생각난다고 한다. 백설공주가 생각나고 윌리엄 텔이 생각나는 것이다. 이들은 의미, 관련성/가능성, 육감을 정보입력장치로 사용하는 이상형의 사람들이다. 꽃 장식을 해놓은 것을 보아도 현실형은 장미꽃과 안개꽃을 보지만, 이상형은 꽃들이 어우러져 만들어내는 공작새가 보인다고 한다. 다시 말하면 현실형은 사실Fact을 보는 사람들이고 이상형은 의미Meaning

남편 성격만 알아도 행복해진다

를 읽는 사람들이다.

대개 현실형은 나무를 보고 이상형은 숲을 본다고 한다. 현실형들은 주로 세부적인 현상을 보며 모든 것을 매우 현실적이고 구체적으로 바라본다. 그러나 그들은 너무 작은 것만 보기 때문에 큰 그림, 즉 전체적인 의미나 느낌은 잘 잡아내지 못한다. 반면 이상형은 큰 그림을 본다. 상상의 세계와 가능성과 의미를 본다. 그러나 이상형들은 너무 큰 그림만 보기 때문에 작은 것을 놓친다. 나 같은 현실형은 미술작품을 아무리 열심히 들여다봐도 별다른 느낌을 얻지 못한다. 그러나 그 그림에 먼지가 묻었다든지 서명이 지난번보다 조금 작다든지 하는 것은 잘 보인다. 반면에 이상형은 미술작품을 볼 때 그 그림이 주는 의미나 느낌이 확 들어온다고 한다.

현실형은 사람들의 외모나 특징을 잘 기억한다. 사람들의 구체적인 특징을 금방 알아보고, 사소한 것까지도 잘 기억한다. 현실형에 정리가 잘되는 정리형까지 가지고 있는 사람이면 사람이나 사물의 소소한 특징이 무엇인지, 무엇이 어디에 있었는지를 정확히 기억한다. 몽타주 그릴 때 범인의 인상착의를 말하는 사람은 현실형일 것이다.

"음 그러니까 아주 어두운 회색 티셔츠에, 청바지는 좀 헤져 있었어요. 머리는 짧아서 마치 군인 같았어요. 광대뼈가 나오고 혈색이 붉어 술에 취한 게 아닌가 생각했을 정도예요. 키는 보통 남자 키 정도." 이들은 아주 세세한 것까지 기억해서 사실적으로 말할 수 있다.

이상형에게 범인의 인상착의를 물으면 키가 큰 것 같기도 하고 작은 것 같기도 하고, 얼굴이 긴 것 같기도 하고 둥근 것 같기도 하다는 등 횡설수설 할 때가 많다. 그러나 그 범인이 주었던 느낌만은 분명히 알고 있어서 이렇게 말한다. "무섭게 생겼어요.", "차갑게 생겼어요." 이상형은 구체적인 특징은 잘 기억하지 못하지만 느낌으로 기억한다. 그래서 자신이 어디에 무엇을 두었는지 잘 기억하지 못할 때가 많다. 여기에 정리가 잘 안 되는 개방형이 더해지면 상황은 더욱 심각하다. 똑같은 책을 두 권 사기도 하고, 같은 비디오를 두 번 빌리기도 한다. 슈퍼마켓에 가기 전에 무얼 살지 적어놓고도(하도 옆에서 적으라고 해서) 메모지를 안 가져가서 다시 집에 전화한다. 그 대신 이상형들은 대체로 약속한 사람이 왠지 안 올 것 같다든지, 레슨 약속이 왠지 취소될 것 같은 감이 든다든지 하며 근거 없는 짐작을 하는데, 그대로 되는 경우가 종종 있다.

현실형이 땅에 발을 딛고 현실에서 산다면, 이상형은 하늘을 날아다니며 상상의 세계에서 산다. 한 사람은 땅에, 또 한 사람은 하늘에 산다면 둘이 만날 일은 거의 없는 셈이다. 부부가 같은 방에 있어도 둘이 사는 세계는 전혀 다른 곳이다. 그러니 말이 안 통하고 갈등이 심할 수밖에 없다.

　　이상형이 아주 좋아하는 책 가운데 하나가 생텍쥐페리가 쓴 『어린 왕자』이다. 이 책에서 여우는 모자를 하나 그려놓고 어린 왕자에게 그것이 무엇인 것 같냐고 묻는다. 답은 코끼리를 잡아먹은 보아뱀이다. 설명을 듣고 자세히 보면 분명 그런 그림이지만 현실형들은 이해가 잘 안 된다. 그런 책이 그렇게 많이 팔리고 인기가 있는 것이 현실형인 나로서는 잘 이해가 안 되지만, 이런 이야기를 이상형에게 하면 한심한 사람으로 취급받는다. 그런 명저를 몰라보는 사람과는 대화가 안 된다고 생각할 정도다.

　　이상형들은 무슨 책을 보는지에 따라 사람을 판단하기도 하나보다. 바로 내가 만났던 S의대생이 그런 사람이었다. 피아노를 전공하던 내게 던진 첫 질문이 모자를 하나 그려놓고 "이게 뭔지 알아요?"였다. 현실형이지만 다행히 그 책을 보았던 나는 "어? 이 그림 어린 왕자에 나오는 거잖아요?"라고 했더니 안도의 숨을 내쉬며 대화를 계속하는 것이었다. 어린 왕자를 아는지 모르는지가 대화 상대를 고르는 기준이었던 지독한 이상형이었나보다. 그러고 보니, 그날 그 사람이 한 이야기는 주로 자기는 아프리카에 가서 의술을 펼치겠다는 식의 자기 포부였다. 이제 막 의학공부를 시작한 의대생이 미래의 꿈속에서 상상의 나래를 펼치고 있었다. 이상형들은 현재보다는 미래에 관심이 많다. 그리고 아직 이루어지지 않은 미래의 꿈에 매료된다. 반면에 현실형들은 경험을 이야기하고 싶어 한다.

이상형들은 오리지널 창조자의 재능을 갖고 태어난다. ET같은 외계인을 창조하여 영화로 만드는 감독은 이상형임에 틀림없다. 그러면 현실형에겐 창조적인 능력이 없을까? 현실형도 나름대로 창조적이다. 현실형은 응용적인 창조력을 가진다. 그들은 ET 모양으로 된 열쇠고리를 만들어 판다.

현실에 능한 현실형, 미래를 당겨 사는 이상형

현실형들은 자기 영역 안에 머무는 것을 좋아한다. 현실세계가 편하고 좋다. 그러나 이상형들은 늘 바깥에 무슨 세상이 있을까 생각한다. 지금보다 더 좋은 세상, 이곳보다 더 멋진 세상을 동경한다. 경계선이 가장 작은, 내향형이고 현실형이며 정리형(ISJ)인 사람은 좁디좁은 영역에서 머물며, 경계선의 한계가 없는, 외향형이고 이상형이며 개방형(ENP)인 사람은 넓디넓은 영역을 활보하며 다닌다. 그런데 참 재미있게도 이렇게 영 다른 세상에서 사는 사람들이 부부로 만날 확률이 꽤 있다는 것이다. 외향형이고 이상형이고 감정형이며 개방형(ENFP)인 사람과 내향형이고 현실형이고 사고형이며 정리형(ISTJ)인 사람들끼리 부부인 경우를 종종 보게 된다. 연애할 때 서로 다른 기질에 매력을 느껴 결혼했지만 뭐 하나 같은 게 있어야지. 그들이 갈등하며 살아온 삶을 보면 우리 부부보다 더 심각한 경우도 있지만 MBTI를 통해 서로 다른 세계를 이해하고 받아들인다면, 어느 부부보다도 넓은 영역을 두루 경험하며 멋진 삶을 누릴 수 있을 것이다.

현실형인 남편은 어떤 일이 있어도 뉴스는 꼭 봐야 한다. 그것도 한 방송국 것만 보는 것으로는 끝내지 않는다. SBS가 끝나면 KBS와 MBC를 왔다 갔다 하며 본다. 더 이상 뉴스를 방송하는 데가 없으면 그제서 채널을 돌려 다른 것을 본다. 함께 보고 있는 나는 짜증이 난다. 어차피 똑같은 내용을 다루는 뉴스 프로그램인데 왜 다 보냐고 물으면, 한 사건을 가지고 각 방송국이 어떻게 다루고 있는지, 또 빠트린 사건은 없는지를 봐야 한단다.

남자들은 대부분 뉴스를 좋아한다. 그러나 이렇게 여러 방송의 뉴스를 다 보는 것은 현실형이기 때문이다. 이상형은 척보면 알기 때문에 길게 반복적으로 듣지 않는다. 현실형 여자들은 어떤가? 현실형인 K부인의 친정어머니는 가족들에게 연예계 소식이나 드라마 줄거리를 거의 생중계 하신다고 한다. 연세도 많으신데 아주 자세히 기억하신다. 현실형들은 드라마나 영화가 일상의 이야기를 다루기 때문에 관심이 많은 것이다. 거기다 정리형이 더해지면 시간도 철저하다. K부인의 어머니는 무슨 일이 있어도 좋아하는 드라마를 할 시간에는 어김없이 TV 앞에 앉아 계신다. 같은 현실형인 K부인의 아버님도 마찬가지다. 칠순의 연세에도 요즘 돌아가는 정치이슈와 경제문제에 대해 훤하시다. 가끔 K부인에게 특정 이슈에 대해 어떻게 생각하느냐고 물으시는데, 이상형인 K부인이 "별관심이 없어 잘 모르겠는데요" 하면 "너는 젊은 애가 그렇게 시사문제에 관심이 없냐? 세상 돌아가는 것도 좀 알아야지" 하며 핀잔을 주신다는 것이다.

이상형과 현실형은 교육방법이나 가치관도 많이 다르다. 이상형들은 구체적으로 붙들고 앉아 시킨다기보다는 큰 경계만 정해주고 자유롭게 놔두는 편이다. 친정 부모님도 내가 첫 딸인지라 이것저것 시키시기는 했지만 강요하거나 감시하지 않고 스스로 찾도록 기다리셨다. 반면에 뚜렷한 현실형 부모 밑에서 자란 현실형 남편은, 어려서부터 공부만 했다고 한다. 그래서인지 남편은 이상형적인 사고에 너무나 약하다. 그래서 누가 얼토당토 않은 이야기를 한다든지 가능성이 약간 있는 정도를 가지고 마치 사실처럼 이야기하면, 사기성이 농후한 사람으로 낙인 찍히게 된다.

그러다보니 우리 집에서 남편과 말이 제일 안 통하는 사람이 이상형 딸이다. 중간에서 내가 통역하지 않으면 두 사람의 오해가 심각할 때도 있다. 때로는 같은 한국말을 하는데 어떻게 저렇게 못 알아들을 수가 있을까 싶기도 하다. 그렇다. 이상형과 현실형은 서로 외국어를 하는 것처럼 상대방을 전혀 이해하지 못하기도 한다.

현실을 주로 보는 현실형은 보수적이고 전통적인 사람들이다. 현재가 중요하니 현재를 있게 한 과거 또한 중요하다. 그래서 그들은 과거의 전통을 지키려 하고 변화하는 환경에 쉽게 적응하지 못한다. 현재의 규칙을 존중하고 그것을 잘 지킨다. 여기에 내향형과 정리형이 더해지면 이런 기질은 더 강하게 나타난다. 이들은 고리타분할 정도로 과거에 집착하기도 하고 조그만 변화에도 민감하게 반응한다. 반면 이상형에게 과거는 더 이상 중요하지 않다. 이들에게는 더 나은 미래가 있을 뿐이다. 그러므로 현재의 모든 것은 미래를 위해 바뀔 수 있다. 아니, 바뀌어야 한다. 그러니 보수와 개혁의 갈등이 심각할 수밖에 없다.

전통적인 유교집안에서 파격적으로 튀는 사람들, 귀족집안이 답답해서 도망 나오는 사람들은 다 이상형이고 개방형들이다. 현실형이 현실세계를 주로 본다면 이상형은 저 멀리 있는 미래의 세계, 가능성의 세계를 주로 본다. 그래서 이들은 세계평화를 외치고 민족통일을 외친다. 이들은 더 큰 가치를 위해 자기 자신과 가족의 일상을 희생할 수도 있는 사람들이다. 그러나 그런 이상형 남편을 옆에서 지켜보는 현실형 아내의 시선은 곱지 않다. 지금 집에 쌀이 떨어졌는데 가정 돌볼 생각은 하지 않고 이상만 좇는 남편이 한심하다 못해 미워지기 시작한다. '그래, 너 잘났다. 혼자서 잘 해봐라' 하는 것이 아내의 솔직한 심정이다. 이상형 남편은 자기의 꿈과 이상을 이해하지 못하고 도와주지 않는 아내가 싫어진다.

미국에 살고 있는 현실형 Y부인은 이상형 남편이 되지도 않는 허풍만 떤다고 늘 불만이다. 남편은 돈도 없으면서 "좋은 차 뽑아 줄게" 한다든지 "우리 세계일주하자고!" 하고 큰소리치고, 부인은 속으로 '큰소리 그만 치고 생활비나 제대로 갖다 줄 것이지' 하고 못마땅해 한다. 어느 날 비행기표 한 장 살 돈이 없어 한국에 있는 친정에도 못 가고 있는 부인에게 남편이 또다시 말한다. "당신이번에 서울 가는 내 사업여행에 같이 가는 거야. 가서 당신 부모님도 만나고." 현실형 부인은 아무런 말도 하지 않는다. 아무 반응없이 설거지만 하는 부인을 바라보던 남편이 자세를 고쳐 다시 말한다. "비행기표를 사러 갔더니, 그동안 쌓인 마일리지 덕에 한 사람 경비로 두 사람이 여행할 수 있다는 거야. 우리 둘 다 서울에 갈수 있다고." 현실형 부인은 그제야 "어머 정말이에요? 왜 처음부터 그 얘길 안했어요?" 하며 감격에 겨워 울먹였다. 이상형들은(특히 외향형) 조금만 가능성이 있어도 먼저 말을 한다. 그러나 현실형들은 확실히 실현 가능성이 있어 보이는 현실적인 이야기만 믿으려한다.

현실형 딸이 초등학교 1학년 때였다. 수학을 가르치다가 뺄셈 응용문제가 나왔다. 문제를 이해하지 못하는 것 같아 실제상황을 연출하면 이해할 것 같아서 "그러니까 네가 문방구에 갔다고 생각해봐. 연필 15자루를 샀는데 돈이 모자라서 다시 7자루를 돌려준 거야…"라는 식으로 이야기를 꾸며서 하고 있는데 갑자기 딸의 얼굴이 일그러진다. "엄마! 나 문방구 안 갔단 말이야!"

우리 부부가 책을 수정하느라 편집회의를 하고 집에 왔더니 이상형 딸이 아빠에게 묻는다. "편집회의 잘 끝났어요? 얘기 다 잘 된 거예요?" 했다. 그랬더니 현실형 남편이 "아니, 아직 잘 안 되고 있어" 했다. 내가 집에 오자 이상형 딸이 또 물었다. "엄마, 오늘 편집회의 잘 끝났어요?" 그래서 "음, 그런대로. 잘 될 것 같아" 하고 말했다. 그러자 딸이 파안대소를 하며 물었다. "두 분 같은 회의하고 온 거 맞아요? 어쩜 그렇게 반응이 달라요?" 이상형이 조금 더 많은 내가 좀 더 낙관적이기 때문인 것 같다.

컵에 반쯤 물이 담긴 것을 보고 현실형은 물이 반밖에 없다고 하는 반면, 이상형은 물이 반씩이나 있다고 말한다. 현실형에게는 가능성보다는 부족함이 먼저 보이지만 이상형에게는 부족함보다는 가능성이 먼저 보인다. 그래서 현실형은 일이 안 될 것 같다는 회의적인 시각을 가지고 걱정을 많이 하지만, 이상형은 긍정적이고 자신감이 있으며 조그만 가능성도 크게 본다.

대부분의 이상형 남편들은 힘든 상황에서도 아내에게 큰소리를 잘 친다. 늘 자신이 있고 다 이룰 수 있을 것 같다는 생각을 한다. "지금은 벌이가 없지만 3년만 고생하고 참아. 내가 10억 벌어올게." 물론 처음에는 현실형 아내가 남편을 신뢰한다. 그리고 정말 힘들지만 이를 악물고 약속한 3년을 기다린다. 그러나 3년 후 약속을 지키는 이상형은 그리 많지 않다. 처음부터 자기가 할 수 있는 역량보다 큰 그림을 그렸기 때문이다. 그리고는 자기는 할 수 있었는데 누구 때문에 안 되었다는 등 하며 남 탓을 한다. 이런 일이 잦으면 아내는 남편을 신뢰하지 않는다. 허풍만 떠는 남편으로 낙인 찍어버린다. 서로 신뢰하지 않는 관계가 되면 더 이상 부부관계가 발전하지 못한다. 이상형의 문제는 모든 일이 처음에는 정말 다 할 수 있을 것 같아 보인다는 데 있다. 주변의 이상형들을 보면 수많은 실수와 아픔을 통해 자기가 할 수 있는 것과 할 수 없는 것을 구별하는 능력을 체득한 이들이 많다. 아픈 만큼 성숙하나보다. 훈련이 필요한 부분이다.

한 이상형 친척이 사업하는 것을 보면 현실형인 나로서는 정말 불안하기 짝이 없다. 말도 안 되는 것 같은 사업계획을 분명히 된다고 믿고 추진하기도 하고, 돈 벌이도 시원치 않은데 큰 집을 턱하니 사기도 한다. 그 분의 현실형인 아내에게 들어보면 남편과 매일 싸우다 거의 지쳐버린 상태라고 한다. 나 같으면 힘들어서 벌써 포기했을 일도 지치지 않고 끈기 있게 해나간다. 그러다가도 사업은 안 되는데 집값이 많이 올라 돈을 벌기도 한다. 아직까지 돈을 버는 걸 보면 참 신기하기만 한다. 아무튼 나와는 정말 다르다. 이상형과 함께 사업한 적이 있는데, 그는 불가능을 모르는 사람 같았다. 그 정도 노력해서 안 되면 포기할 줄도 알아야 하는데 끝까지 포기하지 못한다. 내가 보면 안 될 게 뻔한 데도 한 번만 더 해보자고 한다. 갈등하다가 결국 서로 다른 길을 갈 수밖에 없었다. 현실형의 눈에는 이상형이 황당해 보이고, 이상형의 눈에는 현실형이 답답해 보인다.

순서가 맞아야 이해되는 현실형, 척하면 아는 이상형

현실형들은 모든 것을 순서대로 받아들여야 이해가 된다. 신문과 잡지를 봐도 맨 앞장부터 봐야 하고, 공부를 해도 앞에서부터 진도를 나가야 한다. 특히 현실형이자 정리형일 경우 이런 순서 지킴이 더 심하게 나타난다. 공부할 것은 많은데 시간이 없어도 순서대로 하지 않으면 공부가 되지 않는다. 사실 현실형이자 정리형은 공부하기 전에 먼저 책상정리부터 해야 하니 공부할 시간은 더욱 줄어들게 된다. 아무튼 밤새워 열심히 하기는 하지만 시간이 부족해 뒷부분은 채 손도 못 대고 가서 시험을 본다. 그러니 원하는 만큼 성적이 나올 리가 없다. 물론 부지런한 현실형이자 정리형은 철저하게 시간계획을 짜서 공부하니 모범생이 되는 경우가 많다.

반면에 이상형은 그다지 순서에 신경 쓰지 않고 공부한다. 대부분의 이상형은 척 보면 안다고 한다. 선생님의 말씀을 듣다보면 어디어디를 공부하면 되는지 느껴져 순서대로 공부하지 않고 중요한 부분부터 공부한다. 이상형이자 개방형인 경우엔 더욱 그렇다. 그들은 답답해서 순서대로 공부할 수도 없다. 여기저기를 왔다 갔다 하면서 중요한 것만 공부하는데, 시간을 많이 들이지 않아도 성적은 잘 나오기도 한다. 물론 처음부터 끝까지 완벽하게 공부한 현실형보다는 못하지만, 공부한 시간에 비해서는 성과가 높다. 전체적인 감을 잡기 때문이다. 예를 들어 전국 수석을 하는 아주 뛰어난 학생은 오히려 현실형보다는 이상형일 경우가 많다. 현실형은 가르쳐준 것을 잘 풀지만, 이상형은 모르는 것도 추리하고 상상해서 직관으로 풀어내기 때문이다. 그러면 결론적으로 누가 공부를 더 잘할까? 답은 '열심히 한 사람이 잘한다'이다. 성적은 기질의 문제라고만 볼 수 없다.

내가 제일 화가 나는 일은 신문을 보고 있는데 아내가 옆에 와서 자기도 보겠다며 신문의 일부를 가져가는 것이다. 신문을 꼭 순서대로 봐야 하는 것은 아니지만 나는 순서대로 읽지 않으면 마음이 편치 않다. 그래서 아내에게 나중에 보라고 해도 지금 보겠다고 우긴다. 내가 순서대로 보는 현실형이자 정리형인 것을 아는 아내는, 그러면 앞에 읽은 부분을 달라고 한다. 그러나 이를 어떡하나? 신문의 앞부분을 주면 맨 뒷부분도 따라가는 것을. 현실형에 정리형까지 더해진 전통주의자는 신문이나 잡지를 읽어도 순서대로 읽지만, 이상형이나 개방형들은 순서 같은 건 생각하지 않고 읽는다. 정말 이런 것 가지고도 서로 갈등해야 하니 미칠 노릇이다.

신문 하나도 순서대로 읽어야만 하는 남편이랑 대화하면 답답할 때가 있다. 어느 날 아이들 문제(좀 복잡하게 얽힌 문제이긴 했다)를 이야기하는데 남편이 못 알아듣는 표정을 짓고 있었다. 난 시간이 많지 않아 급한 마음에 요점만 이야기했다. 구구절절 설명하기엔 너무 길기도 했지만 남편이 이미 알고 있던 이야기라 중간과정은 생략하고 건 뛰었다. 그랬더니 무슨 말도 안 되는 엉뚱한 이야기를 하냐고 버럭 화를 냈다. 남편은 현실형이면서 정리형이기 때문에 상황을 뛰어넘거나 체계적으로 말하지 않으면 금방 이해가 안 되는 것이다. 그렇게 태어났는데 어쩌랴. 나는 속으로 '명색이 MBTI 강사인데 여기서 화를 낼 수야 없지' 하면서 다시 말했다. "오케이, 처음부터 다시 할게요" 하면서 예전에 있던 일이며 주변 상황이며 미주알고주알 길게 설명하니 그제야 "아~, 처음부터 그렇게 말을 해야 알지" 한다.

한 번은 새로 온 직원더러 이상형 총무한테 업무 인수인계를 받으라고 했다. 이상형이고 감정형이며 개방형(NFP)인 이 신입 총무는 전임자가 자기한테 인계해준 것이 없다고 불평했다. 그래서 전임자에게 물었더니 자기는 다 해주었단다. 전임자도 이상형이라 자세하게 글로 써서 인계해주지는 않았을 것이다. 큰 그림만 이야기했겠지. 게다가 NFP유형은 남이 아무리 설명해도 자기에게 감이 오는 것만 듣고 나머지는 다 놓친다. 그러니 하나도 인수받은 것이 없다고 하는 것이 당연할 수밖에. 그래도 이상형은 알아서 일을 잘 처리한다. 감으로 말이다.

현실형과 이상형이 함께 일하면 참 많이 부딪힌다. 그러니 같이 사는 부부는 말해 무엇 하랴. 다 설명을 했는데도 잘못 알아듣고 다르게 나오는 것이 이 두 기질 간의 가장 큰 문제이다. 실제로 이상형이 설명했다는 것은 큰 그림이고 느낌이고 의미이다. 현실형이 보기에는 하나도 구체적이지 않고 실질적이지 않다. 그러니 무엇을 원하는지 무엇을 하라고 하는지 알 수가 없다. 그러나 이상형은 다 설명했으니 알아서 잘 할 거라고 생각한다. 반면에 현실형은 이상형에게 구체적으로 다 설명을 하고 혹시나 잘못 알아들었을까봐 다시 한 번 요약하고 정리해준다. 그리고는 '이제는 됐겠지' 하고 안심한다. 그러나 이상형 역시 하나도 들은 것이 없다. 구체적이고 실질적인 방법을 아무리 이상형에게 설명해봐야 큰 윤곽이 안 잡히는 한 아무 내용도 들어오지 않는다. 그 일에 대해 느낌이 오고 의미가 이해돼야 하는데 그것은 설명해주지 않고 자질구레한 것만 설명한다고 느낀다. 한마디로 대화가 안 되는 것이다.

더운 여름날 시원한 것을 사오라고 심부름 시킬 때 이상형 딸에게는 이렇게 이야기하면 된다. "얘, 가서 시원한 것 좀 사와라." 그러면 즉시 나가서 알아서 시원한 것을 사온다. 물론 심부름 가다가 옆으로 새기도 해 시간이 더 걸리는 경우가 있기는 하지만 말이다. 그러나 현실형인 딸에게 그렇게 시키면 움직이는 데까지 시간이 걸린다. 구체적으로 시키지 않으면 어떻게 해야 할지 잘 생각나지 않는 모양이다. 그래서 "아빠, 뭐 사오면 돼요?" 하고 묻는다. "콜라 한 통 사와" 하면 "어디 가서요?" 하고 묻는다. 그래서 구체적이고 순서대로 움직이는 현실형 딸에게는 이렇게 시켜야 한다. "요 앞에 있는 매일 슈퍼 알지? 너 거기 가서 시원한 콜라 큰 것 한 통만 사오렴. 작은 것이 아니라 1.5리터짜리 큰 것." 그러면 현실형 아이들은 순종을 잘한다. 즉시 달려갔다가 빈손으로 돌아오면서 이렇게 이야기 한다. "아빠, 1.5리터짜리 콜라는 다 팔렸대요!!"

현실형에게 약도를 그려달라고 하면 아주 상세하고도 정확하게 그려준다. 일단 동서남북을 종이 상단에 그려놓고 지도를 자세하게 그린다. 그 다음에 지시사항을 적는데 모든 경우의 수를 다 적어놓는다. 자동차로 올 경우, 버스 타고 올 경우, 지하철 타고 올 경우 등등. 길에서는 어디에서 우회전하고 좌회전해야 하는지 화살표까지 그려준다. 그리고 만약을 대비해서 자신의 전화번호와 목적지 전화번호까지 친절하게 적어놓는다. 현실형이자 정리형인 사람이 보내온 약도를 보니 고속도로 톨게이트를 빠져나오면서 일단 자동차 계기판 숫자를 0으로 세팅하라고 되어 있었다. 그리고 나서 몇 킬로미터 달리면 뭐가 나오고 조금 더 가서 몇 킬로미터에서 우회전하고 등등 정말 조목조목 자세하게 적혀 있었다. 그래서 약도대로만 따라하니 너무나 정확하게 지형지물이 나오고 목적지에 도착하게 되었다.

그러나 이상형에게 약도를 그려달라고 하면 잘 그려주지 않는다. 그냥 "고속도로 톨게이트에서 나오자마자 우회전해서 계속 오면 나와. 절대로 지나칠 수 없어"라는 말만 한다. 그래도 그려달라고 하면 그려주기는 하지만 대강 도로 위에 큰 길만 그려주고는 끝낸다. 그리고 가다가 못 찾으면 물어보라고 한다. 이렇게 그려주면 현실형은 길을 잘 찾아갈 수가 없다. 그런데 이상형은 이해가 되나보다. 그런데도 찾아가니.

실생활에 뛰어난 현실형,
일상에 서툴러 보이기도 하는 이상형

현실형은 일상적이고 실제적인 문제를 잘 해결한다. 그러나 복잡한 문제를 해결하는 것은 어려워한다. 반면에 이상형은 복잡하고 난해한 문제를 잘 해결한다. 그러나 쉽고 간단한 문제 앞에서는 오히려 쩔쩔 맨다.

현실형 R부인이 어느 날 이상형 남편과의 갈등으로 깊은 실의에 빠져 더 이상 함께 살 수 없을 것 같다고 했다. 해결의 실마리가 보이지 않는 상황에서 이상형 언니가 나서서 동생을 위로했다. 너의 남편이 지금은 문제가 있지만 성숙해지면 큰일도 할 거라고. 이상형 언니의 격려와 도움으로 도저히 풀 수 없을 것 같던 갈등이 하나씩 풀리기 시작했고 문제의 부부는 서서히 회복되었다. 반면 언니는 오랫동안 아이를 가지지 못하고 있었지만 산부인과도 혼자 찾아가지 못할 정도로 일상적인 면에서 약한 이상형이었다. 현실형 동생은 어쩔 줄 몰라 하는 언니를 데리고 불임클리닉에 다니기 시작했고, 마침내 언니는 아이를 갖게 되었다. 유형이 다른 사람들이 서로 상대방의 약한 부분을 비판하면 갈등만 있게 된다. 그러나 서로의 기질을 이해하고 마음을 함께해 상대의 약한 부분을 도와주면 상승효과가 크게 나타날 수 있다.

이상형들은 늘 생각이 많고 복잡하기 때문에 어떤 경우 일상생활에 서툴러 보이는 수도 있다. 어떤 선배의 차를 얻어 타고 고속도로를 가던 때의 일이다. 나와 이야기하면서 차를 몰다가 톨게이트가 나와 고속도로 통행료를 내야 하는 상황이 되었다. 그러자 선배는 우선 차를 세우고, 안전 벨트를 풀고, 지갑을 꺼내고, 유리창을 열고, 돈을 지불하고, 거스름돈을 받아 다시 지갑에 넣고, 유리창을 닫고, 다시 안전 벨트를 했다. 내가 하면 동시에 할 수 있는 일인데 말이다. 차를 대면서 지갑을 꺼내고 왼손으로는 창문을 열고 등등. 그렇게 우둔해 보였던 그 선배는 지금 우리나라 최고의 학자 중 한 분이다. 그분의 학문적 탁월함은 도저히 따라갈 수 없지만 고속도로 통행료는 내가 훨씬 더 빨리 낼 수 있다.

이상형과 사는 현실형들은 답답할 때가 많다. 일상이 약하기 때문이다. 물론 이 답답함은 큰 그림을 보지 못하는 현실형에게 느끼는 이상형의 답답함과는 다른 것이다. 현실형 남편이 보기에 이상형 아내는 황당 그 자체이다. 현실형이자 정리형(SJ)인 남편이 이상형이자 개방형(NP)인 아내를 볼 때는 더욱 불만이다. 살림이고 음식이고 뭐 하나 잘하지도 못하면서 집안일에 도대체 관심조차 없다. 일상생활에 늘 서툰 아내를 보면서 어떤 때는 정말 한심한 바보와 사는 것 같은 느낌도 든다. 정말 그럴까? 이상형 아내가 보기에는 현실형 남편이 오히려 한심하기 짝이 없다. 별로 중요하지도 않은 일상적인 일에만 관심이 있고 그 일에 집착해서 잔소리하고 분위기를 험하게 만든다. '그런 거 좀 못하면 어때? 하나도 중요하지 않은데.' 실제로 이상형 아내는 밖에서는 알아주는 일꾼이란다.

이상형, 특히 이상형이자 개방형(NP)들은 대부분 길눈이 어둡다. 모르는 길을 찾아갈 때 여러 번 헤맨다. 아마 운전하면서도 다른 생각을 하느라 운전에 집중하지 않기 때문이 아닌가 생각된다. 어떤 이상형은 집에서 직장 가는 길과 집에서 교회 가는 길밖에 모른다. 그래서 직장에서 교회를 가야 할 경우가 생기면 집으로 갔다가 집에서 다시 교회로 간다. 길을 모르는 것은 중요하지 않고 의미 없는 것은 기억하고 싶어 하지 않기 때문일 것이다. 미국에 사는 이상형 사장이 친구를 공항에 데려다 줄 때의 일이다. 길을 잃을까 걱정이 되어 같이 가주겠다는 현실형 아내에게 걱정말라고 큰소리치며 혼자 나왔다. 간신히 공항을 찾아가고 있는데 옆에 있는 친구가 그가 잘못한 일을 들먹이며 공격했다. 갑자기 억울하고 화가 머리끝까지 난 이상형은 그만 눈에 아무것도 보이지 않았고 결국 길을 잃어버렸다. 그 친구는 그날 비행기를 놓쳤고 그 다음날 한국으로 돌아와야 했다.

어느 날 집에 손님이 많이 오게 되어 현실형 부인이 탁자를 옆으로 옮겨놓았다. 그런데 이상형 남편이 몇 번이나 그 탁자에 발이 걸려 넘어졌다. 부인은 자꾸 넘어지는 남편이 우스워 물었다. "당신, 그 옆에 탁자 안 보여요? 바보같이 왜 자꾸 넘어져요?" 남편은 정말 탁자가 안 보였다는 것이다. 부인은 남편이 눈을 뜨고도 멀쩡히 놓여 있는 탁자를 못 봤다는 게 도저히 이해되질 않아 남편이 거짓말한다고 생각했다. 그런데 이상형 입장에서 보면 탁자가 옮겨졌다는 것은 별로 중요치 않다. 그러니 그 사실이 자신의 머리에 입력되지 않았기에 정말 안 보였던 것이다. 만약 탁자 위에 컵을 놓으려고 탁자를 찾았다면 그 존재를 인식했을 것이다. 그러나 그럴 필요가 없었기에 그 탁자는 이상형의 뇌리에는 존재하지 않았던 것이다.

취조하는 것 같은 현실형,
거짓말하는 것 같은 이상형

현실형의 대화는 구체적이고 실질적인 반면 이상형은 큰 그림과 의미를 이야기한다. 그래서 현실형과 이상형 간에 의사소통하기가 가장 힘들다. 다른 유형들은 부부가 서로 다른 경우가 대부분이지만 현실형은 현실형끼리 이상형은 이상형끼리 만나는 부부가 절반이 넘는 것 같다. 아마 현실형과 이상형은 서로 대화하고 이해하는 것이 그만큼 쉽지 않기 때문이리라.

이상형들이 말할 때는 주로 의미나 큰 그림을 이야기한다. 유명한 스님이 "산은 산이고 물은 물이다"라고 했는데 이런 말을 들으면 이상형은 감탄하며 공감한다. 이상형끼리의 대화는 마치 선문답과도 같다. 큰 주제나 함축된 의미 등을 이야기한다. 그래도 그들은 대화가 잘 통하고 다 알아듣는다. 그러나 그런 말을 들은 현실형은 그것이 무슨 의미인지 도무지 알지 못한다. 그리고는 속으로 생각한다. '그럼 산이 산이지, 물이냐?'

현실형과 이상형의 대화에 관한 유명한 예화가 있다. 오후 3시에 둘이 만나서 이야기를 나누다가 5시까지 다음 약속장소에 가기로 했다. 둘이서 시간을 보내다가 가야 할 시간이 된 것 같아 시계를 안 가지고 온 현실형이 "지금 몇 시야?" 하고 물었다. 그러자 이상형이 시계를 보더니, "어, 늦었네" 하고 말했다. 그러자 현실형이 다시 물었다. "지금 몇 시냐니까?" 이상형이 대답했다. "빨리 서둘러야 할 시간이야." 그러자 현실형이 화가 나서 다시 물었다. "몇 시냐고 묻는데 왜 대답을 안 하니?" 그러자 이상형도 화를 내면서 대답했다. "너는 몇 번을 말해줘야 알아듣겠니?" 현실형들이 원하는 대답은 "4시 35분이야"와 같은 정확한 시각이다. 그러나 이상형은 그런 정확한 시각을 말해주지 않는다. 지금이 몇 시인지는 이상형들에겐 아무런 의미가 없다. 중요한 것은 지금 늦어서 빨리 가야 한다는 것이다. 하도 이해가 안 되어 이상형인 사람에게 물어보았다. 그랬더니 시각 자체가 무슨 의미가 있냐면서, 시각은 상황에 연결될 때만 비로소 의미를 지닌다고 했다. 정말 이해가 안 된다. 이런 식이다 보니 현실형과 이상형의 대화는 대부분 갈등으로 끝이 난다. 현실형은 이렇게 이야기한다. "너랑은 황당해서 말 안 해!" 그러면 이상형은 이렇게 이야기한다. "나도 너랑은 답답해서 말 안 해!"

이상형들이 가장 싫어하는 것은 현실형 아내나 남편이 꼬치꼬치 물어볼 때이다. 현실형은 구체적인 것을 듣고 싶어 하기 때문에 완전히 이해가 될 때까지 계속해서 묻는다. 그러나 그렇게 자세히 이야기하기도 싫고 잘 이야기하지도 못하는 이상형은 대답하기도 귀찮아 입을 다문다. 그러면 또 말을 안 한다고 현실형이 화를 낸다. 갑자기 집을 나서는 이상형에게 어디 가냐고, 뭐 하러 가냐고, 언제 돌아오느냐고 계속해서 물어도 잘 대답하지 않는다. 강의를 끝낸 현실형이 배우자의 평가를 듣고 싶어 물어보아도 이상형인 배우자는 "아주 잘 했어" 하면 그만이다. 좀 구체적으로 듣고 싶어서 계속해서 물어봐도 좀체 입을 열지 않는다.

한 이상형의 말이다. 자기는 이제 현실형과 만나서 할 이야기가 있으면 사전에 현실형인 아내에게 물어본다고 한다. 이런 이야기를 하면 현실형이 알아듣는지 못 알아듣는지. 못 알아들으면 어떻게 이야기하면 되는지. 이렇게 사전에 연습하고 만나면 대화가 훨씬 잘 된다고 한다. 그동안 얼마나 현실형과 대화가 안 되었으면 이런 방법을 찾아냈을까마는, 아무튼 이상형과 현실형 부부가 서로 하나가 되어 힘을 합치면 오히려 더 많은 장점을 가질 수 있다는 것을 보여주는 좋은 예인 것 같다.

이상형 남편이 지난주에 아내와 함께 갔다 온 분위기 좋은 카페를 소개해주고 싶어서 친구에게 말을 꺼냈다. "지난주에 미사리에 있는 한 카페에 갔는데 분위기가 끝내줬어. 너희도 한 번 가봐." 그러자 옆에서 현실형인 아내가 한 마디 거든다. "지난주가 아니라 지지난주예요." 남편은 아내 때문에 김이 샌다. 하지만 계속 설명을 해주고 싶어서 말을 잇는다. "그래 지지난주. 그 집 분위기도 좋지만, 그 집 주스는 정말 맛있었어." 그러자 옆에서 아내가 또 한 마디 한다. "주스가 아니라 진저엘(생강음료)이에요." 그 순간 남편이 화가 나서 버럭 소리를 지른다. "그래 진저엘. 아무튼 맛있고 분위기 좋았다는데 당신은 왜 옆에서 계속 딴죽을 거는 거야?" 그러자 아내가 말한다. "거짓말이잖아요!"

이상형에게는 느낌, 분위기, 의미 등이 중요하다. 그것이 언제였는지, 그것이 정확하게 무엇이었는지 잘 기억나진 않지만 그 분위기와 그 느낌만은 생생하게 살아 있다. 그래서 그것을 친구에게 전해주고 싶어 한다. 그러나 현실형에게는 사실이 더 중요하다. 사실이 아니면 아무런 의미가 없다. 옆에서 듣다못해 현실형 부인에게 물었다. "아니, 좋은 곳 가르쳐 주려고 애쓰는데 왜 자꾸 옆에서 딴죽을 거는 거예요?" 그 부인 왈 "자꾸 거짓말하잖아요."

이상형은 때론 거짓말쟁이라고 오해받기도 한다. 이상형은 그때 당시의 느낌, 그 의미만을 기억하고 이야기하기 때문에 그 상황이 정확하게 어떠했는지, 자기가 무슨 말을 했는지 잘 기억하지 못한다. 그래서 상황이 바뀌면 말이 달라질 수도 있다. 그러나 현실형은 이상형이 말한 한 마디 한 마디를 모두 기억한다. 그래서 거짓말한다고 말한다. 이상형과 비즈니스를 같이 하면 현실형들은 이상형의 말이 자주 바뀌는 것에 대해 힘들어한다. 현실형이자 정리형(SJ유형)인 사람과 이상형이자 개방형(NP)인 사람들 사이의 갈등은 더 심하다. 그래서 오고간 이야기를 적어놓아야 하고 계약서를 정확하게 써야 한다. 이상형과 현실형은 가끔 시간을 따로 내어 배경 설명부터 시작해서 충분한 이야기를 해야 갈등이나 오해가 풀린다. 이런 팀 빌딩의 시간은 팀워크를 증진시키기 위해 반드시 확보되어야 한다.

지극히 현실적인 현실형,
완벽한 하나를 꿈꾸고 있는 이상형

우리는 부부관계 회복을 위해 많은 프로그램을 진행했다. 한 번은 부부가 서로 속상했던 것을 털어놓는 연습을 한 적이 있다. 그때 한 이상형 아내가 이렇게 이야기했다. "지난 여름, 가족휴가를 가고 싶었는데 남편이 바빠서 갈 수가 없었어요. 그런데 그때 마침 심방 오셨던 목사님이 가족끼리의 휴가가 얼마나 중요한지 말씀하셨고 그래서 우리가 휴가를 갈 수 있게 되었는데, 참 속상했어요." 그 이야기를 듣고 있던 부부들이 순간 당황했다. '아니, 휴가를 가게 되었으면 좋아해야지 왜 속상하지?' 그런데 놀랍게도 그 중 몇몇 이상형들은 그 속상함의 이유가 무엇인지 금세 눈치 챘다. 그 아내는 남편이 자발적으로 휴가를 가자고 해서 가야 기쁜데 목사님에게 떠밀려서 가게 된 것이 속상하다는 것이었다. 물론 그 말을 들은 현실형 남편은 매우 황당해했다. 그게 어디 속상할 일이냐고. 그런데 그것 때문에 속이 상하는데 어떻게 하란 말인가. 상처의 법칙이 있다. 상처는, 받은 사람이 받았다고 하면 상처를 준 것이다.

부부가 현실형과 이상형으로 다른 경우, 내향형과 외향형 그리고 정리형과 개방형처럼 태도에서 드러나는 갈등과는 달리 깊은 감정의 갈등을 겪게 되는 것 같다. 이들 부부의 대부분은 대화하기가 힘들다고 하소연한다. 이것은 대화가 힘든 것이 아니라 아무리 대화해도 서로의 마음을 잘 알지 못하는 것이다. 거의 대화를 포기하고 사는 부부들도 많이 보았다. 물론 여기서의 대화는 일상적으로 하는 대화가 아니라 마음을 주고받는 그런 대화이다. 특히 이상형은 자기가 그리는 완벽한 부부 사랑의 모습과 느낌이 있는데, 현실형 배우자는 그것을 맞추어주기는커녕 눈치도 채지 못한다.

이상형의 마음속에는 설명은 잘 안되지만 늘 완벽한 그림이 있다. 그 그림이 현실 속에서 안 그려질 때는 속이 상한다. 배우자가 자기를 잘 이해하지 못하는 것 같고 둘이 온전하게 하나가 되지 못하는 것 같아 힘들어지는 것이다. 그렇다고 그 감정을 잘 설명할 수도 없고, 설사 이야기한다 해도 현실형이 도저히 이해하지도 못하니 그냥 끙끙거리면서 참고 지낸다. 특히 이상형은 자기가 말하지 않아도 남들이 다 자기 마음을 알아줄 것이라고 생각한다. 특히 서로 사랑하는 부부 사이에는 더욱 기대가 크다. 그러나 '내가 이야기하기 전까지는 아무도 그 속마음을 알아주지 않는다'는 것이 MBTI를 공부하고 가르쳐본 나의 결론이다. 이상형은 남이 내 마음 알아주지 않는다고 혼자 끙끙대고 힘들어 할 것이 아니라, 자기 마음을 남에게 조리 있게 설명하는 연습을 해야 한다. 이상형들에겐 육하원칙에 맞추어 자기 생각과 마음을 이야기할 수 있는 훈련이 필요하다. 특히 내향형이면서 이상형은 더욱 그렇고 그 중에서도 남자는 더더욱 그렇다.

부부가 여행을 많이 다니는 이상형의 K사장은 호텔에 갈 때마다 꿈꾸는 일이 있다. 햇살이 들어오는 이른 아침, 호텔 발코니에서 아내와 함께 멋진 아침식사를 하는 것이다. 그런데 내향형이자 현실형인 부인은 아무리 근사한 식사가 나온다 할지라도 아침엔 차라리 잠을 더 자는 편이 즐겁다. K사장은 아직 한 번도 호텔에서 아내와 아침을 먹는 꿈을 이루어보지 못했다. "한 번만이라도 그렇게 하자고 아내에게 부탁해보면 어때?" 하고 말하니 그러면 의미가 없다고 한다. 그럼 어쩌라는 건가?

신혼여행을 앞둔 이상형 C신부는 매일 밤 꿈에 부푼다. 첫날밤엔 남편과 포도주를 마시면서 인생의 계획과 우리의 꿈에 대해 이야기하리라. 자녀는 몇 명 낳을지, 앞으로 우리가 어떤 가정을 꾸밀지. 인생의 분기점에서 그 귀중한 밤을 그냥 보낼 수 없을 거란 생각에 마음껏 상상을 한다. 그런데 정작 첫날밤이 되어 잔뜩 기대를 하고 샤워하고 나와 보니 현실형 남편이 잠들어 있다. 신혼여행 오려고 일을 당겨서 마치느라 고단했던 걸 아는 신부는 차마 남편을 깨울 수가 없어서 지켜보는데, 남편은 좀처럼 일어날 기미가 보이지 않는다. 황당하기도 하고 화가 난 신부는 이대로 나가버려 남편을 놀래줄까 하다가 낯선 곳에서 밤에 나가는 것도 무섭고 해서 포기했다. 마침 호텔 방 옷장이 아주 커서 숨기에 안성맞춤이었다. '이 정도면 남편이 일어나서 어디 갔나 놀라서 찾을 거야' 하고 상상하면서 숨었다. 그런데 아무리 기다려도 남편이 안 일어나는 것이다. 그러다가 신부도 잠이 들었다. 깨어보니 새벽 3시였다. 남편은 여전히 코를 골며 자고 있었다. 너무 졸리고 피곤한 신부도 옆자리에 들어가 누웠다. 아침에 일어난 남편은 간밤에 무슨 일이 일어났는지 전혀 관심이 없어보였다. 결혼한 지 10년이 지난 지금도 현실형 남편은 늘 완벽한 가정, 완벽한 부부를 꿈꾸고 만들고자 하는 이상형 부인과 전혀 보조를 맞추지 못한다. 종종 감동하고 꿈에 부풀어 있는 이상형 부인을 현실형 남편은 그저 무덤덤히 바라본다. 또 시작인가보다 하면서.

이상형인 내 여동생은 남편과 함께 교회에서 하는 성경공부, 리더십 세미나 등에 가는 것을 무척이나 좋아한다. 남편이 대체로 일 때문에 늦게 오는 경우가 많아 항상 먼저 가서 세미나를 들으며 남편을 기다리곤 했다. 그러다 쉬는 시간이 되면 커피를 마시러 가면서 늘 꿈꾸는 것이 있다. 서로 약속하진 않았지만 마음이 통해 같은 자판기 앞에서 남편을 만나게 되고, 둘이서 세미나의 감동을 나누는 장면 말이다. 그런데 20년이 가까워오는 결혼생활 동안 단한 번도 그런 일은 일어나지 않았다. 후에 동생의 황당한 꿈을 전해들은 현실형인 제부는 "말을 하지, 약속을 미리 하든지" 했다. 그랬더니 이상형 동생이 말한다. "말해서 만나는 거 말구…." 이럴 때 현실형은 당황스럽다. 그 마음을 어떻게 맞추란 말인가? 그래서 현실형 배우자들은 괴롭다. 이상형이 화난 이유를 알 도리가 없기 때문이다. 아무리 돌이켜보고 곰곰이 생각해봐도 이해가 안 된다.
게다가 내향형이면서 이상형일 경우에는 말까지 잘 안하니 더욱
그 심중을 헤아리기가 어렵다.

Chapter 5

일이 먼저인 사고형,
사람 마음이 먼저인 감정형

 앞 장에서 설명한

현실형과 이상형이 정보를 받아들이는 인식기능이라면 지금부터
살펴볼 사고형과 감정형은 받아들인 정보를 가지고 생각이나 행동
을 결정하는 결정기능이다. 사고형(T)은 의사결정을 할 때 주로 논
리적이고 원칙적인 기준을 사용하는 유형이고, 감정형(F)은 주관
적인 가치와 사람들과의 관계를 기준으로 결정하는 유형이다. 물
론 사고형이라 해서 생각이 더 많고 감정형은 생각도 없다는 것이
아니다. 생각이 많은 유형은 사고형이 아니라 내향형이다.

옳다고 생각하는 대로 결정하는 사고형,
좋아하는 쪽으로 결정하는 감정형

같은 사고형이면서도 남편에 비해 감정형적 성향이 강한 나는 남편에게 "도무지 생각이 없다"는 얘기를 많이 들었다. 내가 봐도 남편은 매사에 분명한 자기 원칙과 소신이 있어 결정을 단호하게 내리는 데 비해, 나는 분명한 원칙이 아니라 상황을 감안해 결정한다. 개방형을 가지고 있어 더욱 그런가보다. 예를 들어 딸이 몇 년 만에 만나는 친구들 때문에 늦겠다고 하면 '그래, 오랜만에 만났으니 얼마나 함께 있고 싶겠어' 하는 생각에 허락한다. 그러다 늦게 들어오는 딸과 함께 남편에게 혼나기 일쑤였다. 아이들이 싸울 때도 두 아이의 이야기가 다 공감되니 이 아이 편을 들었다 저 아이 편을 들었다 한다. 그러다보니 자연히 내 결정이나 판단에 자신감이 떨어진다.

그래서 나는 생각보다 느낌이 많아서 감정형이고, 남편은 생각이 많아서 사고형인가보다 했다. 그런데 그게 아니었다. 결정을 내리는 순간 논리적인 사고를 중심으로 결정을 하면 사고형이고 사람들과의 관계를 중심으로 결정을 하면 감정형이라는 것이다. 나는 공감이 되면 상황에 따라 봐주기도 하면서 사람들 마음이 다 똑같겠지 했다. 그런데 그게 아니었다. 사고형인 남편은 논리적으로 사건을 분석해 객관적이고 공정한 결정을 단호하게 내린다. 도무지 상황을 봐주지 않았다. 그래서 영 인정머리 없어 보인다. '우리 아버지 맞아?' '내 남편 맞아?' 하는 느낌이 들 정도다. 그러나 감정형들은 상황에 따라 결정을 내리기 때문에 적용하는 것이 사람마다 다르고 이랬다저랬다 하는 것이다. 그래서 원칙도 없어 보이고 우유부단해 보인다.

　정말 놀라웠던 것은 유형에 따라 쓰는 언어도 다르다는 것이다. 사고형인 사람들, 특히 사고형 아이들은 "맞다", "틀리다"라는 단어를 많이 쓰는 반면, 감정형은 애든 어른이든 "좋다", "싫다"라는 단어를 많이 사용한다. 특히 어떤 결정을 내려야 할 때 사고형 남편은 "그래, 그게 맞아. 그게 옳은 결정이야!"라고 확신하면서 말한다. 그런데 감정형인 딸은 "난 그게 너무 좋아. 그렇게 할 거야!"라고 한다. 생각은 이렇게 저렇게 다 하고 있어도 결국 감정형은 자기가 좋아하는 대로 결정하고, 사고형은 자기가 옳다고 생각하는 대로 결정해야 마음이 편한 것이다. 문제는 감정형이 "난 이게 너무 좋아, 이렇게 할 거야!"라고 하면 사고형은 그 결정이 영 미덥지 않아 보이는 반면에, "이게 옳아, 이렇게 해야 하는 거야!"라고 말하는 사고형의 결정이 감정형이 보기에는 피도 눈물도 없는 냉혹한 결정인 것처럼 보인다는 사실이다.

　사고형은 의사결정을 할 때 객관적이고 논리적이고 원칙적인 기준에 따르기 때문에 그들은 의사결정을 한 후 크게 갈등이 없다. 하지만 감정형은 주관적이고 사람 중심적으로 의사결정을 하기 때문에 객관적이지도 않고 의사결정을 한 후에도 혹 인간관계에 문제가 생기지 않을까 고민한다.

하와이에서 MBTI 강사가 얘기했던 사례가 생각난다. 하와이에는 쥐가 많아서 주 당국에서 쥐를 잡으려고 고양이를 풀어놓았다. 그런데 이번엔 역으로 고양이가 너무 많이 번식해 문제를 일으키기 시작했다. 고양이 퇴치문제는 갑작스런 당면과제로 떠올랐다. 이 문제를 놓고 그 강사는 사람들에게 고양이를 효과적으로 퇴치하는 방법에 대해 물었다. 이때 사고형 사람들은 "독약을 놓아 잡읍시다", "고양이 잡는 축제를 벌입시다", "사냥꾼을 모아 고양이 잡는 날을 만듭시다" 등등 자신의 의견을 활발히 내놓는데 감정형들은 조용히 있더란다. 궁금해진 강사는 감정형들에게 어떻게 하면 고양이를 잡을 수 있는지 아이디어를 내보라고 재촉했다. 그러자 그들은 입을 모아, "아니, 불쌍한 고양이는 왜 죽여요?"라고 했다.

사고형은 친구가 와서 돈을 빌려달라고 해도 냉정하게 거절할 수 있다. 주머니에 돈이 있어도 이 돈은 다른 곳에 쓰기로 한 거니까 없다고 하고 안 빌려준다. 또한 친구에게 돈을 빌려주었다가 받지 못하면 친구도 잃고 돈도 잃는다고 생각하기 때문에 안 빌려준다. 하지만 감정형은 친구가 돈을 빌려달라고 하면 속상하다. '왜 꼭 나한테 오지?' 그러면서 빌려준다. 정말 친한 친구이고 꼭 빌려줘야 한다고 생각하면 남에게 꾸어서라도 빌려준다.

사고형이 인정하는 그림이 심사에서 1등을 했거나 비평가들이 좋은 점수를 준 그림이라면, 감정형이 좋다고 생각하는 그림은 자기가 좋아하는 작가나 아는 사람들이 그린 그림이다. 사고형은 늘 객관적이고 공정하게 판단하려고 노력하는 반면, 감정형은 주관적이고 자기중심적으로 판단한다. 사고형은 사람을 평가할 때도 그 사람의 좋고 싫음을 평가하기보다는 그 사람의 이런 점은 장점이고 이런 점은 단점이며, 이런 일은 잘 한 일이고 이런 일은 잘 못한 일이라고 객관적인 시각을 가지고 평가한다. 그러나 감정형은 '우리'라는 말을 좋아하고 나와 친한 사람은 늘 잘하고 옳다고 생각한다. 뿐만 아니라 내가 좋아하는 사람의 의견은 늘 옳다고 생각하고 다른 사람이 그 사람의 의견을 받아들이지 않거나 그를 나쁘게 평가하면 그 사람을 싫어하게 된다.

백화점에 가서 이 옷 저 옷 다 입어보고 자기에게 맞는 옷이 없으면 당당하게 그냥 나가는 사람은 사고형이다. 고객으로서 옷을 입어보는 것은 당연하기 때문이다. 그러나 감정형은 그렇게 하지 못한다. 매장에서 점원의 도움을 받으며 이것저것 입어봤으면 마음에 드는 옷이 없어도 무언가를 사가지고 와야만 할 것 같다. 그래서 마음에는 안 들지만 적당한 옷을 사가지고 와서는 후회하고는 다시 바꾸러 간다. 감정형은 백화점에 가도 점원들과 눈이 마주칠까봐 눈을 내리깔고 다닌다고 한다.

IMF 이후 한 미국 회사가 우리나라 자동차 회사를 인수하려고 회사에 대한 실사를 한 적이 있다. 몇 개월간의 실사 끝에 미국 회사는 인수를 포기한다고 발표했다. 조건이 안 맞는다는 것이었다. 그러자 언론을 비롯해 많은 사람들이 들고 일어났다. 미국 회사가 저의를 가지고 우리나라 회사의 내부사정을 캐내려고 실사만 하고 안 샀다느니, 그런 회사는 혼을 내주어야 한다느니 하면서 말이다. 그 당시 한 미국인 파트너가 내게 했던 말이 생각난다. "당신은 옷을 살 때 입어보고 사요, 안 입어보고 사요? 또 옷이 안 맞아도 그냥 사서 입나요?"

우리나라 사람들은 미국인들에 비해 감정형이 더 많은 것 같다. 사람들과 일을 하거나 협상을 할 때도 감정형 기질을 마구 발휘한다. 상대방이 잘못해도 듣는 사람 마음 상할까봐 잘 이야기하지 않는다. 몇 시간째 옷을 입었다 벗었다 하고는 안 맞는다고 그냥 가는 사고형을 뒤에서 미워하고 욕한다. 우리는 늘 우리 편, 남의 편으로 이분법적 편가름을 한다. 그리고 우리와 생각이 다르면 미워하고 다른 의견을 내면 싫어한다. 우리 편은 늘 옳고 남의 편은 늘 그르다고 생각한다. 음식을 시켜도 이것저것 이야기하다가 다른 사람이 불편할까봐 "그냥 같은 걸로 줘" 하고 말한다. 싸움을 하더라도 감정이 북받쳐 "너 죽고 나 죽자" 하고 덤빈다. 사고형들은 이런 감정형들이 이해가 잘 안 된다.

우리 집 두 아들은 각기 사고형과 감정형인데 이들이 매 맞는 태도를 보면 어쩜 이렇게 다를까 하는 생각이 든다. 사고형 아들은 자기가 잘못한 걸 알면 알아서 종아리를 걷어 올린다. 그러나 감정형 아들은 어떻게든 안 맞으려고 도망 다니거나 쉽게 잘못했다고 꼬리를 내린다. 그러나 그래도 때릴 것 같은 기미가 보이면 체념한 듯 "몇 대 때릴 건데요? 근데 아프게 때릴 거예요?" 하고 묻고는 끝까지 피해 다니다가 맞기도 전에 눈물부터 쏟는다. 한 번은 두 아들이 잘못을 해 종아리를 때린 적이 있다. 자기들도 잘못을 인정했기에 몇 대씩 맞을 건지 정하라고 했더니 세 대씩 맞겠다고 했다. 사고형 아이는 아무 말 없이 세 대를 맞았다. 내가 그렇게 세게 때릴 줄은 몰랐는지 쉽게 맞겠다고 종아리를 걷었다가 울음을 터뜨리고 자기 방으로 들어갔다. 그런데 감정형 아이는 계속 안 맞겠다고 울어댔다. 자기가 세 대 맞겠다고 하고서도 벌 받는 것이 싫었던 것이다. 하지만 원칙과 공정성이 중요한 사고형인 내가 그냥 넘어갈 수는 없었다. 실랑이 끝에 결국 감정형인 아이도 세 대 맞았고, 그 아이도 울면서 방으로 가버렸다. 잘못했으니 때리기는 했지만 아비로서 마음이 편치 않았다. 사고형 아이는 조금 울더니 아무렇지도 않은 듯 다시 방에서 나왔다. 그 아이를 불러 "아빠가 너무 세게 때려서 많이 아팠지? 괜찮니?" 하고 물으니 대답이 명쾌했다. "제가 잘못해서 맞았는데요, 뭘. 괜찮아요." 그 아이의 표정에는 아무런 불만이 없었다. 그러나 감정형 아이는 방에 틀어박혀 울면서 나오질 않았다. 아무리 잘못했어도 어떻게 그렇게 세게 때릴 수 있는지 못내 서운한 모양이었다.

싸워도 밥은 먹는 사고형,
싸우면 밥이 안 넘어가는 감정형

사고형은 자기 결정에 사사로운 감정이 개입하는 걸 싫어한다. 그래서 늘 객관적이고 원칙적으로 결정한다. 회사를 경영해도 남의 청탁을 잘 안 들어주고 공정하게 처리하기 원한다. 친인척을 쓰는 것도 옳지 않다고 생각한다. 그러나 감정형은 여기저기서 들어오는 부탁을 거절할 수가 없다. 사고형 사장은 회사에서 구조조정을 해야 할 경우에도 객관적이고 공정한 입장에 서서 원칙을 만들고 구조조정을 한다. 자신의 사사로운 감정이 들어가지 않도록 최선을 다해 내보낼 인원을 고른다. 그러나 감정형 사장은 기본적으로 구조조정 같은 건 원치 않는다. 직원을 해고하기보다는 차라리 "우리 다 같이 죽자!" 하는 편이 더 낫다고 생각한다. 누가 더 좋은 사장인가? 그것은 알 수 없다. 좋은 사장은 기질로 평가하는 것이 아니라 이익을 많이 내어 직원들을 풍요롭게 해주는 사람이다.

사고형 부모는 아이들을 혼낼 때도 감정을 잘 조절한다. 아이에게 잘못을 설명하고, 그래서 몇 대를 맞아야 한다고 정하고는 그만큼 때린다. 그러나 감정형은 기본적으로 아이들을 체벌하는 것을 싫어한다. 감정형인 내 친구는 자녀들이 아무리 많은 잘못을 하더라도 절대로 때리지 않는다. 몇 시간이고 이야기하면서 아이들이 잘못을 깨우치도록 한다. 감정형은 가능하면 자녀를 때리지 않는 것이 좋을 듯하다. 대부분 감정 조절이 잘 안되기 때문에 감정이 북받치면 "오늘 한 번 끝장을 보자" 하면서 아이들을 심하게 혼내게 된다. 감정형이 감정 조절이 안 될 때는 위험한 순간이다. 그럴 때는 잠시 그 상황에서 벗어나 안정을 취하는 것이 좋다.

남편은 사고형인데다 정리형(TJ)이므로 아이들이 규칙을 지키도록 엄하게 다룬다. 여대생 딸들이 요즘 세상에 10시 통금이 어디 있냐고 데모해도 일단 한 번 안 된다고 한 것은 죽어도 안 된다. 그러다보니 아이들이 아빠를 좋아하면서도 무서워한다. 결정에 감정을 개입시키지 않는 아빠에게 안 통할 것 같은 사안은 모조리 나한테 와서 조른다. 그래서 사고형 아빠가 훈육을 맡고 나는 관대한편이다. 그런데 나는 참다 참다 화가 나면 그때 회초리를 든다. 그리고는 그동안 참았던 것을 다 쏟아낸다. 게다가 그 즈음에 혹시 남편이 나를 힘들게 한 일이 있으면 그 원망까지 보태져 회초리에 감정이 실린다. 실제로 미운 남편과 비슷하게 생긴 아이가 더 밉게 느껴지기도 한다. 그러면 남편이 오히려 슬금슬금 내 눈치를 볼 정도이다. 사실 이는 건강하지 못한 방법이다. 아이들을 일관성 있고 공정하게 다스려야 하는데 자꾸 감정이 개입된다. 그래서 이제는 정말 화날 때는 오히려 화가 좀 누그러지길 기다린다. 그리고 마음을 좀 다스린 후에 혼내든지 나보다 객관적인 남편에게 부탁한다.

일반적으로 사회에서는 남자가 논리적이고 원칙적인 사고형인 건 당연히 여기는데, 여자가 사고형일 경우엔 좀 드센 여자라는 소리를 듣는다. 반대의 경우도 마찬가지다. 여자가 감정형인 건 당연히 여기지만, 남자가 눈물도 많고 마음이 여리면 여자 같다는 소리를 듣고 자란다. 그래서인지 밖에서는 센스 있는 감정형 남자들이 집에 와서는 짜증을 잘 낸다고 한다. 사회에선 자기 감정을 보일 수 없으니 집에 와서 푸는 것이다. 그리고 남성적인 면을 보여주기 위해 오히려 더 거칠게 생활하거나 심한 경우 폭력을 행사하는 경우도 있다.

사고형 남편은 듣기 싫은 온갖 말을 다해 부인의 감정을 있는 대로 상하게 해놓고 당당하게 "밥 줘!"라고 말한다. 이 말을 들은 감정형 부인은 '속에서 열불 나고 미워죽겠는데 밥 달라고? 말도 안 돼!'라고 생각한다. 그러나 사고형 부인은 남편과 싸워도 밥은 해준다. 싸운 건 싸운 거고 밥 먹는 건 밥 먹는 거니까. 강의 때 이 이야기를 듣던 한 감정형 남편이 "난 그 밥 안 먹어!" 했다. 감정형들은 배우자와 싸우면 한 공간에서 숨쉬는 것조차 힘들다고 호소한다. 그런 감정형 부인에게 사고형 남편이 "이제 그만하고 자자"고 하면 감정형 부인은 기겁을 하고 도망가든지 심한 모욕감을 느끼게 된다.

기질이 다른 아이들이 놀이를 하는 것을 보는 것도 재미있다. 사고형 아이와 감정형 아이가 손목 맞기 놀이를 한다. 처음에는 사

고형 아이가 졌다. 맞는 것을 좋아하는 아이는 없지만 진 건 진 거
니까 사고형 아이는 당당하게 팔뚝을 걷고 손을 내민다. "때려!" 그
러나 관계가 중요한 감정형 아이는 정말 살살 때린다. "톡!" 두 번
째 놀이에서는 감정형 아이가 졌다. 감정형 아이는 맞기는 정말 싫
지만 자기가 살살 때렸으니까 사고형 아이도 살살 때릴 것을 기대
하고 손을 내민다. 그러나 이게 웬걸. 사고형 아이는 사정없이 아
프게 때린다. "짝!" 관계는 관계고 게임은 게임이니까. 세게 맞은
감정형 아이의 눈에 불이 난다. '두고 봐라.' 이번엔 사고형 아이가
졌다. 다시 당당하게 손을 내민 사고형 아이의 팔뚝을 온 감정을
실어 죽어라고 내리친다. "퍽!"

사고형이냐 감정형이냐는 것은 의사결정을 할 때 어느 기질
을 더 자주 사용하느냐는 것이지, 사고형이라고 사고기능만 사용
하고 감정형이라고 감정기능만 사용하는 것은 아니다. 사고형도
경우에 따라서는 감정을 사용하기도 한다. 사실 나는 감정형 지수
도 높지만 남편과 싸울 때는 사고형 기질을 사용해서 말한다. 사고
형과 감정형의 점수차이가 거의 없어서인지 나는 사고형과 감정형
간의 조절이 어느 정도 가능하다. 그런데 사고형이 강한 남편과 함
께 살다보니 맘이 자꾸 상했다. 그래서 매사에 상처를 안 받으려고
의도적으로 사고형처럼 생각하려고 애쓰다보니 사고형이 많이 계
발된 것 같다. 실제로 최근 MBTI 워크숍에서 다시 한 번 검사해보

니 그동안 사고형 점수가 상당히 올라와 있었다. 기질이 변하는 것인지 아닌지는 강의를 하다 보면 가장 많이 받는 질문 가운데 하나이다.

융의 이론에 따르면, "각 개인마다 선호하는 심리적 경향이 있고, 그것은 선천적으로 타고 나며, 환경의 강화를 받아 개인의 성격유형으로 발달한다"고 한다. 즉 개인마다 자신의 진짜 유형이 있다는 것이다. "성격유형은 변화하는가?"라는 질문에 대한 융의 이론에 근거한 대답은 "아니다"이다. [1]

그렇다면 옛날엔 안 그랬는데 지금은 달라진 걸 어떻게 설명하면 좋은가? 우리의 기질은 선천적으로 타고 나고 변하지 않지만 2가지 원인에 의해 변한 것처럼 보일 수 있다. 첫째는 아주 다른 기질의 부모에게 양육되면서 부모가 요구하는 기질에 맞추거나 직업과 주변 환경의 요구에 맞춰 살다보니 자신의 기질이 아닌 것이 자신의 기질처럼 된 경우이다. 마치 익숙하지 않은 왼손일지라도 열심히 연습하고 사용하면 숙달되듯이 말이다. 둘째 요인으로는 자의든 타의든 자신의 기질을 잘못 알고 살다가 나이가 들면서 자신의 기질을 제대로 찾은 경우이다.

외향형이나 사고형은 사회생활이나 학교에서 길러질 수 있는

---

1) 김정택·심혜숙, 『MBTI 질문과 응답』, 한국 심리검사 연구소, 1995, 9~10쪽

기질이다. 학교나 사회에서는 논리적이고 객관적인 관점을 배우기 때문에 감정형인 사람들이 사고형 기질을 점점 계발하게 된다. 그러나 우리나라 학교나 사회에서는 감정형 기질을 잘 가르치지 않기 때문에 사고형들이 감정기능을 배우기 힘든 것 같다. 그렇게 되면 점점 사회가 삭막해지지 않을까 걱정된다.

　감정을 자유롭게 표현하고 인간관계가 더 부드러워지기 위해서는 나이를 먹을수록 감정기능을 더욱 계발시켜야 할 것이다. 논리적이고 행정력이 뛰어나 사회에서 인정받는 4, 50대 사고형 남자의 정서표현과 감성이 유아수준일 수도 있다. 끔찍한 일이지만 실제로 그런 사람이 많다. 자신의 감정을 표현하는 법을 배워 본 적이 없으니 부인과 아이들한테 평생 따뜻한 말 한 마디 할 줄 모르고 사랑한다는 표현도 할 줄 모른다. 그래서 그런 가정의 딸들은 사랑한다는 남자의 말 한 마디에 앞뒤 안 재고 쫓아간다. 사람은 사랑을 먹고 사는 존재인데 평생 가정에서 들어야 할 말을 가정에서 해주지 못하니 밖에서라도 찾는 것이다.

할 말 다 하고 사는 사고형,
하고 싶은 말 못해 쌓인 게 많은 감정형

인간관계를 나쁘게 하려는 사람은 없다. 갈등을 원하는 사람은 한 사람도 없다는 말이다. 하지만 사고형은 그것이 더 원칙에 맞고 공정하다면 관계를 조금 해치게 되더라도 할 말은 하고 자기 결정을 굽히지 않는다. 그러나 감정형은 기본적으로 관계를 해치고 싶어 하지 않기 때문에 하고 싶은 말도 못하고, 때론 결정도 제대로 내리지 못한다.

가족이나 조직에서 일을 잘 못한 사람이 있을 때, 사고형들은 그것을 말해주는 것이 옳다고 생각한다. 물론 사고형도 상처를 줄까봐 고민도 하고 부드럽게 이야기하려고 온갖 노력을 하지만 결국은 상대방에게 이야기한다. 상대방이 사고형일 경우에는 큰 문제가 없을 수 있지만, 감정형일 때는 문제가 조금 심각해질 수도 있다. 감정형은 논리적이고 객관적으로 받아들이는 것이 아니라 감정적이고 주관적으로 받아들이기 때문이다. 감정형들은 이런 경우 상대방의 감정을 상하게 할까봐 잘 이야기하지 않는다. 하지만 문제가 해결되지 않은 상태이므로 계속해서 속앓이 하며 지내는 경우가 많다.

상대방의 잘못을 지적하는 것은 어려운 일이므로 어느 정도 이해가 되지만, 감정형은 자기 생각이나 의견을 이야기하는 것도 어려워한다. 그런 이야기를 하면 상대방이 자기를 싫어할까봐 걱정되는 것이다. 내향형은 자기 의견을 이야기하고 남 앞에 나서는 것이 힘들어 이야기하지 않지만, 감정형은 갈등이 두려워 이야기하지 못한다. 그러니 내향형이자 감정형(IF)이면 거의 말을 안 한다고 봐야 한다. 감정형은 말하는 것도 힘들지만 듣는 것도 힘들다. 상대방이 나와 다른 의견을 내면 감정이 상한다. 상대방이 나의 잘못을 지적하면 더 말할 것도 없다.

사고형은 보통 자기 생각을 솔직하게 이야기하는 편이지만 감정형은 빙 둘러 말하는 경우가 종종 있다. 부모님께서 "너희들 힘들고 바쁜데 이번 생일상은 차리지 마라" 하셨다고 그 이야기를 액면 그대로 받아들여서는 안 된다. 감정형 부모님일 경우는 더욱 그렇다. 물론 감정형 자녀들은 절대로 안 된다고 하며 결국은 해드리지만, 사고형 자녀들은 부모님께서 정말 그것을 원하시는 줄로 착각하고 부모님을 섭섭하게 해드린다. 감정형은 항상 자기가 할 수 있는 이상을 베풀려고 노력한다. 그들에겐 인간관계가 중요하기도 하지만 사실은 자신도 그렇게 대우받고 싶기 때문일 것이다. 그런데 그런 보상이 돌아오지 않으면 슬프다.

감정형들이 사고형에게 상담을 받는 장면을 떠올려 보자. 사고형은 감정형의 이야기를 들은 후 이렇게 말한다. "당신이 잘못했네. 당신이 잘못한 이유는 어쩌고 저쩌고…" 상담은 감정형들이 잘한다. 상대방의 힘들었던 이야기를 한참 들은 감정형은 내용은 잘 이해하지도 못하면서 이렇게 이야기한다. "정말 힘들었겠네요" 하고 같이 울어준다. 가장 좋은 상담은 이야기를 들어주는 거라고 한다. 그저 상대방의 말을 들으면서 같이 울어주고 웃어주기만 해도 내담자는 혼자서 다 결론 내리고 가면서 "너무 좋았다"고, "상담 감사하다"면서 간다고 한다. 결국 감정을 토닥거려주면 되는 것이다. 그런데 사고형들은 상담하면서 결정을 내린다. 해결사 역할을 해주려고 하는 것이다. 상담 온 감정형은 그저 자기 이야기를 들어주고 맞장구 쳐주고 위로해달라고 온 건데.

감정형 딸이 유학생활을 하면서 함께 사는 하숙집 할아버지가 너무 힘들게 한다며 그 집을 나가겠다고 말했다. 듣고 보니 너무 속상했다. '이 할아버지가 노망을 부리시나? 왜 이렇게 내 딸을 못살게 구는 거야?' 화가 나면서도 그런 걸 겪어야 우리 아이가 성숙해질 것 같아, "네가 지금 혼자 살 순 없잖니? 일종의 훈련이라고 생각해. 그걸 견뎌내지 못하면 앞으로도 그런 사람을 감당하지 못하니까 이겨내." 이런 식의 설교를 늘어놓았다. 그랬더니 그 아이가 벌컥 화를 냈다. "엄마, 나도 다 알아. 내가 전화한 건 엄마한테 위로받고 싶어서인데. 엄마는 그냥 '어이구 내 딸 고생이 많구나. 힘들지? 어떡하니?' 하면서 토닥여주면 되는 거야. 그런데 엄마는 오히려 나한테 화를 내면서 더 힘들게 하잖아. 도움이 안 돼. 어휴~, 내가 괜히 전화했어"라고 투덜대는 것이었다.

'자녀교육'이란 일이 보이는 순간 갑자기 내 안의 사고형 기질이 발동하면서 자녀와의 인간관계를 하나의 일로서 처리했던 것이다. 그러다보니 자녀에게 도움도 못 주고…. MBTI 강사를 10년 한들, 여전히 내 기질에서 벗어나지 못하는 나 자신을 보며 하루 종일 마음이 씁쓸했다. 자기 유형이 아닌 모습으로 살기란 정말 힘들다. 그러니 외울 수밖에 없다. 그래서 그 다음에 힘든 일로 전화한 딸에게 거의 암송하다시피 하며 다음과 같은 말을 해주었다. "얼마나 힘들었니? 수고했다. 기특하다. 내 딸…." 더 이상의 미사여구나 아름다운 격려의 말이 안 나왔지만 그래도 했다. 좋아하는 것 같았다. 그런 일이 있은 후 감정형 친구에게 물었다. "도대체 감정형들은 어떻게 위로해야 하는 거야? 그 정도 말해봤자 어설픈 거 딸이 잘 알 텐데." 그 친구가 말했다. "다 알아. 어설픈 거. 그렇지만 그렇게라도 노력하는 걸 보고 넘어가 주는 거야. 노력하는 그 마음이 고마워서. 때로는 말이 필요 없어. 그냥 가만히 안아주면 돼."

사고형들은 남에게 한 번 이상은 잘 권하지 않는다. 한 번 권하면 됐지 바쁜 세상에 그런 걸 가지고 시간 쓰고 신경 쓰고 싶어 하지 않는다. 그래서 "이거 아주 맛있는 건데 하나 남았으니까 드세요" 해서, "아니, 괜찮아요. 많이 먹었는 걸요" 하는 반응이 나오면 정말 그런 줄로 알고 "아, 그러세요? 그럼 제가 먹지요" 하며 일단락을 짓는다. 상대방이 사양하면 더 이상 권하지 않는 것이다. 자신의 생각을 솔직하게 이야기하는 편이기 때문에 상대방도 자기와 같을 거라고 생각한다. 심지어 이럴 때 감정형들이 우유부단하게 결정을 못 내리고 있으면 짜증이 난다. 그러나 대부분의 감정형은 속으로는 하고 싶어도 습관적으로 사양하는 버릇이 있는 것 같다. 그래서 상대방이 한 번의 사양으로 더 이상 권하지 않으면 속이 상한다. 안 한다 했으니 뭐라 할 말은 없지만 냉정한 사고형이 야속하기도 하고, 하고는 싶은데 선뜻 하지 못하는 자신도 한심하게 여겨진다.

그래서 사고형과 감정형이 이야기할 때는 서로 주의해야 한다. 상대방이 사고형이면 사고형의 방식으로, 감정형이면 감정형의 방식으로 대화해야 한다. 감정형에게는 싫다는데도 억지로 주어야 하고, 배부르다는데도 더 주어야 한다. 감정형은 정말 싫어도 강권하면 받아들인다. 이런 것을 우리는 정情이라 표현하기도 한다. 그런데 사고형은 싫다는데 자꾸 주는 사람이 싫다. '어차피 갖다 버릴 텐데…' 하고 화가 나기도 한다.

자기 마음과는 다른 이야기를 하는 감정형에게 왜 솔직하게 말하지 않았냐고 하면, "미안해서"라고 한다. 사고형은 있는 그대로 말하지만 감정형은 남의 마음을 배려한다는 이유로 솔직히 말하지 않기 때문에 사고형이 감정형의 말을 그대로 믿었다가는 큰코 다친다. 감정형과 대화할 때 사고형은 감정형의 말을 듣는 게 아니라 심중을 읽어줘야 한다. 마음속이 더 복잡한 이상형과 개방형이 더해진 감정형(NFP)일 경우에는 더욱 신경 써서 행간을 읽어야 한다. 그러나 현실형과 정리형이 더해진 사고형(STJ)은 말하지 않는 상대방의 속마음을 알아내는 것이 거의 불가능하다. 내향형이자 감정형(IF)일 경우에는 쉽게 말도 안하면서 쌓인 분노까지 합세해 상대방을 더욱 힘들게 하기도 한다. 그래서 현실형과 이상형과의 대화만큼이나 어렵지는 않겠지만 사고형과 감정형 간의 대화 역시 쉽지는 않다.

　사고형은 하기 싫으면 안 한다고 하기 때문에 사실 결정이 건강하다. 그러나 감정형은 하기 싫어도 상대방의 입장을 배려해서 같이 해준다. 그리고는 속으로 힘들어한다. 겉과 속이 다르니 쌓이는 게 많기 때문에 가만히 보면 감정형들이 속병이 많다. 특히 내성적이고, 자기 주장이 분명히 있는 정리형이지만, 내색 못하는 감정형일 경우 현실형(ISFJ)이든 이상형(INFJ)이든 속병이 많아 내과병원에 자주 들락거린다. 병명은 주로 신경성 위장병이다. 우리나라 내과병원을 먹여 살리는 분들이 바로 이 분들이다.

　외국에 사는 한 부부가 친구 집에 놀러왔다. 사고형 남편은 "우리 집이 좁으니 편안하게 자라고 호텔 방 하나 잡아 주자"고 한다. 돈을 우리가 내주면 되지 않냐고 하면서 말이다. 물론 맞는 말이다. 그러나 그런 말을 들은 감정형 아내가 펄쩍 뛴다. "어떻게 친한 친구를 호텔에 재울 수가 있어요? 아무리 비좁고 집안이 엉망이어도 우리 집에서 재워야지." 합리적이고 냉정한 사고형과 관계가 중요한 감정형 사이에 갈등이 생긴다.

이 집 부부만 갈등을 일으키는 게 아니다. 손님 부부도 갈등이 시작된다. "좁지만 여기서 주무세요" 하는 말을 들으면 그때부터 사고형 남편의 고민이 시작된다. '아니, 서로 불편한데 그럴 필요가 있나? 요 앞 호텔에 가서 자면 되는데.' 주변 환경이 정리 안 되면 불편한 정리형이면 고민은 더 커진다. 자고 가라는 말에 덜컥 그러겠다고 대답한 감정형 부인이 미워진다. 감정형은 호텔에 가서 자는 것보다 친구 부부와 밤새워 이야기하는 것이 더 좋다. 자는 것보다는 관계가 더 중요하기 때문이다.

주인이 자고 가라고 하면 감정형 부인이 "그러지요 뭐. 저희는 아무데서나 잘 자요" 이렇게 이야기하고 싶은데 상대방이 불편할까봐 말은 반대로 나온다. "아니에요. 불편하실 텐데." 이럴 때 옆에서 사고형 남편이 "그래, 얼마나 불편하겠어. 우리 나가서 자자" 하고 말하며 자기를 끌고 나와 버리면 감정형은 속이 상한다. 한 번 사양했는데 사고형 주인이 "그러면 나가서 주무세요" 하고 놓아주어도 섭섭하다. 아무튼 감정형은 늘 속이 상한다.

반대의 경우 사고형의 집주인이 "저희 집이 너무 불편할 것 같아서 요 앞에 호텔을 잡아놓았어요" 하고 이야기하면 감정형 손님은 생각이 복잡해진다. '우리가 불편해서 그러나?', '우리가 같이 뒹굴 만큼 가깝지 않나?' 그래서 손님이 놀러오거나 놀러가거나 사고형과 감정형의 갈등 때문에 부부는 늘 싸운다. 한 사람은 재우자고 하고 한 사람은 호텔로 보내자고 하고, 한 사람은 자고 가자고 하고, 한 사람은 나가서 자자고 하고.

애정표현이 어색한 사고형, 애정표현이 자유로운 감정형

감정형 아이들은 항상 엄마 옆에 달라붙어 산다. 얼굴을 부비고 뽀뽀를 하는 등 신체 접촉을 좋아한다. 그러나 사고형 아이들은 좀처럼 옆에 잘 오지 않는다. 그렇다고 그들이 엄마를 싫어하는 것은 아니다. 감정표현을 잘 못하는 것일 뿐이다. 감정형 엄마는 자기에게 잘 달라붙지 않고 멋쩍어하는 아이가 좀 섭섭하기도 하다. 여행을 가거나 유학을 가도 비슷한 것 같다. 감정형 아이는 날마다 전화해 보고 싶다고 하고 울기도 하는데 사고형 아이는 전화도 잘 안하고 좀 무뚝뚝하다.

우리 부부는 집에서 자주 껴안는다. 그러면 감정형 아이는 항상 우리 둘 사이를 파고들어온다. 아내와 함께 누워 있으면 그 사이에 끼어들어 눕는 아이는 감정형이다. 사고형 아이라고 해서 엄마 아빠 사이에 눕는 것이 싫을 리 없다. 그러나 사고형 아이는 먼저 생각한다. 엄마 아빠 사이에 끼어드는 것이 합당한지 아닌지,

순서가 맞는지 아닌지. 그러나 감정형 아이는 아무 생각 없이 뛰어든다. 그러면 사고형 아이는 감정형 동생이 미워진다. 불공평하다고 생각한다. 자기는 한 번도 못 누웠는데, 늘 동생이 자기가 있어야 할 자리를 빼앗아 간다고 생각한다. 어느 날 사고형 아이가 우리 부부 사이로 끼어들어왔다. 들어오면서 멋쩍은지 이렇게 말했다. "나 감정형 놀이하는 거야."

얼마 전 보니까 감정형 딸이 엄마와 함께 반신욕을 한다고 목욕탕 안에 들어가 있었다. 옆에서 계속 지켜보고 있는 사고형 딸에게 "너는 왜 안 들어가니?" 하고 물으니 자리가 없단다. 사고형 아이라고 같이 하고 싶지 않을 리 없지만 늘 감정형 아이에게 자리를 빼앗긴다. 둘 다 방학이라 모처럼 집에 돌아왔으니 엄마와 더 오래 같이 있고 싶겠지만 항상 감정형 동생에게 자리를 내줘야 하는 언니는 편치 않을 것이다. 외향적인데다 감정형(EF)인 동생이 더 많이 나서서 엄마를 차지할 것이고, 내향적이면서 사고형(IT)인 언니는 말도 잘 못하고 섭섭한 마음을 쌓아놓았다가 나중에 다른 사소한 일이 생기면 함께 몰아서 화를 낸다. "너는 항상 내 거 다 가져가잖아." 이럴 때 EF는 기가 막히고 속이 상한다. "내가 언제 다 가져갔어?"

공정한 사람이 되고 싶은 사고형,
고마운 사람이 되고 싶은 감정형

사고형의 사람은 자기가 원칙적이고 공정한 사람이라고 평가받으면 좋아한다. 객관적인 평가가 좋았으면 하는 것이다. 그러나 감정형인 사람은 자기가 고마운 사람이라고 평가받을 때 좋아한다. 많은 사람의 객관적인 평가보다는 한 사람의 주관적인 평가가 더 중요한 것이다. 그래서 사고형이 감정형을 평가할 때는 아주 완곡한 표현으로 감정형의 마음이 열려진 후에 조금만 해야 한다. 그들은 과제 완수에 앞서 한 인간의 모습으로 인정받기 원하기 때문이다. 일의 결과만 놓고 평가하는 사고형들의 평가가 감정형들의 마음엔 지나치게 느껴지기 때문이다. 반면에 감정형은 사고형이 알아들을 수 있도록 논리적으로 조목조목 이야기해야지 그냥 뭉뚱그려서 말하면 무슨 말인지 못 알아듣고 그 말을 인정 안한다. 사고형들은 논리가 맞으면 승복한다.

어느 날 바쁜 감정형 부인이 오랜만에 남편이 좋아하는 갈비찜을 준비해놓고 옆에 앉아서 물었다. "여보, 갈비찜 맛있어?" 그랬더니 사고형 남편이 고민을 한다. 사실 고기도 좀 질기고 간도 안 맞았다. 사실을 말할 것인가? 아니면 맛이 좀 없지만 맛있다고 해야 하는가? 그러다가 "당신 진실을 원해?" 하는 순간 그 남편은 다시는 아내에게 갈비찜 얻어먹을 생각을 말아야 한다. 감정형 부인이 평가를 원하는 것은 "칭찬해 주세요"라는 말로 바꿔 들어야 한다. 감정형은 언제나 칭찬받고 싶어 한다. 그렇다고 사고형이 칭찬받는 것을 싫어한다는 것은 아니다. 사고형은 자기가 생각해서 잘한 일에 칭찬을 받고 싶어 하지 아무 때나 잘했다고 건성으로 하는 칭찬은 싫어한다. 그러나 감정형은 잘했건 못했건 관계없다. 무조건 칭찬이 좋다.

우리 집 감정형 딸은 늘 엄마에게 묻는다. "엄마, 나 얼마큼 사랑해?" 일을 손에서 놓지 못하고 건성으로 대답하는 엄마의 얼굴을 자기에게 돌려놓으며 계속 묻는다. "내 얼굴 똑바로 보면서 얘기해. 엄마 나 얼마큼 사랑해?" 감정형 아이들은 계속해서 사랑을 확인하고 싶어 한다. 어른도 마찬가지다. 감정형은 계속해서 배우자로부터 사랑을 확인받고 싶어 한다. 그러나 냉정한 사고형 배우자는 별 반응이 없다. 감정형 아내의 끈질긴 요구에 사고형 남편은 한 번 사랑한다고 했으면 됐지 뭘 자꾸 묻냐고 화를 내기도 한다. 감정형 남편도 아내로부터 사랑을 확인받고 싶기는 마찬가지일 것이다. 그러나 남자 체면이 있지 여자 같이 일일이 물을 수도 없고 마음만 답답하다. 별 것도 아닌 것으로 스트레스 받고 그러다 사소한 일이 터지면 쌓였던 것까지 합쳐서 화가 폭발한다.

 감정형, 특히 내향적 감정형(IF)은 친구가 밥 먹으러 가자고

하면 밥을 먹었는데도 같이 가서 또 먹기도 하고, 돈은 자기가 내야 할 것 같은 기분이 드는 사람들이다. 이들은 사고형, 특히 외향적인 사고형(ET)에게 늘 빼앗기고 당하고 사는 느낌이 든다. 그래서 그들이 밉기도 하지만 말도 잘 하지 못한다. 싫어할까봐.

상대방에게, 특히 자기가 좋아하는 사람에게 늘 고마운 사람으로 칭찬받기 원하는 감정형은 어렸을 때부터 남에게 잘 보이고 칭찬받으려는 노력을 많이 하고 살아온 사람들이다. 그래서 싫어도 싫은 내색도 못하고 웃으면서 해주기도 한다.

회사에서 감정형에게 일을 부탁하면, 시간이 없음에도 불구하고 거절하지 못하고 승낙하는 경우가 있다. 그리고는 다른 것을 희생시키고 밤을 새워 그 일을 하면서 짜증을 낸다. 그럴 때 만만한 건 가족들이다. 별 것도 아닌데 아무 상관도 없는 아내에게 화를 내기도 하고 아이들에게 짜증을 부리기도 한다. 갑자기 화내는 감정형의 남편을 아내는 이해할 수가 없다. 그러니 부부싸움이 끊이질 않는다.

사고형에게 일을 부탁하면 할 수 있는 것은 해주지만 할 수 없는 일은 냉정하게 거절한다. 어렵게 부탁했는데 냉정하게 거절하는 사고형을 보면 감정형은 마음이 상한다. 안 된다는 데야 어떻게 하겠나. 그러니 모든 일이 거절 못하는 감정형들에게 떨어진다. 이 일 저 일 맡아서 하는 감정형들은 자기 할 일만 딱하고 나가는 사고형들이 밉다.

식당에 친구들과 같이 가서 음식을 주문할 때 사고형들은 자기가 먹고 싶은 것을 잘도 시켜 먹지만, 감정형들은 이 눈치 저 눈치 다 보아야 한다. 여러 명이 중국 집에서 음식을 시킬 때 앞에서 시키는 사람들이 다 짜장면을 시키면 나는 짬뽕을 먹고 싶지만 "나도 짜장" 하고 말하는 사람들이다. 그리고는 속이 상하고 짜증이 난다.

감정형이 성숙하려면 자기가 할 수 없는 일에 "NO"라고 말 할 수 있어야 하고, 자기가 먹고 싶은 것을 먹겠다고 이야기할 수 있어야 한다. 그래야 건강해진다. 그러나 이는 결코 쉽지 않다. 훈련이 필요하다. 사고형들은 감정형이 "NO"라고 해도 상처받지 않는다. 걱정하지 마시라.

갈등상황을 견디는 사고형, 못 견디는 감정형

의견이 대립된 갈등상태로 지내는 것을 좋아하는 사람은 없다. 그러나 사고형은 결정이 공정하고 객관적이라면 인간관계에 약간의 갈등은 있을 수 있다고 생각한다. 반면에 감정형은 의견대립이 있는 경우 견딜 수가 없다. 그래서 대부분의 감정형은 인간관계에서 오랫동안 의견이 대립되는 상황을 맞이하면 그곳을 떠나고 만다. 모든 조직이나 공동체에는 감정형이 있어야 분위기가 좋다.

때론 그들이 조직이나 공동체에서 일의 성과에 기여하지 못하는 것 같이 보일 수도 있지만 그들이 있기에 그 조직이 유지되고 더 끈끈하게 돌아간다. 갈등이 생겨 감정형이 다 떠나고 사고형만 남은 조직은 찬바람만 쌩쌩 부는 썰렁한 조직이 되고 말 것이고 뛰어난 성과도 내지 못하게 될 것이다.

내향적 감정형(IF)인 K부인은 외향적 사고형(ET)인 시어머님과 대화를 하려면 늘 두렵다. 시어머님이 차가운 목소리로 "아가야, 나 좀 보자!"고 하면 가슴이 떨리기 시작한다. 어머님이 "너는 어째 그리 생각이 없니?" 하시면 그 순간 아무 생각도 안 나면서 가슴만 두근두근 말도 못하고 실컷 야단만 맞고 온다. 밤에 이불 속에서 곰곰이 생각해보면 왜 그렇게 제때 할 말을 못했는지 속상하기만 하다. 하염없이 눈물만 흘리다가 늦은 밤 내게 문자를 보내온다. 오죽하면 이 밤에 연락을 할까 싶어 전화를 하면, 어머님은 생각나는 대로 다 말하시는데 그런 얼토당토 않은 오해에 반박도 하고 싶고 오해도 풀어드리고 싶은데 어머님 앞에서는 당최 입이 열리질 않는단다. 그리고 뭐라 말해야할지 모르겠다면서 괴로워했다.

얘기를 듣고 보니 어머니는 외향적(E)이고 사실적인 판단에 능하신 분(S)으로 분명 논리적으로 원칙을 따지면서(T) 이야기하셨을 테고, 내향적(I)이고 직관적(N)이어서 현실보다는 이상주의적이고 부드럽고(F) 조용한 며느리는 어머님께 말로써 변명하기가 쉽지 않았을 것이다. 외향적이어서 할 말 다 하신 어머님은 화낸 것도 잊어버리고 주무시는 동안, 제대로 말도 못한 채 억울함을 가슴에 품은 내향적 감정형인 이 며느리는 밤새 뒤척였던 것이다.

할 말 못하고 가슴을 치고 있는 며느리에게 MBTI 기질에 대해 이야기해주면서 말했다. "고민하지 말고 어머님한테 조목조목 이야기해도 돼요." 그러자 이 며느리는 "아마 제가 생각하는 거 다 말씀드리면 기절하실 거예요"라고 한다. 내가 "아니에요. 일단 말이 막힐 걸 대비해서 할 말들을 논리적으로 다 쓰고 미리 리허설을 해본 다음 이야기하세요. 어머님 성격으로는 다 받아들이실 거예요." "정말 그러실까요?" 감정형 며느리는 영 자신 없어 했다. 다른 사람들이 다 자기처럼 생각하는 줄 아는 것이다. 그게 아닌데. 어쨌든 어렵고 어렵게 어머님께 말을 하고 나니 어머님이 그러셨단다. "어머, 그랬었니? 왜 진작 그렇게 말 안했니?"

부부 사이에 갈등이 있어서 한바탕 싸우고 나면 감정형은 견딜 수가 없다. 갈등이 해결이 돼야 하는데 해결이 안 되니 답답하기만 하다. 어떤 사고형 부인에게 감정형 남편이 어떨 때 가장 싫으냐고 물었더니, 부부싸움을 한 후 서로 화해하고 피곤해서 자는데 남편이 계속 대화 좀 하자고 못 자게 할 때라고 한다. 사고형 부인은 그 정도면 해결되었다고 생각할지 모르지만 감정형 남편은 아직 부족하다. 무언가 마음에 남아있는 찌꺼기 같은 것이 있어 불편하다. 자기 전에 그것을 다 정리하고 갈등 없이 자고 싶어 더 애기하자고 하여도 부인은 피곤하다고 잠만 잔다. 남편은 계속 깨우고 부인은 짜증을 내고 그러다 다시 싸운다.

🧑 내향적이며 감정형인 남편이 잘못을 해 부부 사이에 갈등이 생겼다. 미안한 남편이 사고형 아내에게 다가가 꼬옥 껴안아 준다. 자기의 미안함에 대한 최대의 표현인 것이다. 그러면 사고형 부인은 더 화가 난다. 감정형은 이유 불문 하고 꼬옥 껴안아주면 해결이 되지만 사고형에겐 이런 방법이 통하지 않는다. 상대방이 무엇을 잘못했는지 듣고 싶어 꼬치꼬치 캐묻는다. 그래야 다음에는 고칠 거라 생각한다. 그런데 그런 말은 하지 않고 그냥 자기가 다 잘못했다고 한다. 때론 아무 말도 없이 와서 껴안기만 한다. 남편에게 왜 설명을 안 해주었냐고 물었더니 "그런 걸 말을 해야 아나요?" 한다.

우리 집 두 아들이 싸우고 나서 화해할 때는 더 웃긴다. 사고형 아이는 잘못했다는 말을 잘 안한다. 그래도 자기가 잘못한 경우에는 아빠가 시키니까 마지못해 동생 옆에 가서 "미안해" 하고 퉁명스럽게 이야기한다. 감정형 동생은 그런 사과는 받아들일 수 없다고 하면서 다시 아빠에게 와서 형이 사과를 제대로 안한다고 이른다. 그러면 사고형인 형은 이미 사과했다고 소리친다. 감정형 아이에게 어떻게 하는 것이 진정으로 사과하는 것인지 형에게 한 번 보여주라고 하자 감정형 동생은 금방 얼굴 표정을 애절하게 바꾸면서 감정을 넣어서 "미안해~" 하고 말한다. 이렇게 해야 한다나. 그러니 대화가 안 될 수밖에.

앞에서도 언급했지만 사고형이라고 해서 늘 사고만으로 의사 결정을 하고, 감정형이라고 해서 늘 감정만으로 의사결정을 하는 것은 아니다. 사고형도 감정기능을 사용하고 감정형도 사고기능을 사용한다. 그러나 그렇게 자기 유형과 다른 유형을 사용해 의사 결정을 하는 경우 마음속에 후회가 남는다. 사고형이 감정형적인 결정을 하고 나면 자기가 공정하지 않았다는 후회를 한다. 자신이 무언가 바르게 일하지 않았다는 느낌이 드는 것이다. 그러나 감정형이 사고형적인 결정을 하고 나면 자신의 결정에 무언가 중요한 것이 빠진 것 같다는 느낌을 받는다.

감정형은 쇼핑 갈 때도 꼭 누군가를 데려가고 싶어 한다. 이때 따라가는 또 다른 감정형은 자기는 아무것도 살 게 없어도 따라간다. 관계 때문에. 그러나 사고형들은 혼자 가는 편을 택한다. 자기 걸 사러 가는데 남이 같이 가면 신경 써야 하는 게 부담스럽다. 함께 가주었으니 시간을 내서 또 그 사람이 필요한 걸 챙겨줘야 하기 때문이다. 물론 분명한 도움이 필요해서 함께 가는 것은 당연하다. 결국 일 중심 사고의 결과인 것이다. 상대방이 가자고 하는데 다른 일이 바빠서 안 따라간 감정형은 후회가 된다. 아무리 바빠도 가줄 걸. 그래도 내가 필요하니 모처럼 함께 가자고 한 건데. 이처럼 감정형이 사고형적인 결정을 하고 나면 자기가 더 중요한 것을 해야 하는데 그렇게 하지 못한 것 같은 느낌이 든다. 상대방이 가자고 하기에 감정형의 기질을 사용하여 바쁘지만 따라간 사고형 역시 후회를 한다. 같이 다니면서 하는 일도 없고 소득도 없다. 할 일은 많은데 시간은 자꾸 지나간다. 내가 결정을 잘못했다는 생각, 원칙을 지키지 않았다는 느낌이 계속 든다.

"사고형들은 비인간적이고 감정형들은 인간적"이라고 말한 다거나 "사고형은 냉혈인간이고 감정형의 머리는 장식품이야"라는 부정적인 표현을 쓰는 것은 옳지 않고 도움도 안 되는 일이다. 사고형의 사람이라고 늘 머리만 사용해서 결정하는 것은 아니고, 감정형이라고 늘 감정만 사용하는 것은 아니기 때문이다. 우리는 모두 사고기능을 사용하기도 하고 감정기능을 사용할 수 있다. 성숙한 사람은 기질에 따라 선택하는 것이 아니라 상황에 따라 그리고 상대방에 따라 선택하는 사람일 것이다. 나의 기질에 관계없이, 일에는 사고형을 사용하고 사람에게는 감정형을 사용한다면 훨씬 좋아질 것이다. 이것은 훈련으로 가능하다. 상황과 가치에 따라서 사고형과 감정형의 기능을 다 사용하는 것은 양손을 다 쓰는 일이 될 것이다.

Chapter 6
16가지 유형의 특징

지금까지

외향형(E)과 내향형(I), 정리형(J)과 개방형(P), 현실형(S)과 이상형(N), 사고형(T)과 감정형(F)에 대해 서로 어떻게 다르고, 왜 갈등하는지에 대해 알아보았다. 이 4가지를 조합하면 다음 페이지의 도표와 같이 MBTI에서 이야기하는 16가지 유형이 나온다. 이제 16가지 유형에 대해 간단하게 그 특징을 설명하고 행복한 부부생활에 도움이 될 수 있는 팁Tip을 소개하겠다.

　여기서 간략하게 소개한 내용이 각 기질을 완벽하게 대변할 수는 없지만 가장 중요한 특징들은 알려줄 것이다. 각 유형에 대한 설명은 우리 부부가 MBTI를 배우고 강의하면서 깨달은 내용과 책

16가지 유형

ISTJ	ISFJ	INFJ	INTJ
ISTP	ISFP	INFP	INTP
ESTP	ESFP	ENFP	ENTP
ESTJ	ESFJ	ENFJ	ENTJ

뒤에 수록된 참고문헌의 책들, 특히 그 중 오토 크뢰거와 자넷 튜슨이 쓴 『Type Talk』[1]를 많이 참조했다.

사실 창조주는 인간 개개인을 자기만의 특성을 지니게 만드셨는데 사회는 우리에게 편견을 심어주었다. 남자는 다 논리적이고 냉철한 사고형이며, 여자는 다 관계중심의 따뜻한 감정형일 거라고 생각하는 것이 그것이다. 그래서 남자가 감정형이면 여자 같은 남자라고 놀리고, 여자가 사고형이면 남자 같은 여자라고 하면서 별로 좋아하지 않는다. 남자가 이상형적인 사고를 가지는 것은 그릇이 크다고 하면서 여자가 이상형적인 사고를 가지면 독특하다거나 도무지 현실감이 없다고 생각한다. MBTI 연구는 이상형에 대한 오해와 여성과 남성에 대한 편견을 해소하는 데 엄청난 기여를 했다. 이상형 여성과 감정형 남성들은 MBTI를 고마워해야 할 것 같다.

음~ 좋아.
계획대로군.

I: 혼자 일하기 좋아하고

S: **결론** 중심으로 생각하고

T: 객관적이고 진지하며

J: 이미 행해진 방법대로 처리하기를 좋아한다.

진지하고 조용하며 집중력 있는 이들은 성실한 사람들이다. 정리정돈을 잘하고, 일단 맡은 일은 책임지고 완수한다. 재미있게도 이들은 나이가 들어가며 자신의 가치관이 바뀌면 거기에 맞춰 다른 사람으로 변해가려고 애쓴다. 그래서 몹시 엄격했던 아버지가 재미있게 손주들과 놀아주는 할아버지가 되기도 한다.

이들이 배우자에게 칭찬을 잘하지 않는 것은 상대방이 당연히 할 일을 했을 뿐이라고 생각하기 때문이다. 배우자에게 "사랑한다, 고맙다"고 말하는 것을 규칙으로 정하여, 이것이 배우자를 위해 꼭 행해야 할 의무 가운데 하나라고 생각하면 행복한 부부관계를 만드는 데 큰 도움이 될 것이다.

---

1) Otto Krieger & Janet M. Thuesen, *Type talk: The 16 Personality Types That Determine How We Live, Love, and Work*, Dell, 1989

의무 수행자 (ISFJ)

내가 아님
누가 하리.

I: 내적인 에너지를 가지고
S: 사실과 현실에 충실하며
F: 다른 사람을 돕는 일에 집중하고
J: 모든 일에 책임감을 가지고, 제시간에 처리한다.

무대 뒤에서 일하기를 좋아하며 의무에 충실하고 복종을 잘하는 이들은 자신을 희생하며 남을 도와 주변에 안정감을 준다. 부모로서 가장 책임감이 강해 인생 전체를 헌신하며 늘 보호자로서 행동한다. 책임감이 많아 걱정도 많으며 불평도 많은 이들은 다른 사람들이 어떻게 느낄까에 관심이 많다. 이들은 의무감에서 벗어나고 싶어도 양심에 가책을 느껴 기꺼이 일을 떠맡는다. 노는 것도 계획을 세워서 논다. 이 유형의 남성은 자신의 여성적인 성격을 감추기 위해 오히려 더 거친 듯 행동할 수도 있다.

이들의 배우자는 이렇게 말할지도 모른다. "20년 동안 헌신한 것은 고맙지만 당신도 가끔은 화도 내고 게으름도 피우면 좋겠어." 배우자의 말처럼 지나친 의무감에서 벗어나 가끔은 제 목소리도 내고 게으름도 피우면 서로 행복할 수 있다.

극기훈련의 대가 (ISTP)

나중에 얘기하지 뭐….

I: 내면에 초점을 맞추고

S: 구체적으로 세상을 보며

T: 객관적인 결정을 내리길 즐기지만

P: 더 좋은 기회를 기다리며 결정을 유보한다.

가장 적은 노력으로 많은 일하기, 효율성 따지기 등은 이들을 잘 표현하는 말이다. 조용하지만 냉정하고 분석적인 관찰자인 이들은 마음이 잘 동요되지 않아 냉담해 보인다. 그러나 알고 보면 호기심도 많고 유머러스하고 표현은 잘 안하지만 아이디어도 많다.

남자 ISTP는 자극이 강한 운동이나 일을 좋아하고, 여자는 회계업무나 사업 등 냉정하고 침착함을 잃지 않는 일을 잘한다.

배우자로서는 상대방을 기쁘게 해줄 수많은 아이디어를 가지고 있으면서도 생각에만 그치는 경우가 많다. 충동적으로 저지르는 다른 일들처럼 사랑도 과감하게 표현하면 더 행복한 부부관계를 유지할 수 있을 것이다.

순수 예술가 (ISFP)

그래? 그건 그렇게 해…. 괜찮아.

I: 조용하고 보존적이며

S: 실제적이고 현실을 잘 파악하고

F: 민감하고 따뜻하고 잘 보살피며

P: 열려 있고 유연하다.

다른 사람을 이끌고 다스리기보다는 조화를 위해 주로 다른 사람의 의견을 따른다. 조용하면서도 따뜻하고 민감하다. 미적 감각이 뛰어나서 손재주도 좋고 창조적이며 눈썰미가 있어 실제적인 봉사를 잘한다. 여유있게 살면서도 활동적이고 실리적이다. 현재의 순간을 누리고 당면한 일에 관심이 있기 때문에 추상적인 개념에는 별 관심이 없다. 일을 계획하기보다는 뭔가 깜짝 놀랄 일을 기대한다.

이들은 애정표현을 할 때 말로 하면 그 가치가 떨어질 것 같아 뭔가 눈에 보이고 손에 잡히는 것으로 하려고 한다. 즉, 요리를 해주거나 옷을 사주는 것이다. 하지만 가끔은 말이나 글로 사랑을 표현해보는 것도 부부금슬에 좋을 것이다.

행정가 (ESTJ)

이게 답!

밀어붙여!!

E: 외부의

S: 세상을 있는 그대로 보며

T: 이를 객관적로 인지하고

J: 주변의 구조와 스케줄, 순서를 판단한다.

보이는 대로 말하고, 있는 그대로가 전부인 이들은 주도적이고 매사에 답을 가지고 있는 것처럼 시원스럽게 보인다. 직접적이고 즉각적인 실행력과 타고난 행정력이 있는 이들은, 누구에게나 의지가 되어 자연스럽게 조직의 행정을 맡게 된다. 이들의 관심사는 집, 가족, 부모의 역할 등이다. 가족도 관리할 대상으로 보기 때문에 배우자나 자녀들이 견디기 힘들 때도 많다. 16가지 유형 중에서 가장 전통적인 남성 유형에 속하는 이들은 군림하는 남성 스타일이다.

이런 유형의 배우자라면 상대에게 "잘했어! 기특해!"라는 식의 건조한 말이나 등을 한 번 쳐주는 식의 애정표현을 하기보다는 때로는 그냥 조건 없는 사랑을 부드럽게 표현해주는 것도 좋을 것이다.

사교가 (ESFJ)

이 얘기 저 얘기
이건 이렇게 저건 저렇게

E: 다른 사람들과

S: 실제적인 문제들을

F: 어느 환경에서나 조화를 이루면서

J: 순서적으로 확실하게 서비스한다.

따뜻하고 사교적 협조자인 이들은 분위기 메이커로 주변을 즐겁게 한다. 칭찬과 격려를 받으면 더 신이 나서 남의 일을 자기 일처럼 도와주고, 직접적인 결과를 지켜보기 좋아한다. 이 유형의 여자는 언제나 바른 옷차림과 바른 언행으로 가장 여성스럽다.

이들은 자신의 일상이 방해받으면 비판적이 되며 매사에 해야 할 것과 하지 말아야 할 것을 단호하게 말한다. 만약 가족들이 이들의 기대에 못 미치면 상처를 받거나 화를 낸다. 이들의 집은 언제나 잘 정리되어 있어, 그야말로 스위트홈을 가꾸어 나간다.

이들은 배우자로서 상대에게 늘 충실하고 좋은 사람으로 보이고 싶어해 갈등 상황이 되면 피하는 경우가 많다. 그러나 때로는 속상함을 표현해도 되며, 꼭 내가 나서야 한다는 부담을 갖지 않아도 된다.

E: 관심이 밖으로 향하고

S: 관찰력이 뛰어나서 실제적인 정보를 얻으며

T: 얻어진 정보를 객관적으로 분석하지만

P: 동시에 새로운 가능성도 생각한다.

당면 문제를 잘 해결하고 모든 일이 결론에서 벗어나지 않도록 초점을 잘 맞춘다. 긴 설명이나 직접 관련이 없는 이론은 딱 싫어하고, 무슨 일이 생기든 그것을 즐긴다. 이들은 할 일이 넘치는 행동형 실용주의자다. 호기심이 많고 날카로운 관찰력을 가졌으나 형식에 얽매이지 않고 관대하다. 방을 치우는 것 같은 의미 없는 일상은 시간낭비라고 생각하며 특별히 찾아야 할 물건이 있어서 방을 치워야 할 때에서야 방을 치운다.

배우자로서 이들은 예측할 수 없는 행동으로 상대방을 흥분케 하고 놀라게 한다. 그러나 상대방이 늘 그것을 좋아하는 것은 아니므로 때로는 제시간에 도착도 하고, 다소 지겹게 여겨지는 일도 해보고, 전통적인 가족행사에 참여하는 등 안정된 상황을 만들어보는 것도 부부 행복에 도움이 될 것이다.

엔터테이너 (ESFP)

요 앞에 있는
들꽃으로 해봤어
여~호호

E: 손에 잡히는 행동을 먼저하고

S: 가능성 보다는 실제로 무엇이 일어나는가를 보며

F: 사물의 긍정적인 면을 보고 주변을 즐겁게 만들며

P: 타고난 잠재력과 순발력을 이용해 현재를 산다.

16가지 유형 중에서 순간적으로 무엇이 중요한지를 가장 잘 파악한다. 일단 행동하고 보자는 주의로, 이들의 행동은 처음에는 거친 듯이 보이지만 알고 보면 주변을 예민하게 잘 보살피며 친절하고 재미있고 협동심이 많다. 모든 일에 관심이 많고 남에게 확실한 도움을 줄 때 만족해한다. 즉각적인 보상이 없는 일이나 순서와 절차를 지켜서 하는 일에 약하고 실용적인 일에 탁월한 능력을 발휘한다. 지극히 현실주의자라서 개념의 세계에 들어가면 길을 잃는다. 여러 가지 일을 동시에 할 수 있으며 스포트라이트를 받는다.

가장 관대하고 여러 사람의 필요를 충족시키는 데 능한 이들은 일을 하다가 쉽게 삼천포로 빠지기 때문에 정작 배우자가 원하는 일상적인 필요를 채워주지 못하는 경우가 많다. 이 점은 배우자에게 큰 스트레스가 될 수도 있으므로 주의하기 바란다.

I: 이들을 움직이는 건 내면으로 향하는

N: 직관이며

F: 사람들을 도와 봉사하는데

J: 순서에 맞게 방법을 찾아서 돕고 싶어 한다.

조용하지만 강해 보이는 이들은 인내심을 가지고 최선을 다해 독창적으로 일을 추진한다. 이들은 확고한 원칙을 가지고 봉사하고 사람을 돕는 고매한 일에 비전을 둔다. 격식을 따지고 신중하며 조화를 중요시하여 주변 사람들을 긴장시키기도 한다.

전형적인 여성의 성격으로 아이들 양육은 잘 하지만 표현을 잘 안하고 냉담한 편이다. 남자의 경우엔 전통적인 남자 성격이 아니기 때문에 자신의 약한 이미지를 드러내지 않으려고 상황에 맞지 않는 고집을 부리기도 한다. 이들은 사람들의 성장을 돕는 지적인 통찰력과 상상력을 가지고 있다.

사람들의 마음을 잘 읽는 이들은 배우자로서 상대방이 이미다 알고 있을 거라고 생각하고 말을 안 하는 경향이 있다. 그러나 말하고 싶은 기분이 들거나 느낌이 올 때까지 기다리지 말고 즉시 표현해야 부부관계가 원만해진다.

이건 더
발전해야하고

저것도
개선해야…

I: 독립적이며

N: 독창적이고 혁신적으로 큰 그림을 보려 하며

T: 모든 것은 더 개발할 여지가 있다는 신념을 가지고

J: 끊임없이 쫓아가며 개선하려고 한다.

16가지 유형 중에서 가장 독립적인 이들의 주제가는 "My Way"다. 끝없는 가능성과 풍부한 내면세계를 가진 이들은 모든 것에 끝없는 개발의 여지가 있다고 본다.

자기만의 생각을 가지고 목표를 이루는 데 강한 욕구가 있는 이들은 미래를 예견하는 능력과 논리적이고 성실한 분석으로 미래를 정확하게 예측한다. 회의적이고 비판적이지만 독립적이고 결단이 빠르고 경쟁심이 있어 일의 수행에 높은 기준을 가지고 있는 완벽주의자다. 이 유형의 여자들은 여자 성격이 아니라고 생각되고 있어 상처가 많을 수 있다. 지적인 활동은 잘하지만, 타인의 감정이나 상태를 살피는 데는 미숙하다.

배우자로서는 자신이 독립적이라고 해서 상대방에게도 독립심을 길러주려 하는데, 그보다는 거꾸로 도움을 주려고 노력하는 것이 행복의 지름길이다.

탐구가 (INFP)

나는 누구?

그 사람이
왜 그랬지?

그 분을 내가
도와야 할텐데….

I: 자신과 인생에 대한 충분한 내적성찰을 통해

N: 많은 답을 알고 있고

F: 자기의 잠재력이 어떠한 도움을 줄 수 있을지 생각하며

P: 끊임없이 새로운 정보를 받아들이는 데 열려 있다.

내적인 조화로움과 가치가 중요한 이상주의자 중의 이상주의자로, 자신의 가치에 진정으로 부합되는 일을 하고 싶어 한다. 자신의 정체성을 찾아 평생 '나는 누구이며 나의 삶은 어디로 향해 가는가?'라는 질문을 한다. 이들이 내향적이고 감정적인 기질로, 다른 사람들의 판단에 별로 구애받지 않는다. 내면의 윤리적 법칙에 따라 속으로 고민하고 결론을 내리면, 평소와는 다르게 단호해져서 주변을 당황스럽게 한다. 이들은 자신의 복잡함(겉으론 유한데 속으론 충동적인)과 내적인 스트레스로 여유를 찾지 못하면 몸과 마음이 아프다. 이런 유형들은 배우자로서 상대방을 잘 이해해주고 격려하는 데 탁월한 재능이 있는데, 본인은 그것을 모른 채 자신이 아무런 도움도 안 될 거라고 생각하면서 표현을 잘 안한다. 그러나 그 생각을 깨고 배우자에게 조언과 감사의 말을 마음껏 해주기 바란다.

I : 내적인 성찰로

N: 자신에게 주어진 가능성을 찾고자 하며

T: 모든 정보를 개관적으로 분석하여

P: 문제를 탁월하게 해결해낸다.

　　객관적이고 논리적인 이들은 관심분야가 아니면 초연하고, 특별히 관심 있는 분야에서는 탁월한 능력을 보인다. 이 유형의 아이들은 수줍어하면서도 자기 주장을 논리적으로 거침없이 말한다. 학교에서 느닷없이 주제와 관계없어 보이는 질문을 하는 것은 자기만의 사고가 있기 때문이다.

　　어렸을 때 공부에 관심이 없던 이들도 나이가 들고 대학에 가면 자신의 꿈을 이루며 무슨 과목이 되었든지 배우는 기쁨을 얻는다. 삶에 대한 끊임없는 탐구와 지적인 도전을 하고 내면적으로 이론화하려 한다. 사물의 이면을 보는 태도 때문에 사회에서는 이 유형의 여자를 전통적인 여성상으로 보지 않는다.

　　배우자에게 사랑을 표현하려할 때 생각하기 시작하면 오히려 전달 과정에서 오해를 살 수 있으므로, 차라리 분석하지 말고 그냥 느끼는 대로 사랑을 고백하는 것이 좋다.

열정가 (ENFP)

E: 모든 일은 세상과의 상호관계로 이루어지며

N: 온갖 가능성으로 열린 세상을 보고

F: 사람들 안에서 이룰 일이라고 해석하며

P: 어떤 경우에도 다양한 가능성을 본다.

이들은 늘 다른 사람들의 격려와 칭찬이 필요하며 그걸 원한다. 열정과 영감이 넘치는 이들은 상상력이 풍부하고 흥미를 끄는 것은 무엇이든 하지만, 일을 수행해가는 과정에서 지루하거나 반복되는 부분이 생기면 곧 흥미를 잃기도 한다. 자신뿐만 아니라 다른 사람들에 대해서도 너무나 많은 가능성을 보기 때문에 사람들은 이들의 카리스마에 이끌린다. 하지만 충동적이라 일을 이루려면 조직력과 행정력을 개발해야 한다.

남자들의 세계에 잘 들어가지 못하는 이 유형의 남자들은 남자답다는 인정을 받기 위해 더 경쟁적이고 논쟁적이며 거친 운동을 하려 든다. 틀에 박힌 일을 하거나 사람들을 틀에 넣는 것에 저항한다. 이들의 삶의 주제는 자기표현이다. 결혼생활에서 현재의 갈등이 싫어 미래의 꿈이나 상상의 세계로 도망가지 말고 배우자와 함께 당면한 문제를 풀려고 노력해야 한다.

발명가 (ENTP)

E: 밖으로 향하고 개방적이며

N: 풍부한 직관으로 가능성의 세계를 열어주고

T: 객관적인 결정 능력과 합쳐져서

P: 이미 되어 있는 것을 하기보다 새로운 것을 추구한다.

이들은 끝내지 않은 일로 주변 사람들을 걱정시키기도 하지만, 다른 사람을 잘 이해하고 영리하며 인간관계가 넓고 선동을 잘한다. 새롭고 도전적인 문제를 풍부한 아이디어로 풀어나가지만 일상에 소홀할 수 있다. 사물의 이면을 잘 찾아내고 흥미로운 분야가 자주 바뀔 수 있다. 모든 사고형의 여자들이 그렇지만 특히 이 유형의 여자들은 타고난 열정과 위트, 경쟁심과 논쟁으로 남의 눈에 띄어 전통적인 여성들의 세계에선 위험인물이 된다. 그러나 나이가 들면 내적인 성찰을 통해 꽃 향기를 맡는 등 부드럽고 정서적인 면도 개발된다.

배우자로서는 집안의 사소한 일들을 보면서 더 좋은 시스템을 만들어 한꺼번에 해결하겠다고 생각하기보다는 지금 해야 할 일을 당장하는 노력이 필요하다.

E: 시선이 사람들을 향해 있고

N: 상상력과 영감으로

F: 사람들의 필요와 동기를 이해하는 데 뛰어나고

J: 잘 조직하고 효과적으로 실현한다.

사람들에게 동기 부여를 잘하고 부드럽게 설득을 잘해 믿을 만한 리더라고 인정받는다. 활달하고 열정적이며 본능적으로 대중의 마음을 빨리 읽기 때문에 사람들을 잘 이끈다. 이들은 사람들과 누구보다도 잘 어울리는 반면 그 때문에 상처도 잘 받고 좌절도 많이 한다. 이 유형 여성들은 자녀들을 잘 보살피고 양육한다. 그러나 집밖에서 리더십을 발휘해야 할 경우엔 자신의 영역을 넘어서 남자 동료들과 갈등을 일으킬 수도 있다. 이 유형의 남자는 매력이 넘친다. 그러나 말만 잘한다는 비판을 받을 수도 있다.

결혼생활을 하다보면 배우자는 종종 당신과 다른 의견을 갖고 있을 수도 있다. 그럴 때 그걸 너무 개인적으로 받아들여 상처받지 말고, 배우자가 동의하지 않을 수도 있다는 여지를 갖고 살면 더 행복할 수 있다.

E: 밖으로 향하는 에너지를 가지고

N: 끝없는 가능성과 의미의 세계로 달려가며

T: 객관적인 시스템을 통해

J: 순서적으로 제시간에 할 일을 한다.

　　왕성한 열정을 가진 이들은 논쟁을 좋아하며, 결단력 있는 리더이다. 문제를 푸는 데 종합적인 방법들을 모색한다. 이들은 사람들과 부대끼면서 삶을 펼쳐나가고 배운다. 자신들에게 지적, 정서적으로 도전하는 사람을 존경하며 지식이 늘어나는 걸 즐거워한다. 늘 우호적이고 사교적이며 활력이 넘쳐 여러 가지 일을 동시에 진행하는 데 능숙하다. 도전을 두려워하지 않으며 힘든 결정도 어렵지 않게 내리며 곧바로 핵심을 찾는다. 그러나 이 유형 여자는 타인을 조정하려 하고 다소 거만해 보이기 때문에 여자답지 않다고 여겨진다.

　　남성적인 애정 표현을 하는 이들은 부부관계에서도 한 손으로는 애정을 주고 다른 한 손으로는 다시 돌려받으려고 한다. 순수하게 자신의 부드러움을 표현하면 더 좋은 부부관계를 유지할 수 있을 것이다.

이상과 같이 간단하게 16가지 기질들에 대해 알아보았다. 그러나 복잡하고 다양한 우리의 모습을 16가지 기질로만 설명할 수는 없다. 같은 ISTJ라도 각 유형의 점수에 따라 기질이 다르게 보일 수도 있다. S와 J가 9점인 ISTJ와 각각 15점이 나온 경우는 같은 ISTJ라도 다를 수밖에 없기 때문이다. 뿐만 아니라 ENFP 부모 밑에서 자란 ISTJ와 ISTJ 부모 밑에서 자란 ISTJ는 또 다르다. 그래서 여기서 설명한 기질이 자기와 딱 들어맞는 경우도 있겠지만, 어떤 경우에는 일부는 맞고 일부는 맞지 않게 된다.

기질을 분명하게 찾은 사람도 있겠지만, 또한 자기의 기질이 무엇인지 헷갈리는 사람도 있을 것이다. 이런 경우 자기의 기질을 찾기 위해 더 노력할 필요가 있다. 자기 기질을 찾는 데 1년이 걸렸다고 이야기하는 사람도 보았다. 결국 자기 자신에 대해 가장 잘 아는 사람은 자기 자신이므로 관심을 가지고 계속 찾아나가면 자기의 기질을 반드시 찾게 될 것이다. 더 자세한 정보를 원하면 책 뒤편에 수록된 참고문헌을 참조하거나 한국MBTI연구소(www.mbti.co.kr) 홈페이지를 참고하면 도움이 될 것이다.

어쩌면 이리도 기질이 제각각인지···
그래서 오순도순 너무 행복해요.

제3부
기질별로 간절히 원하는 것과 못 견디는 것들

Chapter 1
사람들을 읽는 4가지 코드

🧑 사람마다 나도 내가 왜 이러는지 모르겠다고 하면서도 하는 행동들이 있다. 교사가 직업인 한 부인은 주말만 되면 부엌에 들어가 정리 안 된 찬장을 다 정리하고 구석구석 기름때를 닦아낸다. 아이들 방으로 들어가서는 옷장 서랍을 다 뒤집어 종류별로 옷을 다시 정리해놓고 책장까지 정리한다. "아니, 주말이라 쉬고 싶을 텐데 왜 고생을 사서 하세요? 힘들지 않으세요?"라고 물어보면, "전혀요. 오히려 다 정리해놓아야 기분이 좋아져요. 평일에도 지저분한 부엌을 보면 너무너무 치우고 싶은데 일하는 아줌마 눈치가 보여서 참았다가 하는 거예요"라고 한다.

어쩌면 사람이 이렇게 다를까? 우리 부부는 치우는 문제 때문에 수도 없이 갈등하고 싸웠다. 남편은 이 부인과 같은 기질인데 어질러진 방을 보면 머리가 아프다면서 인식형인 내가 물건을 제자리에 놓지 않는 걸 못 견뎌 한다.

일요일 오후 점심시간이 지나 집에 들어오니 모두들 배고프다고 성화다. 난 얼른 부엌으로 뛰어 들어가 음식을 만들기 시작했다. 재료 꺼내 씻고 한창 바쁜데 남편은 뭐가 급한지 나더러 빨리 나와 보라고 했다. 나가보니 내가 거실에 놓아둔 겉옷과 핸드백을 제자리에 갖다놓으라는 거였다. '나 참, 그게 보기 싫으면 자기가 좀 갖다놓지.' 이렇게 바쁜데 도와주지는 못할망정 치우라고 부르는 남편에게 짜증이 나서, "배고프다며!!" 하고 톡 쏘아주었다.

우리 집에선 이런 일이 종종 일어난다. 처음에는 남편이 나를 사랑하거나 배려해주지 않고 잔소리나 한다고 생각했다. 하지만 MBTI를 알게 된 후, 전통주의자(SJ유형)만이 가진 '주변이 자기 방식대로 정리되어 있지 않으면 안정감이 없어 불안해지는 특별한 욕구' 때문이라는 것을 안 뒤로는 그냥 참고 조용히 옷과 가방을 들여다 놓는다.

사실 나한테도 간절한 욕구가 있다. 서울에 돌아온 후 모교에서 수업을 맡게 되어 너무 좋았다. 후배들을 가르치게 된 것도 좋았지만 학교 근처랑 바로 옆 동네인 이대 앞에는 볼 것과 먹을 것이 많았기 때문이다.

맛있는 것도 먹고 옷도 구경하고 아이들 없이 자유롭게 행동할 수 있겠다는 기대감에 개강일이 기다려졌다. 하지만 정작 학교에 나가기 시작하자 다른 사람 손에 아이들을 맡겨놓고 나온 터라늘 마음이 급했다. '아니, 미국에서 그토록 먹고 싶던 떡볶이 하나도 자유롭게 먹을 시간이 없으면 난 도대체 어디서 이 스트레스를 풀지?'

속상했던 나는 그 다음 학기부터 오전에 2시간, 그리고 늦은 오후에 나머지 수업을 하기로 했다. 그리고 중간에 비는 시간을 이용해 하고 싶었던 군것질도 하고, 원하던 구경도 하면서 자유로움을 만끽했다. 그렇게라도 안 하면 숨 막혀서 살 수 없을 것 같았다. 엄마를 기다리는 아이들에게 약간 미안한 마음도 들고 '왜 난 꼭 이래야만 할까'라는 생각도 들었지만, 어떻게 해서든 짬을 내어 하고 싶은 것을 하고 나야 새 힘이 솟고 활력이 생겼다. 이렇게 어떤 일을 하고 싶다는 충동이 일어날 때 즉각 반응해줘야 하는 것이 경험주의자(SP유형)인 나의 욕구였다.

사람은 누구나 마음속 깊은 곳에서 우러나오는 욕구가 있고 의식적이든 무의식적이든 그 욕구를 충족시키려는 경향이 있다. 이것을 '코어 니드'Core Need라고 한다. 이 기본적 욕구를 잘 이해하면 사람들이 왜 그런 행동을 하는지 그 원인을 알 수 있다. 기질마다 간절히 원하는 것들과 못 견뎌하는 것들이 제각기 다르다. 그렇기 때문에 갈등이 일어나는데, 일단 자기의 기본욕구가 무엇인지 알게 되면 스스로를 조금씩 다스릴 수 있게 된다. 또 다른 기질의 기본욕구가 무엇인지도 알게 되면 다른 사람의 행동이 충분히 이해되지는 않더라도, 그것이 그 사람 나름대로 자신의 욕구를 충족시키는 방식임을 알게 되어 적어도 상대방에게 화가 나거나 분통 터지는 일은 없어진다. 어차피 나도 내 욕구를 채워야 하듯, 상대방도 어쩔 수 없는 내부의 힘에 이끌려 자신의 욕구를 채우고 있음을 인정하게 되는 것이다. 한마디로 다른 사람의 행동을 이해할 수 있는 폭이 넓어진다. 쉬지도 못하고 방을 치우는 자신이 답답하면서도 "정리의 신이 또 임했다"고 푸념하며 계속 정리하는 것이나, 죄책감을 느끼면서도 결국은 시간을 빼내어 자유를 누리고야 마는 것 모두 기본욕구를 충족시키는 모습들이다.

코어 니드는 물이나 공기와 같은 것으로, 이것이 충족되지 못할 때 견뎌내기가 매우 힘들어진다. 어떤 이유에서든 기본욕구의 충족이 제한되면 스트레스 수준이 올라가기 시작한다. 바로 이런 기본욕구의 메커니즘에 대해 잘 모르면, 어느 순간 자기 안에 억제할 수 없는 욕구가 일어날 때 당황하기도 하고 죄책감을 느끼기도 한다. 이 기본욕구는 아무리 충족시키려고 애써도 완전히 충족되기는 쉽지 않다. 기본욕구가 충족되지 않으면 이것을 채우기 위해 발버둥치게 되고, 그러다 집착도 하고, 좌절도 하고, 죄의식을 갖기도 한다.

각 기질에는 도대체 어떤 기본 욕구가 있기에 갈등이 심화되는가? MBTI는 사람의 유형을 16가지로 분류하지만 기본욕구를 설명하기 위해서는 기본욕구를 공유하는 전통주의자(SJ), 경험주의자(SP), 관념주의자(NT), 이상주의자(NF)의 네 그룹으로 나누어 살펴볼 수 있다. 사람의 기질을 4가지로 분류하는 것은 히포크라테스의 다혈질, 우울질, 점액질, 담즙질 분류 이후 수많은 심리학자들이 연구하는 방법으로, 이 기질들은 그리스 신화에 나오는 네 명의 신의 특성으로 설명되기도 한다.[1] 이 4가지 기질이 갖는 기본욕구를 명확히 이해하면 16가지 유형에 대한 이해도 훨씬 쉬워진다. 먼저 기질적으로 이 4가지 중 어느 그룹에 속하는지 파악하여 중심을 잡고 나머지 두 성격유형을 덧붙여 이해하면, 다른 사람과 자신의 성격유형이 더욱 명확하게 그려지는 것이다.

디오니소스적인 경험주의자 SP기질(ISTP, ESTP, ISFP, ESFP)은 충동에 반응하는 자유분방한 사람들이다. 인간에게 기쁨을 가르치라는 명령을 받은 신인 디오니시우스를 닮은 사람들로, 원할 때 원하는 것을 하는 걸 이상적으로 생각한다. 의무를 중시하는 전통주의자 SJ 기질(ISTJ, ESTJ, ISFJ, ESFJ)은 인간에게 의무감을 전달하라는 명령을 받은 신인 에피메테우스를 닮은 사람들이다. 에피메테우스적 기질의 가장 큰 존재이유는 자신이 속한 사회에 쓸모

---

1) David Keirsey & Marilyn Bates, *Please Understand Me I: Character and Temperament Types*, Prometheus Nemesis Book Company, 1984

있는 사람이 되는 것이다. 관념주의자 NT기질(INTJ, ENTJ, INTP, ENTP)은 인간에게 과학을 가져다주라는 명령을 받은 신인 프로메테우스를 닮은 사람들로, 자연을 이해하고 다스리기를 원하는 사람들이다. 이상주의자 NF기질(INFJ, ENFJ, INFP, ENFP)은 인간에게 영혼을 가져다주라는 명령을 받은 신인 아폴로를 닮은 사람들이다. 이들은 전 생애에 걸쳐 끊임없이 자신이 누구인가를 찾고자한다. 자 이제 이들 네 가지 기질에 대해 그들의 기본 욕구와 장단점에 대해 좀 더 자세히 알아보기로 하자.

4가지 기질과 특징

4가지 유형	특징
경험주의자 Artisan (SP유형: ISTP, ESTP, ISFP, ESFP)	다혈질이며, 인간에게 기쁨을 가르치라고 명령받은 신, 디오니시우스를 닮은 사람들Dionysian이다.
전통주의자 Guardian (SJ유형: ISTJ, ESTJ, ISFJ, ESFJ)	우울질이며, 인간에게 의무감을 전달하라고 명령받은 신, 에피메테우스를 닮은 사람들Ephimethean이다.
관념주의자 Rational (NT유형: INTJ, ENTJ, INTP, ENTP)	점액질이며, 인간에게 과학을 가져다주라고 명령받은 신, 프로메테우스를 닮은 사람들Promethean이다.
이상주의자 Idealist (NF유형: INFJ, ENFJ, INFP, ENFP)	이상주의자는 담즙질이며, 인간에게 정열을 가져다주라고 명령받은 신, 아폴로를 닮은 사람들Apollonian이다.

Chapter 2
경험주의자를 움직이는 힘, 자유로움과 재미

하고 싶을 때 얼른 해야 한다구!

경험주의자(SP유형)들은 내부의 충동에 그때그때 반응할 수 있어야 존재의 의미를 느낀다. 이것이 경험주의자들의 첫 번째 욕구이다. 이들에게 자유는 너무나 중요한 가치이며, 자유를 억제당하면 심한 스트레스를 받는다. 그래서 어떤 충동이 일어날 때 무슨 이유를 들어서라도 그 욕구를 채우고야 만다. 이들은 자유가 계속 억제당하면 심한 거부감을 느끼고 상대방에게 분노를 품는다. 때로는 자기 자신을 억누르면서 참기도 하지만, 도저히 견디기 어려우면 도망가 버리기도 한다.

🙍 임신 중에 여행을 말리는 시부모님에게 말을 하지 않고 여행을 간 M부인의 이야기다. 첫째아이를 임신해서 7개월쯤 되었을 때 M부인은 외국에서 다니러 온 동생과 함께 강원도에 가기로 했다. 그래서 그 사실을 시부모님께도 말씀드렸더니 임신 중이라는 이유로 극구 말리셨다.

그러자 M부인은 언제 또 동생과 여행을 하랴 싶어 그냥 눈 딱 감고 여행을 떠났다. '어차피 1박 2일인데 뭐' 하면서. 그런데 시부모님께서 M부인이 강원도에 다녀 온 걸 아시게 되었다. 그녀의 시부모님은 무척 화를 내셨는데 이렇게 금방 들통 날 것도 속이는데 다른 일은 어느 정도일지 알 만하다는 것 때문이었다. M부인의 시부모님은 두 분 다 전통주의자이시다. 원래 전통주의자들은 매사에 걱정과 의심이 많다. 그리고 전통주의자답게, 관련된 모든 일들을 낱낱이 기억해 조합함으로써, 꼼짝 없이 며느리가 계획적으로 일을 꾸며 시부모를 골탕 먹게 했던 것으로 결론이 났다.

M부인이 그렇게 무리했던 이유는 그녀의 기본욕구 때문이다. '충동에 반응할 자유'라는 욕구에 '그 충동을 정당화할 합리적인 이유'가 합세하자 행동에 불이 당겨진 것이다. 첫째, 지금은 임신기간 중 가장 안전한 중기이다. 둘째, 동생과의 여행이 흔한 기회는 아니다.

경험주의자들이 충동에 반응한다고 무슨 일에든 충동적이지는 않다. 오락이나 도박에는 전혀 관심 없는 경험주의자도 많다. 물론 미성숙한 경험주의자 청소년들의 충동적인 행동은 종종 문제가 되기도 하지만, 경험주의자가 저돌적인 행동력을 보일 때는 그럴 만한 분명한 이유가 있기 때문이다. 그래서 경험주의자는 가장 행동이 빠르고 거침없는 유형이다.

경험주의자는 '합리화의 대가'들이다. 이들은 충동을 느끼면 늘 합리화를 한다. 효율성과 재미를 표방하면서 말이다. 그러나 그것을 옆에서 보고 있는 다른 기질, 특히 전통주의자는 기가 막히다. 무책임하게 보이기도 하고, 절제 없는 사람 같아 보이기도 한다. 갑작스러운 변화에 전통주의자의 기본욕구인 안정감이 깨져 스트레스를 받기도 한다. 그래서 그렇게 충동적으로 반응하지 않기를 내심 기대하지만, 아무리 설득해도 자기가 하고 싶은 일이 생기면 무슨 이유를 대서라도 그것을 하고야 만다. 적당히 말 안하고 넘어가는 경우도 많고, 어린 아이거나 미성숙한 경우에는 눈 하나 깜짝 안하고 거짓말하는 경우도 있다.

충동구매야말로 경험주의자의 진면목을 보여주는 사례가 될 것이다. 각종 광고를 통해 매출을 올리는 사람들에게 가장 기여하는 이들도 경험주의자일 것이다. 이런 얘기를 하면 주변의 경험주의자들이 "어머머, 나도 그래요. 지하철에서 파는 거 자주 사구요, 마트 가서 돈 있으면 다 쓰고 오기 때문에 더 이상 안 쓰려고 조금만 가져가요"라고 한다. 다른 유형들이 묻는다. "쇼핑 리스트 안 써 가세요?" "쓰지요. 그런데 쓴 걸 잊어버리고 안 가져가요. 안 가져온 것도 마트에 가서 알게 되요. 호호." 이 사람 좋은 경험주의자들은 헐렁하고, 함께 있으면 즐겁고 잘 웃는다. 계획도 잘 못하는데, 잘 잊어버리기까지 하니 어떻게 살아갈까 싶은데, 순발력으로 실수를 덮고, 붙임성이 좋아 돈 없이도 잘 누리고 산다.

그러나 이때 옆에서 열 받는 사람들이 있는데, 그들은 바로 모든 것이 계획적이고 순서대로 되어 있어야 안정감을 느끼는 전통주의자들이다. 경험주의자가 충동에 너무나 자유롭게 반응하기 때문에 다른 기질의 사람들이 보면 이해가 안 되는 경우가 많지만, 이들이 이런 반응을 보이는 것이 자유함에 대한 욕구임을 알게 되면 그런 대로 참을 만하다.

경험주의자인 아내와 함께 다니는 일은 나에게 참 힘든 일이었다. 아내와 함께 다니며 내가 가장 많이 한 일이 어디론가 사라진 아내를 찾는 일이었기 때문이다. 쇼핑센터에서 잠시 화장실에 갔다 오면 아내는 기다리기로 한 장소에 없다. 그새를 참지 못하고 눈에 보이는 물건을 사러 말도 없이 옆 가게에 들어간 것이다. 화를 내기도 하고 다투기도 많이 했지만 잘 고쳐지지 않는다. 나도 한번 약속한 장소에서 없어져 볼까 하는 생각도 참 많이 했다. 언제나 가야 할 곳, 들러보고 싶은 곳이 많은 아내는 내 인내심의 한계를 꼭 넘겨 나를 화나게 만든다. 그러나 지금은 경험주의자인 아내가 충동이 일면 참지 못한다는 것을 알기에 화는 나도 그냥 웃으며 바라볼 수 있는 여유가 생겼다. 마음이 편해지고 갈등이 없어진 것은 아니다. 아직도 힘들다. 단지 나를 힘들게 하는 것이 아내의 본심이 아니라 기질 때문이라고 생각하는 것뿐이다.

남편이 나를 웃으면서 바라보는 수준으로 올라선 것은 그리 오래된 일이 아니다. 우리가 함께 산 지 어느 덧 25년이 되어가니 얼마나 오랫동안 피차 괴로웠는지 모른다. 우리가 주로 싸웠던 장소는 쇼핑센터였다. 남편은 쇼핑할 때도 자기 옆에서만 쇼핑하게 하고 어디 가지를 못하게 한다. 심지어 화장실도 같이 간다. 혹자는 얼마나 사랑하면 그러겠느냐고 모르는 소리를 한다. 물론 그동안 자유를 갈구하는 내가 자주 없어져서 찾게 한 탓이기도 하지만 남편의 전통주의자 기질은 아내도 자기 생각대로 움직여줘야 하는 것이다.

충동에 약한 경험주의자가 가장 훈련해야 할 덕목은 절제이다. 성숙한 경험주의자는 기본욕구인 충동이 느껴지면 그것에 얽매여 끌려가는 것이 아니라 그 일을 객관화하는 여유를 갖는다. 그리고 왜 이런 충동이 일어나는지, 이것을 하게 되면 문제는 없는지, 옆에 불편해 하는 사람은 없는지 생각한다. 그래서 절제할 수 있는 성숙한 경험주의자는 항상 여유롭게 웃으며 사는 것 같다.

장미꽃 100송이 들고 짜잔~

경험주의자의 두 번째 기본욕구는 사람들, 특히 자기가 사랑하고 좋아하는 사람들에게 무언가 좋은 것을 주어 기쁘게 해주고 싶어 한다는 것이다. 무엇인가를 주고 나서는 당연히 상대방의 칭찬이나 감사를 기다리지만, 상대방의 반응이 기대에 못 미치면 스트레스를 받는다. 우리 회사의 한 경험주의자 직원은 내가 출장을 다녀올 때마다 새로운 일을 해놓고 보여주곤 한다. 문제는 나의 반응이다. 그것이 정말 잘한 일일 때는 칭찬하지만 잘못한 일이거나 해서는 안 되는 일일 경우 반응은 냉담할 수밖에 없다. 그럴 때 경험주의자는 참담해진다.

한 경험주의자 남편은 가끔 장미꽃 50송이를 사가지고 들어온다. 물론 아내를 깜짝 놀라게 해주고 기쁘게 해주려고 말이다. 그런데 50송이의 장미꽃을 본 아내가 묻는다. "이거 얼마 줬어?" 대개 전통주의자형 부인이 이런 말을 많이 하는데 이런 경우 남편은 심한 스트레스를 받는다. 상대방에게 좋은 것을 "짜잔~" 하고

주었는데 반응이 기대한 것보다 시들해 스트레스를 받은 경험주의 자는 '아마 내용이 부족해서 그럴 거야' 하고 생각한다. 그리고는 더 큰 선물을 준비한다. 마침내 장미꽃 100송이를 사가지고 와서는 "짜자잔~" 하고 아내에게 내민다. 빠듯한 살림에 쓸데없는 것에 돈 낭비하는 남편을 보면 기가 막힐 수도 있지만, 남편이 아내를 기쁘게 해주려고 노력하는 것을 보면 감동해야 하는 것 아닌가?

경험주의자 아내들은 가끔 남편이 돌아올 시간에 맞추어 집안 구조를 바꾸어놓거나 특별한 음식을 준비해놓는 경우가 있다. 다 남편에게 좋은 것을 해주고 싶은 욕구에서 나온 행동들이다. 이럴 때 감동받고 칭찬해주면 더 잘한다. 경험주의자가 "짠~" 하고 뭔가를 가지고 오면 그냥 "우와~" 하면서 감동하기만 하면 된다. 그러면 무나 기뻐서 계속 이벤트를 준비한다. 얼마나 쉬운 일인가?

집안 구조를 바꾸어놓는 일에 대해 한 마디 하고 싶다. 지금은 힘에 부치기도 하고 또 흥미가 다른 곳으로 옮겨져 자주 안 하지만, 결혼 15년차 때까지는 집안 구조를 꽤 자주 바꾸는 편이었다. 집안 구조를 바꾸는 것은 쉬운 일이 아니다. 가구를 옮기려면 힘도 들고 일도 많다. 그런데 친구네 집들이 갔다가 부러웠던 날이라든지, 신문에 "내 집 봄단장 하기" 같은 기사를 보면 충동이 생긴다. 집도 예쁘게 꾸미고, 덕분에 그동안 쌓아뒀던 물건들도 치우면 좋을 거라는 생각이 드는 것이다. 경험주의자들은 하겠다는 마음이

들면 그 즉시 실행에 옮긴다. 그래서 소파도 번쩍번쩍 들고 침대도 온몸으로 밀어 위치를 바꾸어놓는다. 그러면서 '오늘 저녁에 남편이 어떻게 생각할까, 아마 깜짝 놀랄 거야' 하고 기대한다. 나중에 친구들이 "이걸 너 혼자 다 옮겼다고?" 하면서 놀랜다. 경험주의자는 충동이 일어나면 초인적 힘이 발휘된다. 난 어려서부터 손힘이 센 이유가 피아노를 쳐서 그런 줄 알았다. 나중에 보니 경험주의자 주부들은 대부분 나처럼 힘이 셌다.

어렸을 때 생각이 난다. 부모님이 여행 갔다 돌아오시는 날이면, '뭘 해서 기쁘시게 해드릴까?' 생각했다. 어느 날은 100점짜리 시험지이기도 했고, 또 다른 날은 재미있는 이야기이기도 했다. 부모님들이 깜짝 놀라며 좋아하실 일을 보여드리고 싶었던 것은 바로 나의 기질 때문이었다.

경험주의자 K부인은 시어머니가 멀리 여행 갔다 오실 날짜가 되자, 뭔가를 해서 기쁘게 해드리고 싶었다. 그래서 오시기 전에 집안 대청소를 하기로 했다. 평소엔 치우는 데 관심이 없었으나 그날은 뭔가 대단한 일을 해보겠다는 그녀의 욕구가 시어머니를 기쁘시게 해드리겠다는 욕구와 맞아떨어져 온 집안을 뒤집어놓았다. 치우지 않던 침대 밑이며 소파 아래까지 먼지를 닦고, 마주 놓여있던 소파 두 짝을 기역자로 다시 놓았다. 그리고 기다렸다. 시어머님이 오셔서 얼마나 흐뭇해하실까 기대하면서…. 그런데 집안에 들어오신 전통주의자 시어머님은 주변을 휘휘 둘러보시더니 갑자기 얼굴이 굳어지셨다. "시어밀 무시하는 거냐? 어떻게 네 맘대로 가구를 바꾸어놓고…." K부인의 시어머님은 화가 잔뜩 나셨다. 며느리가 묻지도 않고 멋대로 가구배치를 바꾸어 놓은 것이 맘에 안 드셨던 것이다.

재미없으면 절대 안 해!

경험주의자의 세 번째 기본욕구는 재미와 흥미를 느끼고 싶다는 것이다. 이들은 재미가 없으면 죽어도 안한다. 그러나 재미있는 것도 조금 하면 지루해져서 금세 싫증내고 더 재미있어 보이는 다른 것을 한다. 더 재미있는 것을 하려는 충동을 참지 못하기 때문이다. 그래서 경험주의자가 일하는 논리는 '재미'이다. 이들에게 재미없는 것을 하라고 시키면 스트레스를 받고 심하면 포기하고 만다. 지루한 일은 좀처럼 하지 않으려는 이들은 점점 더 효율적인 일을 원하게 된다. 그래서 재미와 효율을 우선시하는 경험주의자들과 지루하더라도 끝까지 참고 규칙대로 해야 안정이 되는 전통주의자들 사이에는 늘 갈등이 생기게 된다.

앞에서도 언급했지만 아내가 운전하는 차를 타고 가는 것은 나에게 정말 힘든 일이다. 시간이 없어 늘 바쁘고 지루한 일을 못 견디는 아내는 끼어들기와 위반의 명수이다. "미안해요, 너무 급해서

요"라고 애교 있게 말하면서 그냥 끼어든다. '몇 분이나 빨리 가겠
다고. 뒤에서 줄서서 기다리는 사람들은 급하지 않은 줄 아나?' 항
상 끼어드는 아내를 보면 심기가 불편해진다. 물론 나도 급하면 끼
어들기도 한다. 그러나 아내와 같이 늘 그리고 당당하게 하지는 않
는다 (미안하다고 말은 하지만 항상 그러는 걸 보면 속으로는 전혀 안 미안한 것
같다). 내가 참고 있으면 나만 힘들면 되니까 문제가 없지만, 다른 일
로 인한 스트레스가 있거나 너무 하다 싶어 참지 못하고 말을 하면
싸움이 된다. 늦었는데 어떡하란 말이냐는 둥, 그러면 당신이 운전
하라는 둥. 그래도 계속 아내 차를 타는 것을 보면 내가 변했든지 아
니면 운전하는 것을 정말 싫어하든지 둘 중에 하나인 것 같다.

경험주의자 아이들에게 공부를 시키려면 일단 재미있어야 한
다. 어른들도 마찬가지다. 딱딱한 분위기의 수업은 맞지 않다. 이
들의 참여를 이끌어내는 재미있고 활동적인 내용이어야 한다. 나
도 경험주의자라 공부할 때 딱딱한 건 딱 질색이었기에 내가 쓴 피
아노 교수법 책은 '은쟁반' 선생과 '옥구슬' 이라는 학생이 등장하
는 만화로 재미있게 구성되어 있다.

　　우리 집엔 경험주의자 아들이 있는데, 공부엔 영 취미가 없고
놀 궁리만 한다. 수학문제를 풀면서도 어느새 다른 생각을 하고 있
고 자주 지루해 한다. 시험이 내일이라 붙들고 앉아 가르치다 보면
혈압이 올라간다. 남편에게 당신이 가르치라고 짜증을 내면 이렇

게 말한다. "당신 어릴 때 어땠나 생각해봐." 맞다. 나도 초등학교 때 시험공부 하려고 책상 앞에 앉기는 앉았는데 어디서부터 어떻게 공부해야 할지 몰랐다. 아무 생각이 없었다. 그래서인지 성적표에 교우관계가 원만하다, 상냥하고 친절하다, 예체능을 잘 한다 등의 이야기만 써 있지 학업성적이 뛰어나다는 말은 없었다.

그런데 교회활동엔 열심이었고 성경에 나오는 인물이야기는 재미있어서, 주일학교에서 성경퀴즈대회를 하면 1등은 거의 휩쓸었다. 당시 학교 담임선생님도 같은 교회에 다니셨는데, 그분에게 "지혜가 성경퀴즈 푸는 것만큼 공부도 잘하면 얼마나 좋을까?" 라는 이야기를 듣기도 했다. 그러다가 중학교 때 친구 따라 학원이란 데를 처음 다니게 되었다. 공부가 재미있었다. 이때 재미가 붙어 공부를 좀 하기 시작했고 고등학교 때는 수학도 재미있었다. 그리고 고등학교 3학년이 되어서는 난생 처음 1등이란 것도 해보았다. 경험주의자는 본인이 재미를 느끼면 누가 시키지 않아도 몰두한다. 때문에 나도 경험주의자 아들을 참아주고 본인이 좋아할 때까지 기다려줘야 하는데 그게 잘 안 된다. 오히려 자기와 같은 기질을 가진 아이를 더 못 견뎌한다. 부모의 한계인가? 인간의 약함인가? 딸이 꾸물거리면 내가 더 안달한다. 나처럼 늦는다고 야단맞고 살까봐 두려워하는 것 같다. 내 약점을 물려받을까봐 겁이 난다. 그래서 오히려 반대 기질은 참아주는데 같은 기질의 자녀는 느긋하게 못 대하고 자꾸 고쳐주려고 하는 것 같다.

모든 기질이 다 그렇지만 특히 경험주의자 유형의 아이들은 칭찬해주면 더 잘한다. 부모를 기쁘게 해주었다고 인정받았기 때문이다. 그래서 못마땅한 것이 많더라도 조금이라도 잘한 걸 찾아 칭찬해주면 더 잘하려고 할 것이다.

Chapter 3
전통주의자를 움직이는 힘, 소속감과 책임감

어딘가에 속하고 싶어라

전통주의자(SJ유형)의 첫 번째 기본욕구는 소속감이다. 이들은 어떤 모임이나 단체, 조직에 소속되고 싶어 한다. 그래서 모임이나 관계를 중시한다. 대부분 전통주의자 남자들은 많은 단체에 소속되어 있고, 거기서 총무 역할을 맡아서 하는 경향이 있다. 이들은 소속감이 약해지면 스트레스를 받는다. 그래서 전통주의자는 상대방이 자기를 거절했다는 생각이 들면 자신도 상대방을 거절한다. "네가 나를 거절해? 좋아, 그럼 나도 너를 거절해."

🧑 그래서 이들은 잘 삐친다. 꼭 기억하고 있다가 말로라도 갚아야 직성이 풀린다. 나는, 남자인데도 잘 삐치는 남편이 잘 이해되질 않았다. 그리고는 상대한테 꼭 사과를 받아내야 직성이 풀리는 것도 쫀쫀해 보였다. 결혼 초기에는 속 좁아 보이는 남편이 자존심 상해할까봐 지적도 못하고 속으로만 끙끙 앓았다(저렇게 속 좁은 남자를 만나게 되다니 하면서).

어느 모임에서였다. 여러 명이 한 테이블에서 식사를 하게 되었는데 한 경험주의자 남편이 그날 반주를 맡았던 젊은 여성의 식사를 챙겨주었다. 그러자 옆에 앉아 있던 전통주의자 부인의 얼굴이 빨개졌다. 그날 저녁 내내 남편에게 쌀쌀 맞게 대하는 것이 보였다. 예상대로 그 부부는 밤새 싸웠다고 한다. "어떻게 자기 부인을 옆에 두고 다른 여자부터 챙길 수 있느냐"고 부인이 따지자, "수고해준 반주자를 누가 챙겨 주냐"고 남편이 항변했다는 것이다. 그러면서 그날 밤 속 좁은 마누라와 남에게만 잘하는 남편이 그동안의 일들을 들추어가며 싸웠다는 것이다. 전통주의자 부인은 언제나 남편만 생각해주는데 자신은 그런 대접을 못 받는 것이 서럽게 느껴졌다. 그날 밤 경험주의자 남편은 전통주의자 부인이 그동안 가슴에 품고 있던 서운함과 놀라운 기억력에 거의 변명도 못하고 항복하고 말았단다.

🧑 전통주의자들은 다른 사람들의 경조사를 잘 챙긴다. 그것이

그들의 소속감을 확실하게 다져주는 거라고 생각하기 때문일 것이다. 경험주의자들은 항상 잊어버리고 다른 일이 바빠 남의 경조사를 잘 못 챙긴다. 이런 경우 전통주의자들은 심한 스트레스를 받는다. 내가 그 그룹에 소속되어 있다는 소속감이 흔들리기 때문이다. 남의 경조사 잘 챙기고, 출장 가면 잊지 않고 선물을 사다주는 전통주의자들일수록 자기 경조사를 상대방이 잊어버리면 민감하게 반응할 수 있다. 전통주의자들은 자신은 쉽게 할 수 있는 일이라도 다른 사람은 그렇지 못할 수도 있음을 생각하면 스트레스가 덜할 것이다. 또 경조사를 챙겨주지 않았다고 해서 관심이 없는 것은 아니라는 사실을 알면 덜 섭섭할 것이다.

가족은 소속감을 제공하는 가장 중요한 공동체이다. 아내로서의 소속감, 남편으로서의 소속감, 자녀로서의 소속감, 부모로서의 소속감이 충족되지 못할 때 전통주의자들은 심한 스트레스를 받는다.

부모가 부부싸움 할 때 가장 많이 상처받는 아이들은 전통주의자 아이들이다. 우리 부부가 싸울 때 전통주의자 딸이 가장 심한 상처를 받았고 흔들리는 소속감 때문에 불안해했다. 물론 모든 자녀 앞에서 부부싸움을 하면 안 되지만, 특히 전통주의자 자녀를 둔 부모는 그 아이 앞에서는 절대로 부부싸움을 하지 않도록 조심해야 하고, 하더라도 안 보이는 데서 해야 한다. 전통주의자 아이들은 부모의 표정이 달라져 있는 것만 봐도 긴장하기 시작한다. 사이가 안 좋은 부부 밑에서 똑같이 자랐어도 경험주의자 아이가 전통주의자 아이보다 마음에 상처를 덜 받는 예가 훨씬 많다. 결국 상황 자체보다는 그 상황을 어떻게 받아들이는 기질인가가 사람에게 더 큰 영향을 미치는 것이다.

거창한 주제를 가지고 싸우는 부부는 거의 못 봤다. 별 것도 아닌 사소하고 유치한 일을 가지고 부부싸움 하는 경우가 대부분이다. 기질에 대해 잘 이해하지 못해 자기를 화나게 하는 것이 무엇인지 잘 모르는 경우도 있지만, 화가 난 이유가 유치한 것이고 말하기 창피한 것이기 때문에 말 안하는 경우도 많다. 통념상 여자들은 유치한 것 가지고도 삐치는 것이 당연하다고 보기 때문에 큰 문제가 없지만, 남편들은 사소한 일로 화내기도 민망하다. 그래서 속에 담고 있다가 다른 건이 터지면 그 일을 빌미로 분노를 폭발시키기도 한다. 이럴 때 아내들은 갑자기 심하게 화내는 남편을 이해할 수 없겠지만 남편에겐 다 그럴만한 일들이 있었던 것이다.

모든 남편이 마찬가지겠지만 특히 전통주의자 남편은 아내가 부부관계를 거절하면 남편으로서의 소속감에 상처를 받는다. 그래서 자기도 그 거절감을 아내에게 돌려주려고 다른 방법을 찾는다. 그 일로 화내는 것이 좀 치사해 보이기 때문에 속에 담고 있다가 나중에 몰아서 화를 낸다. 전통주의자형 아내도 부부관계를 통해 소속감을 느끼는데, 남편이 소홀히 대하면 아내로서 자신이 거부당했다는 생각에 위기감마저 느낀다. 그리고 삐친 마음에 역시 남편을 거절할 구실을 찾는다. 잠자리를 거부한다든지, 나름대로 앙갚음을 하고야 만다.

전통주의자들은 자신이 원하는 만큼 상대방이 해주지 않으면 거절당했다고 느낀다. 내가 원하는 만큼 아내가 아내 역할을 해주지 않으면 거절감을 느끼고, 내가 원하는 만큼 아내가 엄마 역할을 해주지 않으면 거절감을 느낀다. 전통주의자들이 원하고 부탁하는 것은 웬만하면 들어주면 안 되나?

그러나 전통주의자형 남편을 둔 부인으로서 그런 말은 좀 받아들이기 힘들다. 이들은 워낙 기준이 높은데다가 요구가 너무 많기 때문이다. 남편과의 관계에서 참으로 좌절감을 느끼게 되는 것 중 하나는, 아무리 노력해도 전통주의자의 완벽한 기준에 차지 않는 것이었다(전통주의자인 남편은 완벽한 결과도 중요하지만 그보다는 그것을 위해 노력하는 자세도 중요하다고 생각한다).

한 번은 남편이 함께 행사를 준비한 직원에게 "이번에 참 수고했어. 잘 치렀어"라고 격려해주었다. 그랬더니 그 직원이 나를 보며 "사장님한테만 칭찬 들으면 다 된 거예요. 사장님 위에는 하나님밖에 없어요!"라고 했다. 25년을 겪어본 나로서는 정말 이해되는 말이다. 남편의 지칠 줄 모르는 완벽에의 추구(특히 아내에 대한)는 마침내 두 손 두 발을 다 들게 만들었다. 결국 "나는 당신에게 적합하지 않아요" 하며 물러서고 싶었다. 남편을 사랑하지 않는 건 아니지만 그의 요구는 나의 한계와 능력을 넘어서는 것이기에 더이상 관계를 지속시키기 어렵다는 결론을 내렸던 적이 있다.

모든 게 내 입맛대로 돼 있어야 해!

전통주의자의 두 번째 기본욕구는 안정감을 누리고자 하는것이다. 이들은 주변 상황이 안정되어 있지 않으면 스트레스를 받는다. 그래서 이들은 자신이 옳다고 생각하는 방법으로 열심히 주변을 정리한다. 주변이 완벽하게 정리되어 있을수록 더 안정감을느끼기 때문에 이들의 완벽을 원하는 수준은 끝이 없다. 그리고 보면 주변을 잘 정리하는 전통주의자의 습관은 그들이 잘나서가 아니라 살기 위한 하나의 몸부림이라고 볼 수도 있다. 정리가 안 되면 안정감을 잃게 되니 정리 안하는 인식형들의 뒤를 쫓아다니면서 잔소리를 하는 것이다. 그리고 이 집안에서 치우는 사람은 나하나뿐이라며 불평과 원망을 한다.

전통주의자가 기본욕구를 충족시키기 위해 이렇게 열심히 주변정리를 하지만 해도 해도 안 되면 좌절해 버린다. 아무리 해도자신이 원하는 대로 정리가 안 되고 계속 스트레스만 받게 되면 어느 순간 떠나버리고 만다. 자신이 가진 안정감의 욕구를 더 이상충족시킬 수 없기 때문이다. 도무지 정리가 안 되는 아내와 아직도 같이 사는 걸 보면 이제 나에겐 전통주의자들이 원하는 안정감의 욕구가 많이 사라졌나 보다. 아내와 함께 25년을 살면서 다른 사람으로 변했나? 하긴 이제 나더러 전통주의자(ISTJ)가 아니라고 하는 사람이 점점 많아지고 있다.

전통주의자들이 주변을 정리하는 것에는 주변 환경뿐만 아니라 주변 사람들도 포함된다. 그래서 전통주의자형 부모는 자녀들을 이상적이고 모범적인 아이들로 키운다. 숙제 검사, 준비물 챙기기, 책상 정리, 글씨 바르게 쓰기까지 자신이 모범적으로 컸던 옛날을 기억하며 열심히 아이들을 훈련시켜 나간다. 필요에 따라 따끔한 벌을 주어가며 철저히 훈련시킨다. 그래서 전통주의자 엄마의 훈련을 받고 자란 아이들은 대부분 예의 바르고 준비물도 잘 챙기는 반듯한 학생들이다.

하지만 사춘기가 되면 이야기가 달라진다. 물론 자녀들이 부모와 같은 전통주의자 유형일 경우엔 부모가 바라는 아이가 되겠지만, 싫었어도 엄마의 사랑을 더 받고자 말도 못하고 따르던 관계 중심적 내향형(IF)이나 인식형(P)들은 사춘기가 되면 반항하기 시작한다. 어릴 때 속으로 곪았던 것들이 터지면서 더 심각한 문제를 일으키게 되는 것이다. 놀라운 것은 문제아로 청소년 보호소에 있는 SP, NP유형(ESTP, ENTP, ESFP, ENFP) 자녀들의 부모는 거의 전통주의자(ISTJ, ESTJ, ISFJ, ESFJ)라는 것이다. 그렇게 모범적이고

희생적인 부모 밑에서 어떻게 이런 아이들이 나올 수 있는지 믿을 수 없어 보인다. 더욱 재밌는 것은 그 부모들은 이구동성으로 "우리 애는 어릴 때 너무나 착한 아이였어요"라고 한다는 것이다.

전통주의자 아이들은 불안하면 견디지 못하기 때문에 놀아도 멀리 가서 놀지 않는다. 놀면서도 계속 엄마가 뒤에 있는지 쳐다보면서 확인하다가, 어느 순간 엄마가 안 보이면 놀이를 그만 두고 울면서 엄마를 찾아 나선다. 물론 이런 증세는 내향적 전통주의자 쪽이 더 심하다. 어른이 되어서도 위험한 일이나 리스크가 큰 사업엔 절대로 손대지 않는다. 위험한 일을 하지 않으니까 망할 염려는 없지만, 큰 성공을 하지 못할 수도 있다.

전통주의자 부모들 역시 아이들을 밖에 멀리 내보내지 못한다. 불안하기 때문이다. 외향적 인식형(EP) 아이들은 점점 더 밖으로 나가려고 하고 새로운 것을 해보려 하지만, 엄마는 절대로 허락하지 않는다. 전통주의자는 늘 걱정이 많다. 아이가 학교에 가다가 자동차 사고는 나지 않을까, 공사하는 건물에서 돌이 떨어지지는 않을까, 이 걱정 저 걱정에 마음 편할 날이 없다. 전통주의자들이 염려하고 걱정하는 일의 90퍼센트 이상은 일어날 가능성이 거의 없는 것이니 안심하기 바란다.

우리가 걱정하고 염려한다고 달라지는 것은 없다. 우리가 평소 혼돈하여 사용하는 언어가 '걱정해주는 것'과 '생각해주는 것'

인 것 같다. 염려와 걱정을 해주는 것이 마치 상대방을 많이 생각해주는 것인 양 착각을 한다. 비 많이 오는 날 비행기 타고 출장에서 돌아오는 남편이 걱정되어 안절부절 못한다고 남편의 상황이 달라지는 것은 하나도 없다. 자기만 힘들뿐이다. 차라리 그 시간에 기도하는 것이 더 낫다. 그러나 그런 상황에서 아내가 걱정 없이 태연하게 있으면 '이 부인은 남편 걱정도 안 되나? 도무지 남편을 생각하는 마음이 없군' 하고 이상하게 보기 시작한다. 폭우가 내린 지방에 사는 부모님께 별 일 없으신지 안부 전화하는 것을 잊어버리면 부모님은 '평소에 얼마나 나를 생각하지 않으면 전화도 없나' 하고 화가 난다.

그 사람을 생각해준다는 것은 걱정만 해준다는 것과는 다르다. 그 사람이 무엇을 하면 편한지, 무엇을 좋아하는지를 알고 그 사람을 배려해주는 것이 상대방을 생각해주는 것이다. 흔들리는 비행기를 타고 오는 남편을 위해 기도하고, 지쳐서 돌아온 남편이 잘 쉬도록 원하는 것을 해주는 아내가 남편을 생각하고 배려하는 아내이다. 부모님을 생각해 드리는 자식은 비가 새는 지붕을 고쳐 드리는 자식이지 비 오는 날마다 말로만 걱정하는 자식이 아니다. 물론 안부 전화는 자주 해야하지만 말이다

경험주의자 여자에게 전통주의자의 특징인 조신하고 얌전하고 차분한 태도를 가르치려고 콩과 팥을 100개씩 섞어놓고 젓가락

으로 갈라놓으라고 하면 분명 그녀는 도망가 있거나 심한 스트레스를 이기지 못해 병원에 입원해 있을 것이다. 영화 〈타이타닉〉에 나오는 여주인공이나 〈바람과 함께 사라지다〉의 스칼렛 오하라도 다 따분한 상류사회의 엄격함에 반기를 든다. 이들의 기질이 전통주의자일 리 만무하다. 전통주의자는 안정을 위해 자신을 희생하고 따른다. 〈바람과 함께 사라지다〉에 나오는 전통주의자는 멜라니 같은 인물이다.

전통주의자들에게는 가족구성원으로서의 안정감 역시 매우 중요하다. 결손가정에서 자란다든지, 부모님의 관계가 안 좋다든지, 부모로부터 사랑을 제대로 받지 못할 경우 전통주의자들은 소속감과 안정감의 욕구를 충족시킬 수가 없어 무척 힘들어한다.

내가 아니면 누가 하겠어?

전통주의자의 세 번째 기본욕구는 책임감이다. 이 독특한 의무수행 욕구 때문에 전통주의자들은 누가 뭐라 하지 않아도 내가 아니면 안 될 것 같아 열심히 일한다. "내가 아니면 누가 지키랴" 하면서 열심히 지구를 지키는 독수리 5형제는 다 전통주의자들이다.

파티를 여는 사람들은 대개 재미를 좋아하는 경험주의자들이다. 그러나 파티가 끝난 후 뒤에 남아서 설거지하는 사람들은 전통

주의자 부인들이다. 얼마 전 부부 40명이 모여 세미나를 했는데 탕
비실에 들어가 그릇을 씻고 과일을 준비하는 분들을 보니 모두 전
통주의자들이었다. 그 중에 한 분이 말하기를, "나도 밤낮 뒤처리
하는 것이 싫어서 이번에는 안 하려고 했는데 마음이 불편해서 또
와서 씻고 있어요. 내 성격이 왜 이런지 나도 모르겠어요"라고 했
다. 회사에서 MT를 가도 부엌에 남아 있거나, 간식 먹은 뒤를 치우
는 사람들은 늘 정해져 있다.

전통주의자인 나에게 가장 중요한 것은 안정감이다. 사업하
는 나도 습관적으로 일 벌리길 좋아하지만 내가 같이 일하면서 가
장 힘든 사람들은 나보다 일을 더 벌리는 ENTP, ENFP 같은 기질이
다. 이들은 비전도 크고 하고 싶은 일도 많아 벌리기는 많이 벌리
지만 도무지 정리가 안 되는 사람들이다. 이들이 벌리면 전통주의
자들은 그놈의 책임감 때문에 옆에서 챙겨 나간다. 잔뜩 불평불만
을 해가면서 말이다. 그래서 NTP유형이나 NFP유형은 STJ유형과
같이 일하기를 좋아한다. 상호보완하기 위해서는 서로 다른 기질
의 사람들이 함께 일하는 것이 바람직하다. 부부도 마찬가지다. 서
로 다른 기질이 만나면 갈등은 많겠지만 이 갈등이 극복되면 오히
려 더 많은 일을 할 수 있을 것이다.

우리 부부는 회사 출장이나 강의를 위해 며칠 동안 집을 비우
는 경우가 많다. 집에 오시는 도우미 아주머니에게 부탁해 주무시
도록 하지만 그래도 어린 아이들을 집에 놓고 가는 것은 결코 쉬운

일이 아니었다. 하지만 경험주의자 엄마는 걱정도 안 되나보다. 아내보다는 전통주의자인 내가 더 걱정이 많다. 그럴 때마다 전통주의자 딸을 불러 부탁한다. "엄마 아빠가 강의하러 며칠 집을 비워야 하는데 네가 동생들 잘 보살피고 지낼 수 있지? 네가 우리 집 맏딸이잖아…." 그러면 이 아이는 책임감을 불태우며 "걱정 마세요, 제가 다 알아서 할게요"라고 대답한다. 정말 이런 딸을 둔 것도 복이다.

신기한 것은 이 전통주의자 아이는 어려서부터 말을 해도 꼭 뭘 '맡겠다'는 표현을 많이 했다. 어린 나이에 자기가 맡으면 뭘 얼마나 맡겠다는 것인지는 모르지만, 사용하는 언어에 의무수행욕구라는 자기 기질이 들어 있다. 반면에 경험주의자들은 좋거나 중요하다고 여길 때 '재미있다'는 단어를 쓴다.

경험주의자들은 재미있는 것에 빠져 아무 것도 보이지 않지만, 전통주의자들의 눈에는 늘 자기가 나서서 해야 할 일이 보인다. 그래서 그들은 그 욕구를 충족시키기 위해 열심히 사람을 섬기고 일한다. 그런 전통주의자들에게 일을 시킬 때는 책임감을 불러 일으키면 된다. "그럼 어떻게 하니, 지금 이 상황에서 너밖에 이 일을 할 사람이 없잖아." 경험주의자가 '재미'의 논리로 일한다면 전통주의자들은 '책임감'의 논리로 일한다. 전통주의자들은 자기가 하기 싫거나 어려운 환경임에도 불구하고 놀라운 책임감을 발휘해 많은 일을 떠맡는다. 그러나 근본적으로 재미있어서 하는 일이 아니고 남 때문에 할 수 없이 하는 일이기 때문에 불평불만이 많아지고 그것이 쌓이면 상처를 받기도 한다. 그리고 자신의 생각대로 사람들이 움직이지 않으면 스트레스를 받고, 스트레스가 심해질 때 이들에게 나타나는 반응은 분노와 비판이다.

성경에 보면 예수님이 자매인 마르다와 마리아 집에 놀러 가신 이야기가 나온다. 예수님을 자기 집에 모시게 된 전통주의자 마르다는 가장 먼저 책임감을 떠올렸다. 예수님이 열두 제자와 함께 오셨으니 13인분의 음식을 준비해야 한다. 이것저것 준비할 것이 많아 마음이 분주한데, 도와주는 일손이 부족하다. '이럴 때 동생 마리아는 어디 있는 거야?' 하고 찾아보니 손님인 예수님 옆에 앉아 수다를 떨고 있다. 이상주의자 기질인 마리아에게는 예수님과의 관계가 가장 소중하다. 음식을 먹고 안 먹고는 중요치 않다. 그러니 다른 모든 것을 잊어버리고 예수님 옆에 앉아 있는 것이다. 그러나 '아니, 쟤는 이렇게 바쁜데 뭐 하는 거야?' 마르다의 마음속에서 분노가 치밀어 오른다. 자기 혼자 일을 해야 한다는 것이 스트레스이다. 그래서 예수님에게 가서 큰소리로 하소연한다. "아니, 어떻게 이럴 수가 있어요? 저 혼자 일하고 있는 것이 보이지도 않으세요? 빨리 마리아에게 나와서 저를 도와주라고 하세요."

전통주의자는 자기가 해야 할 일 뿐만 아니라 하지 않아도 될

일까지 다 맡아서 하는 충성스러운 사람이기는 하지만, 다른 기질의 사람들보다 비판을 많이 하고 잔소리가 많다. 이 순간 이렇게 해야 하는데, 그것을 해주지 않으니 화가 나기 때문이다. 그래서 전통주의자들은 진이 빠지도록 일은 일대로 다 하지만 상대방에게 후한 점수를 받지 못한다. 그놈의 비판하는 입 때문에….

전통주의자들이 성숙해지는 방법은 비판하는 입을 잘 다스리는 것이다. 뿐만 아니라 하기 어려워도 칭찬하는 훈련을 해야한다. 이들이 비판하려는 마음, 불평하는 마음만 잘 관리할 수 있다면 주변 사람들의 필요를 늘 채워주는 정말 좋은 사람으로 인정받을 것이고, 모든 사람들이 함께 일하는 데 꼭 필요한 사람으로 찾을 것이다. 비판을 많이 하면 언젠가는 나도 비판받게 된다. 원숭이도 나무에서 떨어질 때가 있듯이 전통주의자들도 실수할 때가 있다. 그러면 아내는 너무 신나하고 고소해 한다. 그리고 그동안 받았던 모든 설움을 합쳐 나를 비판하기 시작한다.

Chapter 4

관념주의자를 움직이는 힘, 성취욕구와 지적 욕구

이 정도로는 안돼! 완벽하게, 완벽하게!

관념주의자(NT유형)[1]들이 갖고 있는 첫 번째 기본욕구는 무슨 일이든지 더 탁월하게 이루려는 성취욕구이다. 이들은 탁월함에 대한 열망을 가지며, 그 열망이 누구보다도 강하다. 그래서 재능을 중요하게 생각하고 늘 자신의 능력을 키워나간다. 무슨 일을 하든지 잘하고 싶고, 다른 사람들보다 더 잘하고 싶기 때문이다.

---

1) 관념주의자는 일반적으로 합리주의자이자(Rational)로 불리기도 하는데, 이 책에서는 전체 내용의 맥락상 관념주의자로 칭하기로 한다.

이들은 상대방의 뛰어난 재능과 능력을 인정하고 존중한다. 사람을 좋아하기보다는 그 사람의 재능을 좋아하는 것이다. 상대방의 인간성이 좀 덜 되어도 재능이 있으면 손을 내밀 수 있다.

이들은 어제보다 더 나은 오늘, 오늘보다 더 나은 내일의 탁월함을 성취하기 위해서 부단히 노력한다. 전통주의자는 완벽에 가까운 안정을 원하지만, 관념주의자는 완벽에 가까운 탁월함을 원한다. 둘 다 완벽주의자이지만 서로 다른 완벽을 추구하는 것 같다. 그래서 관념주의자들은 스스로를 피곤하게 만들 뿐 아니라 주변까지도 피곤하게 만든다. 더 잘해야 하고 더 많이 성취해야 하니까.

같은 강의를 여러 번 하는 경우에도 전통주의자는, 강의 내용은 조금씩 수정 보완하지만 전체적으로 큰 변화는 주지 않는다. 그러나 관념주의자 강사들을 보면 강의하는 내용을 늘 더 좋게 바꾸어서 강의한다. 그들은 새로 얻은 지식을 추가하고 파워포인트 자료도 더 좋게 만든다. 그래서 그들은 강의 전날 거의 밤을 새다시피 한다.

한번은 관념주의자 친구부부와 1박2일로 하는 부부 세미나에 강사로 참석했다. 이 관념주의자는 새로운 아이디어가 떠올라 밤새워 강의자료를 고쳤는데 아침에 컴퓨터를 잘못 만져 내용이 다 날아갔다고 울상이 되었다. 나는 "잠 안 자고 하니까 그런 실수를 하지" 하고 놀려주었다. 같이 사는 사람은 더 피곤하다. 하루 종일 행사 참석자들을 위해 봉사하다가 온몸이 지친 아내가 "여보, 그만

불 끄고 자자" 하고 아무리 외쳐도 꼼짝하지 않는다. 웬만해도 되는데 끝없이 잘하려는 남편이 이해는 되지만 미워 죽겠다.

더 탁월한 결과를 얻기 원하는 그들은 늘 비교하고 심하면 경쟁을 한다. 초점이 외부로 향하는 외향적 관념주의자(ENT)들은 다른 사람과 비교하고 경쟁하면서 스스로를 발전시킨다. 더 이상 경쟁할 사람이 없으면 자기 자신과 경쟁한다고 한다. 초점이 내부로 향하는 내향적 관념주의자(INT)들은 남들과 비교하기보다는 스스로 지난번과 비교하여 더 잘하려고 한다. 그러나 이들도 다른 사람이 만든 결과가 자기 것보다 더 탁월하게 보이면 부러워하며, 다음에는 내가 더 잘해야지 하고 마음먹는다. 심지어는 서로 사랑해야할 부부 사이에도 경쟁한다고 한다. 부부가 어떻게 경쟁하나 싶지만 관념주의자 부부 사이에는 탁월함에 대한 은밀한 경쟁이 있다.

관념주의자 기질의 직원들은 맡은 일에 대해 누구보다도 잘하고 싶어 한다. 이들이 팀을 맡으면 그 팀은 늘 가장 좋은 성적을 거둔다. 놀러가서 팀별 프로젝트를 주거나 조별 장기자랑을 하더라도 거의 대부분 이들이 가장 좋은 성적을 거두는 것은 어찌 보면 당연한 일이다. 평소에는 회의에도 늦고 영 발동이 늦게 걸리는 관념주의자 직원이자 피아노 선생님이 있었다. 그 선생님에게 여름 피아노 캠프에 가서 조를 하나 맡겼다. 마지막 날 모든 조가 모여 연주하기로 되어 있었는데, 그 선생님은 직원으로서 캠프 일 도우라, 학생들 가르치고 돌보랴 너무 바빠 눈을 반쯤 감고 다녔다. 좀 쉬라고 해도 아이들 연습하는 걸 봐줘야 한다며 어느 새 연습실로 향하는 (평소와는 사뭇 다른) 모습을 보고 다들 놀랐다. 예상대로 그 조 아이들은 정말 잘했다. 그 선생님에게 물었다. "놀랍네요. 단시간에 어쩌면 그렇게 높은 성과를 올리셨죠?" 그러자 "으윽~ 우리가 잘 못하는 건 참을 수 없어요. 용납이 안 돼요. 아파도 집에 가서 쓰러질 거예요"라고 했다.

테니스를 치러 가도 경험주의자(SP유형)들은 재미있으니까 치러 가고, 전통주의자(SJ유형)들은 약속했으니까 치러 간다. 하지만 관념주의자들은 어제보다 더 잘 치기 위해 간다. 그러니 테니스는 점점 잘 칠 수 있을지 모르지만 스스로가 피곤하다. 테니스를 좋아하는 한 관념주의자 남편이 아내와 함께 테니스를 치러 다닌다. 그러나 시합하는 날이면 부부싸움을 한다. 아내의 잦은 실수를 못 견뎌 자꾸 지적하는 것이다. 알고 보면 아내가 미워서 실수를 지적하는 것이 아니라 더 잘 할 수 있는데 안 되는, 그 탁월하지 못함을 지적하는 것인데 그런 말을 듣는 아내는 속상하고 화가 난다. 잔뜩 삐쳐 있다가 남편이 실수라도 하면 "저나 잘하지" 하고 핀잔을 준다.

관념주의자들도 역시 탁월하기를 원하는 자기 욕구가 억제되면 스트레스를 받는다. 자기 전공분야에서 무능하다고 생각되면 스트레스를 받는 것이다. 이들은 자기 전공분야가 아닌 부분에서 무능하다는 소리를 듣는 것은 대수롭지 않게 여긴다. 외모가 못생 겼다거나 패션감각이 꽝이라고 놀려도 그다지 신경 쓰지 않는다. 또한 물질적인 부富에 별 관심이 없기 때문에 남편이 돈을 잘 못 벌 어 와도 크게 문제 삼지 않는다. 그러나 자기 분야에 능력이 부족 하다는 말을 듣는 순간 화가 치밀고 눈에 불이 난다. 이들은 스트레 스를 받으면 그것을 극복하기 위해 집착하기 시작한다. 한 번은 관 념주의자 직원에게 일을 시켰는데 잘못해서 다시 하라고 했더니 그럴 리가 없다면서 계속 자신이 잘못하지 않은 이유를 들어가며 변명하려고 했다. 나 같으면 "어머, 그랬네요. 제가 실수했나 봐요. 다시 할 게요" 하고 그냥 지나갔을 일이었다. 완벽하게 일처리를 하려는 관념주의 기질은 자신의 실수를 용납하기 힘들게 하나보다.

그러다보니 관념주의자들은 모든 것을 탁월하게 잘할 수밖에 없다. 누구에게나 그 분야의 능력을 인정받는다. 그러나 이 관념주 의자들은 사람에게보다는 일에 더 관심이 많기 때문에 상황을 부 드럽게 만드는 대화기술이 부족하고 대인관계도 약하다. 피아노가 있는 교실 위층에 교수 연구실이 있다. 학생들이 피아노를 쳐서 방 해가 되었는지, 몇 차례 조용히 해달라고 부탁해왔다. 관념주의자 유형의 담당자가 위층 교수실에 가서 얘기를 하고 왔는데 그 교수 가 무척이나 화난 목소리로 전화를 했다. 자초지종을 들어보니 우리 직원의 태도가 마음에 안든 거였다. 그래서 그 직원에게 어떻게 말했길래 위층에서 그렇게 화가 났느냐고 했더니, "잘 처리해드리겠다"고 말했는데 그런 반응을 보인다는 것이다. 그러나 말이란 게 목소리의 톤, 눈빛, 태도도 다 포함되는 것이 아닌가? 어쨌든 그 직원의 태도가 상대방의 성에 차지 않았던 것은 분명했다. 그날 나는 화가 머리끝까지 난 그 교수를 달래느라 온갖 애교와 재담과 칭찬을 동원해야 했다.

관념주의자들, 특히 내향적 관념주의자들은 진실로 미안하다고 말했더라도 그 말하는 모습은 별로 미안한 것 같지 않은 것처럼 보인다. 이들이 속으로도 미안해하지 않는 걸까? 그렇지는 않다. 그러나 표정이 별로 없어 오해를 받는 것이다. 그래서 이들과 마음속에 있는 이야기를 나누려면 얼굴을 마주보기보다는 글이나 문자 메시지로 하는 것이 좋다. 그리고 이들은 실제로도 말을 많이 하고 싶어 하지 않는다. 한 번 미안하다고 했으면 됐지, 똑같은 말을 반복하면서 미안하다고 해야 그 마음이 표현되는 것은 아니라고 생각한다. 부인에게 '한 번 사랑한다고 말했으면 됐지' 하고 결혼식 이후 더 이상 사랑한다는 말을 안 하는 사람도 보았다. 그래서 이들은 주변에서 뻣뻣하다는 말을 듣는다. 만약 반대 유형인 외향적 전통주의자(ESFJ)들이라면 몇 번이고 미안하다고 했을 것이고 날마다 사랑한다고 했을 것이다. 관념주의자들과 대화할 때는 겉으로 드러난 표정 이면에 숨은 속마음을 잘 읽어줘야 한다. 알고 보면 이들도 참 부드러운 사람들이다.

인간관계보다 일 자체에 더 관심이 있는 관념주의자들은 다른 사람의 평가에도 별로 관심이 없다. 다른 사람의 평가보다는 스스로의 평가가 중요하기 때문이다. 그러기에 이들은 어떤 상황에서도 당당하다. 때론 사람들이 이 탁월하고 당당하지만 인간관계엔 별 관심 없는 관념주의자들에게서 좀 무시당한다는 느낌을 받는다. 심한 경우 교만하다고 여기기도 한다. 그것은 일 잘하고 능력은 있지만 사람에게 별 관심이 없는 무뚝뚝한 태도 때문이거나, 재능과 능력을 중요하게 생각하기 때문에 능력 없는 사람을 인정하지 않는 경향 때문인 것으로 보인다.

우리 관념주의자 아들은 아기 때부터 표정이 달랐다. 아기인데도, 좋게 보면 뭘 아는 듯한 눈빛과 표정이었고, 나쁘게 보면 좀 거만한 표정이었다. 뭐 애기가 거만하면 얼마나 거만하겠는가마는, 우습게도 표정이 정말 그렇다. 그러더니 불과 서너 살 때부터 쓰는 언어가 독특했다. 어른스러운 표현이나 아이들이 잘 쓰지 않는 접속사를 많이 썼다. "그러므로", "그러니까," 또는 자주 "나 그거 원래 알아!" 라는 말을 했다. 저가 알면 얼마나 알겠는가? 맨날 다 안다고 하니 약 오른 누나들이 "너 자꾸 그러면 왕따 당해. 알지도 못하면서" 하고 핀잔을 주었다.

일에 대한 관념주의자들의 논리는 탁월함이다. 이들은 더 탁월하게 잘하고 싶어서 쉬지 않고 일한다. 그래서 관념주의자들에게 일을 시킬 때는 약간의 경쟁심을 자극하는 것이 도움이 된다. "지난번에 한 일은 조금 문제가 있었는데 이번엔 더 잘 할 수 있겠지?", "누구누구는 참 잘했던데…." 물론 이렇게 말할 때는 주의해야 한다. 인간은 누구나 비교당하는 것을 싫어하지만, 관념주의자들은 특히 다른 사람과 비교해 자기가 열등하다는 것을 견디기 힘들어하기 때문이다.

어릴 때는 이런 방법이 꽤 주효했다. 밥을 안 먹는다고 할 때 "지금부터 누가 제일 먼저 먹나보자" 하면 언제나 관념주의자 아이가 먼저 달려왔다. 그런데 좀 크니까 자기보다 잘난 사람과 비교당하거나 특히 자기가 좀 못한 경우에는 심한 거부감을 나타냈다. 그래서 오히려 조심해야 한다.

이 탁월함의 논리는 선생님과의 관계에서도 나타난다. 관념주의자 아이들은 존경할 만한 선생님이 아니면 잘 따르지 않는다. 존경할 만한 선생님이란 자기가 배울 만한 점이 있는 선생님을 말한다. 선생님의 실력이 우습게 보이면 더 이상 그에게서 배우려고 하지 않는다. 수업 시간에도 딴 공부를 하거나 딴 짓을 하고, 차라리 독학하면서 혼자 깨우쳐 나간다.

이런 관념주의자 아이들을 보면 선생님은 화가 난다. 특히 학교 선생님들 중에 가장 많은 기질인 전통주의자 선생님은 견딜 수가 없다. 수업의 안정감을 깨는 아이이고 선생님의 소속감을 거절하는 아이인 것이다. 또 자기가 하는 의무수행을 거부하는 아이인 것이다. 이리하여 사사건건 전통주의자 선생님의 속을 긁어놓는다. 한 관념주의자는 학창시절 싫어하는 선생님이 내는 숙제는 안 해갔다고 한다. 사실 관념주의자 아이들은 의미 없는 숙제, 예를 들어 같은 내용을 100번 쓰라는 식의 숙제는 안 해간다. 그들은 그냥 매 맞는 쪽을 선택한다.

전통주의자인 S부인은 관념주의자 남편이 자기 업적을 너무 부풀려 말하는 것 같아 영 마음이 편치 않다. 남편이 이벤트를 하게 되어 사람을 모았는데 몇 명이나 왔는지 물으니 온 동네사람들이 다 왔다고 하는 것이다. 아무려면 다 왔겠는가? 동네사람들 가운데 반만 왔어도 많이 온 건데 정확하게 말하지 않고 부풀려서 말하니 꺼림칙하다. 그래서 그 관념주의자 남편에게 물었다. "왜 온 동네사람들이 다 왔다고 말했어요? 정확하게 말해주지. 부인이 그런 거 땜에 늘 불편해 하잖아요?" 그러자 남편은 "이번 일이 얼마나 성공적이었는지를 말하는 건데 몇 명인 게 무슨 상관이죠? 그 정도 오면 다 온 거나 마찬가지예요"라고 한다. 이 말을 들은 전통주의자 부인은 남편이 저렇게 말할 때마다 다른 사람이 어떻게 생각할까 불안하기 짝이 없다고 했다. 남편이 양심의 가책도 느끼지 않고 숫자를 부풀리는 게 이해되지 않는다면서. 관념주의자에게는 숫자의 정확함이 중요한 게 아니다. 내가 얼마나 일을 잘 했는지 알려주고 싶은 것이다. 그래서 좀 과장해서 말한 것뿐인데 이걸 걸고넘어지는 부인이 답답하기만 하다.

경험주의자 기질이 절제를 훈련해야 하고, 전통주의자 기질이 비판 안하고 칭찬하기를 훈련해야 하듯이, 관념주의자들은 '더 탁월하고 싶은 마음을 포기' 하는 훈련을 해야 한다. 현재의 수준에서 '그만 하면 됐다' 고 만족하는 것이다. 사실 그렇게까지 탁월하지 않아도 살아가는 데 아무 문제 없다. 지금 정도만 해도 잘하는 것이다. 잘 하려는 것에는 끝이 없다. 인간인 우리는 결코 창조주만큼 완벽해질 수 없다. 아내가 탁월한 능력을 발휘하지 못해도, 자녀의 능력이 좀 부족해도 지금 그 수준에 만족하고 감사해야 한다. 능력이 부족해 보이는 직원이 그래도 나와 함께 일해 주는 것에 감사해야 한다. 능력이 넘치면 나가서 자기 일하지 나와 함께 일하겠는가? 관념주의자들이 현재의 수준에 자족하기 시작하면 여유가 생기고 편안해질 것이다. 그러면서 자신 뿐만 아니라 남을 보는 눈도 달라지고 인간관계도 좋아질 것이다.

너무나 알고 싶어, 이 세상이!

관념주의자들의 두 번째 기본욕구는 더 많은 지식과 정보를 알고 싶어 하는 탐구 욕구이다. 이들은 자기 주변의 모든 것에 대해 더 알고 싶어 한다. 법칙과 원리를 알고 싶어 하고, 사람의 생각에 대해서도 알고 싶어 한다. 이들이 알고 싶어 하는 것에는 한계가 없어 보인다. 어린아이 때부터 끊임없이 질문하고 끊임없이 배운다. 더 많이 알고 싶어 하는 것은 내향적 관념주의자(INT)일 경우는 더욱 심한 것 같다. 늘 지식과 정보를 더 많이 알기 원하는 이들은 점점 더 탁월한 능력을 갖추며 더 많은 성취를 한다. 사실 요즘 세상 같이 지식과 정보가 힘이고 돈이 되는 세상은 관념주의자들의 세상이다. 더 많은 정보를 가진 그들이 더 실력을 발휘할 수 있을 것이고 더 많은 성공을 이루어갈 수 있을 것이다.

이들은 늘 정보를 모아 분류해놓는다. 언젠가 쓸 거라는 생각에 말이다. 물론 판단형 관념주의자일 경우 이 분야에서 탁월한 솜씨를 발휘한다. 우표수집, 곤충채집 및 각종 분류가 이들의 취미활동이다. 사무실에서 책 정리를 한 적이 있다. 정리가 잘 안 되는 경험주의자 직원이 정리를 하다가 늘어놓기만 하고 수습을 못하는 걸 걸 보고 있던 관념주의자. 은근한 미소를 짓더니 주제별, 장르별, 연령별로 환상적으로 정리했다. 너무나 잘해서 칭찬해주었다.

관념주의자들은 다른 것보다 자신의 능력을 칭찬해주는 걸 좋아한다. 그랬더니 그날 밤 자신의 꿈을 참으로 자세하고도 아름답게 표현한 이메일을 보내 왔다. 평생 해보고 싶던 일이 도서관 사서라며 자신의 속 이야기를 했다. 평소에 전혀 들을 수 없던 내면의 이야기들이었다(이 관념주의자는 내향적이었다).

관념주의자들은 끊임없이 공부하기 때문에 자기 전공이 아닌 분야에서도 탁월한 실력을 발휘하기도 한다. 사업하는 관념주의자들을 보면 새로운 분야와 기술에 대해 관심도 많고 아는 것도 많다. 집이나 사무실은 책이나 자료들로 가득 차 있다. 급속도로 발전하는 현대 사회의 새로운 기술에 대해서도 그들의 지식욕은 늘 새로운 분야를 앞질러간다. 관념주의자들은 인터넷을 그 누구보다도 잘 활용하는 사람들일 것이다. 과거에는 주로 책을 통해서 정보를 얻을 수 있었지만 지금은 인터넷을 통해 전 세계의 모든 정보를 접할 수 있으니 말이다.

MBTI 강의가 끝난 후 어려운 질문을 하는 사람들이나 자료요청을 하는 사람들을 보면 대부분 관념주의자들이다. 이는 새로운 정보에 대한 욕구 때문이다. 이들에게 우리가 아는 책이나 인터넷 홈페이지를 소개해주면 열심히 연구해서 우리에게 더 좋은 자료를 알려주기도 한다.

한 관념주의자와 미국 라스베이거스에 놀러간 적이 있다. 밤

우주는 왜 이렇게
돌아가야 하는가….

을 새워 슬롯머신 게임을 하고 아침에 하는 말이 "내가 드디어 이 기계 이기는 법을 알아냈다!" 였다. 가장 싼 5센트짜리 슬롯머신에 붙어서 그 기계가 작동하는 원리를 알아내기 위해 밤새 연구하여 결국 기계를 이기고야 말았단다. 기계도 이들의 집념에는 손을 들어 버리나보다. 기가 막혀서 말이 안 나온다. 대부분의 사람들은 그냥 즐기려고 하든지 아니면 돈을 따려고 슬롯머신을 한다. 하지만 관념주의자는 그것을 통해 새로운 지식을 습득하거나 기계와 경쟁해서 이기기 위해 게임을 하나보다. 이러니 관념주의자들에게서 위대한 발명가나 과학자들이 많이 나오지….

지식 습득을 좋아하고 온종일 그것에 빠져 있는 관념주의자는 아무래도 일상에는 관심이 없게 된다. 그러니 이런 사람과 살아야 하는 배우자는 힘들다. 남편이 누구랑 결혼했는지 알 수가 없다. 나보다 책을 더 사랑하고 기계를 더 사랑한다. 부부가 같이 놀러 와서도 새로운 것만 보면 그것에 빠져들어 노는 것은 뒷전이다. 그리고 어려운 문제는 잘 알아도 콩나물 값이 얼마인지는 잘 모르고 관심도 없다. 자녀가 무슨 고민을 하고 있고 아내가 왜 힘들어하는지도 잘 모른다. 경험주의자 아내의 경우는 이해의 폭이 넓고 또 자기도 바쁘니까 그래도 좀 나은 편이지만, 전통주의자나 이상주의자 아내들은 견디기가 힘들다. 이들은 자기가 왜 저런 사람과 같이 사는지 소속감도 못 느끼고 의미도 못 찾는다. 심지어는 남편이 자기를 사랑하지 않는다고 여겨 더 이상 참지 못하고 떠나버린

아내도 보았다. 그런데 관념주의자 남편, 갈등이 심화되어 불만을
이야기해도 잘 알아듣지도 못한다.

아내가 관념주의자일 경우 남편은 더욱 괴롭다. 사회적 통념
에 비추어보면 아내는 완전 별종이다. 살림에는 전혀 관심이 없고
배우고 일하는 것에만 열중이다. 남편에게 관심이나 있는지 잘 모
르겠다.

한 맞벌이 부부 남편이 관념주의자 아내를 배려해 아내 직장
근처로 이사를 했다. 회사가 멀어진 남편은 새벽에 출근했고, 아내
가 매일 아침 아이를 유치원에 맡기고 출근하는데 챙길 것도 잘 못
챙겨주고 늘 늦게 데려다준다. 아내가 출장이라도 가게 되면 남편
은 휴가를 내야 한다. 출장에서 돌아온 어느 날 유치원 선생님이
어렵게 이런 말을 했다고 한다. "어머님도 아버님처럼 준비물도 잘
챙겨주고 시간도 늦지 않게 데려다 주셨으면 좋겠어요." 이렇게 아
내가 일상에 부족해도 잘 챙겨주는 남편들을 보면 대부분 감정형
인 경우가 많다. 아마 사고형이었다면 심한 갈등이 있었을 것이다.

더 많은 것을 알고 싶고 이루고 싶겠지만 관념주의자들에게
는 절제가 필요하다. 우리 인간은 이 세상의 모든 것을 다 알 수가
없다. 현재의 수준에서 만족할 줄도 알아야 한다. 관념주의자들은
자신의 지식이나 자기 능력이 모든 것을 해결하지 못한다는 것을
깨달을 때 비로소 주변을 둘러보기 시작한다. 인간관계에 전혀 신
경 쓰지 않던 사람이 관계를 가장 중요시하게 되고, 자기의 기본욕

구도 절제하기 시작한다. 성숙해지는 것이다.

관념주의자들은 틀에 박히거나 쓸데없는 일을 하라고 하면 스트레스를 받는다. 배울 것도, 의미도 없는 일이라 생각하기 때문이다. 이들에게 의미 없음은 죽음과도 같다. 이런 스트레스가 심해지면 이들은 뛰쳐나가거나 그 안에서 무엇인가를 찾기 위해 쉬지 않고 일하게 된다. 의미 없는 일을 하는 것을 좋아하지 않기 때문에, 본인이 의미 없다고 느끼는 일을 요구하는 다른 유형들과 자주 부딪히기도 한다.

내 손으로 만들겠어, 의미 있는 세상!

관념주의자들이 갖고 있는 세 번째 기본욕구는 영향력에 대한 욕구이다. 이들은 더 의미 있는 세상을 만들기 위해 그리고 더 탁월한 세상을 만들기 위해 영향력을 행사하길 원한다. 경험주의자들이 남에게 좋은 것을 주어서 기쁘게 해주려 한다면, 이들은 다른 사람들이 더 의미 있는 삶을 살고 더 탁월하게 살게 해주기 위해 영향력을 끼치고 싶어 한다. 이들은 만나는 사람마다 가능성을 이야기하고 비전을 던진다. 이들은 '힘', '능력', '파워' 같은 단어를 좋아하는 타고난 리더들이다. 특히 외향적인 관념주의자는 어디를 가나 리더로 선출된다. 그리고 그들은 탁월한 리더십으로 말은 일을 잘 수행한다. 그러나 사람의 마음을 잘 헤아리지 못해 상처를 주는 경우도 많다.

한 관념주의자 남편은 아내가 더 공부할 수 있도록 끊임없이 설득하고 도와주었다. 공부엔 별 관심이 없던 아내도 결국에는 대학원 과정까지 공부했다. 남편의 영향력인 것이다. 다른 집은 보통 아내가 "우리 집은 남편까지 합해서 아이가 셋이에요" 하고 이야기하는데 이 집은 남편이 그렇게 이야기한다. 남편이 아내를 자녀같이 키우는 것 같다. 남편은 부인을 자기와 동등한 실력을 갖춘, 영향력 있는 사람으로 키우고 싶은 것이다.

이들은 모든 기질 중에서 가장 독립적인 사람들이다. 모든 것을 스스로 하길 원한다. 우리 집에서도 관념주의자 아들이 가장 독립적이다. 혼자 밥을 해먹기도 하고, 아파서 병원에 입원해도 혼자서 잘 지낸다. 다른 아이처럼 엄마가 안 도와준다고 징징대지 않고 오히려 도와주는 것을 불편해한다.

관념주의자들은 자기가 주려는 영향력이 제한당하거나 제지당하면 스트레스를 받는다. 그리고 이 스트레스가 심해지면 어떻게 해서든 그 일을 이루고자 배후조정을 하기도 한다. 관념주의자 부모들은 자녀들의 미래에 대한 꿈이 남들보다 크다. 그래서 자녀들로 하여금 그 꿈을 이루게 해주려고 다각도로 노력한다. 관련된 책을 사주기도 하고, 그 일을 하는 사람을 만나게도 해주고, 여러가지 조언도 해준다. 물론 자녀를 가장 잘 이해하고 있는 부모이기에 잘 이끌었을 때 좋은 성과를 내는 경우가 많다. 문제는 관념주의자 부모의 꿈이 자녀의 꿈과 다를 때이다.

사업하는 아버지가 자기 아들이 그 사업을 이어받길 원하는 경우, 물론 그 아들의 적성이 사업에 맞는다면 아무 문제없이 남들보다 더 잘 성장할 수 있지만, 사업이 적성이 아닌 경우 서로 많은 상처를 주고받는다. 아들이 아버지 사업에 별로 관심을 보이지 않는 걸 알게 되면 관념주의자 아버지는 스트레스를 받는다. 하여 아들을 조종하기 위해 기회 있을 때마다 아들에게 비전을 주고 사업하는 것이 얼마나 좋은지에 대해 이야기해보지만 아들은 관심이 없다. 아버지는 늘 가능성을 보기 때문에 조금만 더 노력하면 될 것 같아 아들을 밀어붙이고, 아들은 아버지의 영향력에서 벗어나기 힘들어 괴로워한다. 이러면서 둘 사이의 관계가 깨지고, 아들은 누구든지 자기를 조종하려한다는 느낌을 받을 때마다 아버지가 생각나 화가 난다.

🧑 관념주의자 유형의 아이들도 마찬가지다. 자기가 원하는 걸 얻기 위해 금방 "이거 줘"라고 하기보다는 언저리를 돌면서 슬슬 자기가 원하는 쪽으로 유도해간다. 자기가 원하는 것을 직접 말하기보다는 그렇게 되도록 이끌어 간다고나 할까? 새 핸드폰으로 바꾸고 싶은 관념주의자 아들은 아빠가 핸드폰을 바꾸어 줄 생각이 없는 것을 알고는 사달라고 조르기보다는 "제 핸드폰이 친구들 것

중에 제일 싸구려이고 제일 볼품 없어요"라고 했다. 바꾸어 달라
고 직접적 요구를 하기보다는 휴대폰을 침대에 놓는다며 던져 허
리띠 쇠장식에 부딪혀 액정이 깨지게도 하고, 옷에 넣고 꺼내질 않
아 세탁기에 들어가게도 했다. 고의로 그런 것은 아니겠지만, 어쩌
면 고의일지도 모른다는 생각도 든다. 아무튼 휴대폰 관리를 엉망
으로 해서 바꾸지 않으면 안 될 지경까지 이르렀다. 나는 더욱 괘
씸해서 바꾸어 줄 생각이 더 없어졌다. 그러자 작전을 바꾸었는지
기회 있을 때마다 자기 심중을 돌려 말했다. 어느 날은 "엄마, 이거
잠깐만 봐줘" 하고는 휴대폰 모델 사이트를 보여주었다. 그리고는
아예 바탕 화면에 깔아 놓았다. 옆에서 아이의 이런 모습을 보는
것은 참으로 재미있다. 결국 난 휴대폰을 바꾸어 줄 수밖에 없었
다. 제일 싼 것으로.

영향력의 논리로 일하는 관념주의자에게 일을 부탁할 때는
"형님! 절 동생으로 받아주시고 잘 보살펴주십시오"라고 하면 된
다. 그러면 자기가 할 수 있는 것 이상으로 동생을 보살펴준다. 관
념주의자 상사들은 자기 부하직원들의 큰 형님이고 싶어 한다. 그
러나 그가 자기의 말을 잘 안 듣는다든지, 자기를 넘보고 있다는
것을 느끼는 순간, 즉 자기 영향력의 범위에서 벗어나 버리면 다시
경쟁모드로 돌아서 버린다.

중학교 선생님인 외향적 관념주의자(ENTJ) 부인은 남학생들한테 인기 있는 선생님이다. 보통 여선생님이 남학교, 그것도 한창 사춘기인 중학생 아이들을 다루기가 힘들 텐데 이 선생님은 오히려 남학생을 선호한다. 어떻게 그렇게 될 수 있었느냐고 물으니 방법을 알려 주었다. 일단 부임하면 가장 말썽 부리고 골치 아픈 애들을 골라 책임을 맡기고, 인터넷에 블로그를 만들어 아이들을 이리저리 관리한단다. 게다가 가끔 밖에서 만나 맛있는 거 사주면서 아이들의 고민도 들어 주고 함께 게임도 하러 간단다. 그러고 나면 수업시간이 평정될 뿐만 아니라 거의 영웅 대접을 받는다고 했다. 영향력의 논리를 잘 아는 탁월한 교수법이었다.

Chapter 5
이상주의자를 움직이는 힘,
개성표현과 인정에의 욕구

남들과 다르게 살고 싶어!

이상주의자들(NF유형)의 첫 번째 기본욕구는 자아실현의 욕구이다. 끊임없이 자기를 찾고 자신의 꿈을 실현하고자 한다. 그래서 이들은 평생 남들과 다르게 독특한 개성을 가지고 살고 싶어한다. 전통주의자들은 남들과 다르게 혼자만 튀는 것이 싫어 유니폼을 입고 다녀야 마음이 편안한데, 이상주의자들은 유니폼을 입고 다니라고 하면 힘들어한다. 자신의 개성이 드러나지 않기 때문이다. 그래서 이상주의자들은 교복을 입고 다니는 것을 싫어하고, 꼭 입어야 하는 상황일지라도 주름을 하나 더 넣는다든지 해서 어딘가 한 곳은 반드시 고쳐 입고 다닌다. 우리 회사에도 머리에 염색을 하거나, 귀고리를 하는 남자 직원들은 거의 다 이상주의자들이다.

여고생들이 몰래 파마를 한다든지, 치마를 짧게 고쳐 입는다든지 하는 것도 규율을 어기려고 반항하는 것이라기보다는 자기만의 독특한 개성을 표현하고 싶은 욕구의 발로이다. 이상주의자 딸아이의 고등학교 친구들은 모두 같은 기질이었다. 하여간 튀고 싶어 했던 그 아이들은 개그 콘서트의 '봉숭아학당'을 패러디한 인터넷 카페를 만들어 온갖 재미있고 엽기적인 포즈의 사진과 글을 올려놓아 유명세를 떨쳤다. 학교에서 찍은 사진을 보더라도 교복을 제대로 입은 애가 없었다. 별로 변형할 것도 없는 교복이었는데 속에 받쳐 입은 블라우스나 스웨터가 달랐다. 학교에서 안 걸리느냐고 물었더니 등교할 때는 제대로 입고 갔다가 1교시가 끝나자마자 갈아입는다고 했다. 그 아이들은 개성대로 각자의 길을 잘 가고 있으면서도, 관계중심적인 감정형들인지라 아직까지도 우정을 잃지 않고 모임을 갖는다.

내가 아는 이상주의자 부인은 그림 그리는 일을 하는 사람답게 워낙 끼가 많다. 결혼 전 데이트 할 때 매번 다른 컨셉의 의상을 자기…
넘 튀는거 아냐?

이 정도가 뭐…
호호…

차려입고 나갔다고 한다. 평소에는 긴 머리인데 어느 날 갑자기 짧은 가발을 쓰고 나가고, 또 어떤 날은 보라색 가발에 한여름에 긴 부츠를 신고 목 높은 폴라티를 입고 나간다든지 해서 남자친구가 옆에서도 못 알아봤을 정도였다고 한다. 사람들이 이상하게 보지 않았느냐고 물었더니 언제나 튀고 싶었고 다른 사람들도 자기처럼 재미있게 생각할 줄로 알았다고 했다.

이상주의자들은 자기가 입고 있는 옷과 똑같은 옷을 다른 사람이 입고 있는 걸 보면 아주 싫어한다. 자기만의 옷을 입고 싶은 것이다. 옷을 고를 때도 자기 생각대로 해야 한다. 부모가 골라주거나 아무거나 입으라고 하면 말을 잘 듣지 않는다. 이상주의자들은 누구든지 자기에게 순응을 강요하면 스트레스를 받는다. 그리고 스트레스가 심해지면 순응을 강요하는 사람 그 자체를 거부한다. 학교에서도 선생님에게 맞는 한이 있더라도 순응을 거부할 때가 많아, 심지어 문제아로 오인되기도 한다. 관념주의자가 선생님의 말을 듣지 않는 것은 존경하지 않아서이지만, 이상주의자가 그러는 것은 자기 개성에 맞지 않기 때문이다. 하지만 이들은 관계중심적인 감정형 기질을 갖고 있기 때문에 사람들과의 관계가 깨지는 것을 아주 속상해하고, 따라서 자책하기도 한다. 어떤 때는 어른들의 요구에 순순히 따를 수 없는 자신이 밉기도 하다.

이들은 평생 자기가 누구인지 알고자 여기저기 찾아다닌다.

자기 나름대로의 독특한 정체성을 찾으려는 노력을 가장 많이 하는 것 같다. 그래서 직업을 자주 바꾸기도 한다. 한 가지 일을 하면 평생 그 일이 천직인 양 변화를 싫어하는 전통주의자들과는 달리, 이상주의자들은 조금만 시간이 지나면 지금 하는 일이 자기에게 맞지 않는 일인 것 같아 다른 일을 찾기 시작한다. 전통주의자들의 경우 안정감이 중요하기 때문에 변화에 두려움을 느낀다면, 경험주의자들은 지금 하는 일에 흥미를 잃어 다른 일을 찾고, 관념주의자들은 자기 능력이 더 발휘될 것 같아 다른 일을 찾는다. 이상주의자들은 하고 싶은 일이 비현실적이고 돈을 벌 수 없는 경우가 많아 섣불리 시작하지는 못하지만, 언젠가는 그 일을 해야겠다는 막연한 바람을 가지고 살아간다.

이상주의자 남편이 "다른 일 한 번 해볼까?" 하고 한 마디 툭 던지면 옆에서 듣는 전통주의자 부인은 기절할 지경이다. 일류 기업에서 잘 나가는 남편이 입버릇처럼 회사 그만두고 시골로 내려가 유기농 농사를 짓겠다는 등 다시 공부를 하겠다는 등 할 때마다 전통주의자 부인은 화가 치민다. 도대체 이 남자가 생각이 있는지, 책임감이라는 건 있는지 알 수가 없다. 그러니 갈등이 심해질 수밖에.

전통주의자 아이는 별 생각 없이 시키는 대로 잘하고, 경험주의자 아이는 아무 생각 없이 뛰어놀고, 관념주의자 아이는 자기 세계에 빠져 있는데, 이상주의자 아이는 어릴 때부터 하고 싶은 게 너무 많다. 이 유형들은 대체로 재주가 다양하다. 어느 날은 탤런트가 되고 싶고 어느 날은 요리사가 되고 싶다. 자기 전공이 있으면서도 과연 그 전공이 자기에게 맞는지 늘 고민한다. 10대부터 70대까지 이상주의자들에게 나타나는 공통된 현상은 뭔가 찾고 있다는 것이다. 끊임없이.

"사느냐 죽느냐, 그것이 문제로다" 하고 고민하는 사람들은 대개 이상주의자들이다. 그래서 이상주의자들은 신앙을 갖는 경우가 많다. 자기 정체성을 신앙에서 찾는 것이야말로 자기 욕구를 가장 잘 충족시켜 주기 때문이다.

겉과 속이 다른 건 견딜 수가 없어!

이상주의자들의 두 번째 기본욕구는 'Integrity'를 향한 욕구이다. Integrity란 단어만큼 한국어로 번역하기 어려운 단어도 없는 것 같다. 외국에서는 사람의 성품을 나타내는 아주 중요한 단어로 자주 쓰이는데, 우리말로 번역하라면 한 마디로 똑 떨어지는 표현이 없다. 웹스터 사전은 Integrity를 "완전한 상태, 깨지지 않고 온전한 상태, 완벽한 상태, 고결하고 정직하고 진실한 상태" 등으로 설명하고 있다. 그러니까 사람의 겉과 속이 온전히 하나가 되는 모습을 이야기한다고나 할까. 아무튼 이상주의자들에겐 완벽하고자 하는, 특별히 진실하고자 하는 욕구가 있다.

　　이상주의자 아내들은 부부면 부부답게 완벽하고 진실한 관계를 만들어가고자 하는 욕구가 있다. 그래서 남편과 함께 조용히 커피 한 잔 하면서 사랑의 대화를 나누는 식의 이상적인 모습을 그려보기도 한다. 하지만 현실이 따라주지 않는다. 남편이 자기 마음을 전혀 알아차리지 못하기 때문이다. 이렇게 되면 스트레스를 받고 화가 나기 시작한다. 그런 마음을 전혀 눈치 채지 못하는 다른 기질의 남편은 도대체 왜 아내가 화가 나 있는지 알 재간이 없다. 사실 이상주의자 부인도 그 이유를 잘 설명하지 못하는 경우가 많다. 그러다보니 부부관계가 나빠지고 싸움이 잦아지는 경향이 있다.

　한 전통주의자 남편이 호소했다. 부인이 화가 나 있는데 어디서부터 무얼 잘못했는지 아무리 생각해도 알 수가 없다고. 자기가 무얼 잘못했는지 제발 말이라도 해주었으면 좋겠는데 내향적인 이상주의자 부인은 좀체 말이 없다. 그래서 전통주의자 남편은 참다못해 이렇게 말했다. "아무리 생각해도 도저히 당신을 이해할 수가 없어. 당신은 아마도 내 한계를 시험해보라고 보내신 하나님의 시험도구인 것 같아." 그 이야기를 들은 이상주의자 부인은 어떻게 자기가 시험도구가 될 수 있냐면서 크나큰 상처를 받았다. 언어의 유희나 수사修辭에 강한 이들은 말 한 마디에도 많은 의미를 부여하기 때문에, 자기가 들은 말을 곰곰이 되새기면서 괴로워한다.

이상주의자들은 Integrity의 욕구가 잘 받아들여지지 않거나 타협해야 할 경우 심한 스트레스를 받는다. 이들은 스트레스가 심해지면 비협조적으로 나가면서 또한 자신이 그러는 것에 대해 죄의식을 갖기도 한다.

한 외향적 전통주의자(ESTJ) 남편은 늘 아내에게 "당신은 내가 시키는 대로만 해!" 라고 명령했다. 사실 매사에 확실하고 절약에 힘쓰며 일처리가 빠른 남편은, 망설일 때가 많고 똑 부러지지도 못하며 계산도 잘 못하고 또 흥분도 잘하는 외향적 이상주의자 부인에게 사회적으로 의지가 되는 존재였다. 그런데 어느 날 남편이 집안 쓰레기를 규격봉투에 담아 버리지 않고 일부러 바깥에 가지고 나가 길거리 휴지통에 버리는 것을 보고 아내는 수치심을 느꼈다. 진실함과 고결함을 추구하는 이상주의자는 평소 흥분도 잘하고 정신없어 보이더라도 그런 얌체 짓은 하지 않기 때문이다. 도덕적으로 흠이 없길 바라고 거짓을 싫어하는 이들은 어떤 상황에서도 쓰레기를 남의 집 앞에다 버리는 일 따위는 하지 않는다. 그 일이 있고 난 후 이 부인은 더 이상 남편을 존경할 수 없게 되었다. 남편을 존경하지 않게 되니 과거에는 아무런 문제도 되지 않던 일들이 사사건건 다툴 거리가 되었다. 별 것 아닌 이런 일로 시작된 갈등이 심해지고 부부싸움이 잦아지면 이상주의자 부인은 더 이상 남편과 부부관계를 할 수가 없다. 사랑도 존경도 하지 않는 부부 사이에 부부관계란 있을 수 없는 것이고, 나아가 모욕이기조차 한 것이다. 그런데 사고형 전통주의자(STJ) 남편은 생각이 다르다. 싸움은 싸움이고 부부관계는 부부로서 마땅히 해야 할 일이므로 해야 한다. 오히려 부인이 부부관계를 거절하는 것이 아내로서의 역할을 소홀히 하는 것이 되므로, 남편은 분노를 넘어서 가정을 부양할 책임에까지 회의를 느낀다. 그러면 문제는 심각해진다.

일할 때도 마찬가지이다. 이상주의자들은 무슨 일을 맡든지 자기 안에서 그 일에 대해 완전하게 그림이 그려져야 한다. 그림이 잘 안 그려지면 일을 시작하지 못한다. 이상주의자들이 이렇게 일을 시작하지 못하고 헤매고 있을 때 일을 시킨 사람들은 슬슬 화가 나기 시작한다. 벌써 몇 번째 어떻게 하라고 가르쳐주었는데 아직 감도 못 잡고 손도 못 대고 있으니 말이다. 하지만 이 사실을 기억해야 한다. 이상주의자들은 자기가 하려는 일에 대한 그림이 그려지고 그것이 완전히 이해돼야 비로소 일을 시작한다는 것이다. 이상주의자들에게는 먼저 큰 그림부터 완벽하게 이해시켜줘야 한다.

평소 일 잘하던 이상주의자도 어떤 때는 아주 바보같이 아무것도 하지 못하고 시시콜콜한 것까지 물어볼 때가 있다. 이런 경우엔 대부분 자기 안에 그림이 안 그려지기 때문이라고 이해하면 된다. 시키니까 하기는 해야 하는데 시키는 사람이 원하는 것이 정확히 무언지 잘 모르기 때문에 힘들어하는 것이다.

"다음 달에 전 직원 가을 MT를 갈 건데 프로그램 좀 잘 준비해봐" 하고 이상주의자에게 일을 맡기면 그들은 자기 나름대로 그림을 그리고 아이디어를 내서 잘 준비한다. 어느 정도 진행되었는데 일을 시킨 상사가 그 내용을 검토하다가 프로그램 중 일부를 좀 바꾸어보면 어떻겠냐고 요구하면, 대부분의 이상주의자들은 매우 당혹스러워한다. 그 일 전체를 놓고 자기 그림과 계획이 있었는데 그것의 일부를 바꾼다는 것은 기껏 그린 그림을 망치는 것이 되기 때문이다. 그런 경우 대개 자기 뜻은 굽힌 채 일단 수용하려고 노력하지만 때로는 비협조적으로 나가기도 한다. 그리고는 스스로 죄책감을 느낀다.

이들은 스트레스를 받아도 상대방과의 관계를 생각해 스트레스를 받지 않은 듯 위장하기 시작한다. 그러나 이것은 이상주의자의 평상적인 모습은 아니다. 이상주의자들은 누구보다도 표리부동表裏不同을 혐오하는 사람들이다. 그래서 본심은 얼굴에 그대로 드러난다. 내면과 외면이 같아야 한다는 욕구를 가진 이들은 표정 또한 숨길 수 없기 때문이다.

이상주의자들은 무척 창조적이어서 안내지나 음식 하나를 만들어도 아름답고 의미 있게 하길 좋아한다. 완성품을 가지고 상대방의 의견을 묻는다. 만약 "음~, 좋기는 한데 여길 조금만 이렇게 하면 어떻겠니?" 라고 의견을 제시하면 금세 표정이 어두워진다.

그래도 이들은 대부분 그렇게 말해주는 사람과의 관계를 해치고 싶지 않아 상대방을 거부하지는 않는다. 특히 성숙한 이상주의자들은 권위자에게 순종하려는 마음이 있기 때문에 어느 정도 시간이 지나면 다시금 새로운 아이디어를 내어 열심히 고쳐서 가지고 온다.

하지만 역시 이상주의자들은 개성이 강할 뿐더러 속마음과 행동의 일치를 추구하기 때문에 자신의 아이디어를 기어이 설득시키려고도 한다. 예를 들어, 벽지를 노란색으로 칠하려고 하면 왜 노란색을 택했으며 그 의미는 무엇이고 느낌이 어떤지를 일일이 설명해서, 노란색이란 결정에 모든 사람의 찬성을 얻고 싶어 한다. 순종을 잘하는 전통주의자들은 권위자가 하라고 하면 그냥 따르는데 이상주의자들은 자신의 생각을 끝까지 고집한다. 하지만 나중에 보면 전체를 보는 이상주의자의 생각이 맞을 때가 많다.

제발 나를 좀 알아줘!

이상주의자들의 세 번째 기본욕구는 주변 사람들에게 중요한 사람으로 인정받고 싶어 하는 욕구이다. 사람은 누구나 이런 욕구를 갖고 있지만, 이상주의자들이 특히 그렇다. 그래서 이상주의자들은 사람들에게 잘해준다. 상대방이 원하는 것을 알아서 미리 준비해두기도 하고, 늘 상대방이 무엇을 원하는지 알기 위해 신경을 쓴다. 남편에게도 자녀에게도 정말 잘하는 아내, 엄마가 되려고 노력한다. 모두에게 인정받고 싶어서.

어느 이상주의자 부인은 남편이 회사에서 지쳐 돌아오면 손 하나 까딱 못하게 하고 목욕을 시켜준다고 한다. 물기도 다 손수 닦아준다고. 좋은 부인이 되고 싶다는 마음에서이다. 그러면서 남편이 '아! 이런 부인을 만나다니 정말 행복하다' 하고 생각할 것을 상상한다. 이들은 또 샐러드를 만들어도 온갖 재료를 다 집어넣어 누구도 흉내낼 수 없는 독특한 요리를 만들어내며, 먹는 사람들이 놀라워하고 행복해 할 것을 기대한다. 한 이상주의자 부인이 혼자 되신 시아버님을 며칠 모시게 되었다. 이 부인은 몸도 불편하신 아버님을 이번 기회에 잘 모셔야겠다고 생각해서 삼시 세 끼 밥을 새로 짓고 반찬도 조금씩 다르게 만들어 봉양했다. 커피도 끼니마다 다른 향으로 만들어 드렸다. 인정받고 싶다는 일념으로.

이상주의자들은 자기가 중요한 사람으로 인정받지 못하는 느낌이 들면 스트레스를 받는다. 그런 느낌이 지속되어 스트레스가 심해지면 의기소침해서 아무 일도 하지 못하게 되고, 그러면 더욱 인정받지 못하는 악순환을 겪는다. 심지어 자살까지 생각하는 경우도 많다. 중요한 존재로 인정받고 싶은 욕구를 가진 이들을 가장 힘들게 하는 것은 비판이고 정죄이다. 그런데 전통주의자들의 주된 전공이 비판이고 정죄이다보니 전통주의자와 함께 사는 이상주의자들은 비판받을 때마다 움츠러들고 불만이 생기게 된다. 외향적 사고형 전통주의자(ESTJ) 남편과 함께 사는 이상주의자 부인은 눈물로 밤을 지새울 때가 많다. 남편에게 잘 해주고 싶은데 남편은 자기가 실수할 때마다 잘못을 지적한다. 스트레스는 쌓이고 의기소침해져 점점 더 실수를 많이 저지른다. 그럴수록 남편의 정죄는 더욱 심해지고…. 이렇듯 기질을 이해하지 못하면 갈등이 해결되지 않는다. 이상주의형의 배우자를 둔 사람은 무조건 상대방을 칭찬하고 인정해주어야 한다. "당신이 있어 우리 집이 이렇게 분위기가 좋은 거야."

얼마 전 부부 모임에서 한 이상주의자 부인이 가출한 이야기가 화제가 된 적이 있다. 남편은 그런 대로 가정에 충실한 편이어서 가출할 이유가 없어보였는데, 그 부인은 말도 없이 3일 동안 가출을 해 주변을 놀라게 했다. 도대체 왜 그랬냐고 물어보니, "어느 날 자기가 집에서 아무 것도 아닌 것 같고 중요하지 않은 사람 같아서 그냥 나갔다 돌아왔다"고 대답했다.

그러자 그 옆에 있던 다른 부인이 기가 막히다는 듯 이렇게 이야기했다. 자기 남편은 매일 술 먹고 늦게 들어오면서 가족에게 잘 해주지도 않아 하루에도 몇 번씩 집을 나가고 싶었다는 것이다. 그래서 어느 날 정말 가출하려고 짐을 싸서 집을 나왔는데 한참 가다 보니, 큰아이가 학원도 가야하고 둘째아이 바이올린 선생님도 오실 시간이 되었는데 내가 없으면 어떡하나 해서 다시 집으로 돌아왔다나. 물론 이 부인은 책임감이 강한 전통주의자 부인이었다.

이상주의자들은 남에게 부탁하거나 상대방의 동의를 구할 때, 심지어는 일을 시킬 때조차도 내심 잔뜩 긴장한다. 상대방이 안 들어주거나 거절하면 자신이 인정받지 못하는 느낌이 들기 때문이다. 사람들과 이야기를 잘하는 외향형 이상주의자들도 예외는 아니다. 그래서 이상주의자들은 곧잘 숨어버린다. 갈등이 있어 숨고, 자기가 사는 의미를 못 찾아 숨고, 인정받지 못하는 것 같아 숨는다. 할 일도 내팽개친 채 잠적해버린다. 특히 속으로 상처를 되씹는 내향적 이상주의자는 그 정도가 더욱 심하다. 중요한 일을 하다가도 며칠씩 잠수해버리는 사람도 있다. 이런 모습을 다른 사람들은 도저히 이해할 수가 없다. 사실 이것은 기질을 떠나 무책임한 행동이다. 그렇기 때문에 이상주의자에게도 자기 훈련은 필요한 것이며, 그 과정에서 주변 사람들의 사랑과 인정이 필요하다.

이상주의자들이 일을 하는 논리는 '관계'의 논리이다. 이들에게 가장 중요한 것은 관계이고, 따라서 주변으로부터 중요한 사람이라는 인정을 받고 싶어 일을 한다. 그래서 이상주의자에게 일을 부탁할 때는 이렇게 하면 좋다. "이번 일은 나에게 정말 중요한 일인데 네가 한 번 도와줄래?" 이상주의자들은 자기가 좋아하고 사랑하는 사람을 위해 목숨을 거는 사람들이다. 비록 자기희생을 감수하더라도 상대방을 위하는 완벽한 사랑의 모습을 이들은 가치 있게 생각한다.

🧑 항상 방을 잘 안 치우는 이상주의자 딸에게 아무리 잔소리해도 별 소용이 없다면 이렇게 이야기해보라. "오늘 엄마에게 너무나 중요한 손님이 집에 오시거든. 그 손님들이 지저분한 네 방을 보고 실망할까봐 엄마는 참 걱정이 된단다. 네 방이 지저분하면 엄마 얼굴에 먹칠 하는 것이거든. 깨끗하게 한 번 정리해 줄래?" 아이의 태도가 달라진다.

🧑 경험주의자들이 절제를 훈련해야 하고, 전통주의자들이 비판 안하고 칭찬하기를 훈련해야 하고, 관념주의자들이 어느 정도에서 만족하는 것을 훈련해야 하듯이, 이상주의자들은 자기 자신을 벗어나는 훈련을 해야 한다. 내 개성이 전혀 드러나지 못해도, 내가 완전하지 않아도, 그리고 아무도 나를 중요하다고 인정해주지 않아도 담담하게 받아들일 수 있게 될 때 비로소 내 안의 기본욕구로부터 자유로울 수 있을 것이다. 사실 어느 하나 쉬운 훈련은 없다. 정말 어려워서 우리 부부도 아직 잘 안 되는 부분들이 많다. 하지만 감사한 것은 조금씩 나아지고 있으며 조금씩 욕구에서 자유로워지고 있다는 것이다.

Chapter 6
기질로부터의 자유

기본욕구로부터의 자유

우리 안에서 끊임없이 올라오는 기본욕구를 이해하는 것은 아주 중요한 일이다. 그것을 모르면 기질에 얽매여 욕구의 노예가 되어버린다. 그러나 기본욕구의 실체를 이해하면 내 안의 움직임을 바라보며 내가 왜 이러는지 스스로를 점검해 볼 수 있게 된다. 그리고 각 기질별로 자신의 기본욕구를 절제해 보는 것이다. 경험주의자는 '충동에 이끌려 반응하지 않고 절제하는 것'을, 전통주의자들은 '비판하지 않고 관용을 베풀며 칭찬하는 것'을, 관념주의자들은 '나와 내 주변이 모두 합리적이고 탁월하게 돌아가야만 한다는 마음 포기하기'를, 그리고 이상주의자들은 '나는 언제나 남달라야하고 인정받아야만 한다는 마음 포기하기'를 훈련해야 한다. 뿐만 아니라 다른 사람의 행동이 스트레스로 다가올 때도 그 사람을 밉게 볼 것이 아니라, 그 사람 안에 있는 기본욕구를 살펴 그 동기의 선함과 순수함을 바라봐주는 것이다.

예를 들어보자. 식사 중에 아내가, "여보, 이것 참 맛있는데 한 번 먹어봐" 하면서 음식을 주는데 부주의한 경험주의자적 약점 때문에 음식물을 쏟았다. 그럴 때 화가 나기 십상이다. 모든 것이 정돈되고 깨끗해야 하는 안정감의 기본욕구를 가진 전통주의자에게는 힘든 상황이 된 것이다. 하지만 실수만을 보지 않고 아내가 나에게 좋은 것을 주려고 했던 마음(경험주의자의 기본욕구)을 보면 화가 나도 참을 수 있다. 나의 기본욕구로부터 자유로워지는 것이다. 나의 기질로는 견디기 힘든 상황이지만 상대방의 선한 동기를 보면서 참고 인내하는 것, 이것이 훈련이고 성숙한 마음이며 기질에 얽매이지 않고 자유로워지는 방법이다.

기본욕구가 생기는 근본 원인은 자기 마음 깊은 곳에 있는 두려움 때문이다. 우리 마음속을 가만히 들여다보면 누구나 다른 사람에게 잘 보이고자 하는 마음이 있다. 그래서 칭찬받고 인정받기를 원한다. 그러다 보니 다른 사람이 나를 미워하게 될까봐 두려워진다. 기질의 기본욕구는 이 두려움에서 벗어나고 싶은 몸부림인 것이다.

　기질별로 사람들이 자신을 싫어할 것이라 여기는 부분이 각기 다르다. 전통주의자들은 완벽하게 주변 정리가 안 되거나 맡은 의무를 수행하지 않으면 사람들이 자기를 싫어할까봐 하지 않아도 될 일까지 한다. 특히나 혼자 있는 것을 두려워해 소속감을 느끼고 싶어 일을 맡는다. 경험주의자도 마찬가지다. 남을 기쁘게 해주지 않으면 그 사람이 자기를 싫어할까봐 두려워하는 마음이 있다. 재미없고 지루한 일을 계속하면 자기가 너무 한심하고 효율성 없는 열등한 사람이 되는 것 같아 두렵고, 그렇게 살면 사람들이 싫어하거나 그들로부터 멀어질 것 같아 두렵다. 관념주의자도 마찬가지다. 모든 일을 합리적으로 탁월하게 해내지 못하거나 자신이 관심 있는 분야의 지식이 부족하면 사람들이 자신을 싫어할까봐 두려워진다. 이상주의자도 마찬가지다. 이상주의자가 인간관계를 가장 중요하게 생각하고 사람들에게 잘 보이려고 하는 것도, 그리고 완전해지려고 하는 것도 역시 사람들이 자기를 싫어할까봐 두려워하기 때문이다.

　어울려서 살도록 창조된 인간인지라 혼자 따돌림을 받거나 인정받지 못하거나 칭찬받지 못하는 상황이 가장 두려운 것이다. 사실 그렇게까지 잘 하지 않아도 상대방은 나를 싫어하지 않는다. 경험주의자들은 전통주의자들같이 정리가 안 되어도 문제가 없고, 관념주의자처럼 많이 몰라도 문제가 없다. 전통주의자들은 관념주의자같이 영향력이 없어도 문제가 없고, 이상주의자같이 개성이 없어도 문제가 없다. 다른 사람은 아무렇지도 않은데 다들 자기 혼자 그것이 안 되면 죽을 것 같은 마음에 난리를 치는 것이다. 다른 사람들은 내가 가진 욕구에는 별로 신경 쓰지 않는다. 오히려 그들 자신의 욕구가 채워지기를 갈망한다. 그러니 사람들이 나를 싫어할까봐 두려워한다면, 오히려 그들의 욕구를 적극적으로 채워주는 것이 더 현실적이고 현명한 방법일 것이다.

전통주의자들은 상대방이 원하지 않아도 자기가 해주어야 할 것 같다는 생각이 들면 쫓아다니며 해주는 사람들이다. 그러니 갈등이 생긴다. 평생을 자녀 중심, 남편 중심으로 살았는데 나이 들어 보상받지 못한다고 느끼거나 자식들이 인정을 안 해주면 그 섭섭함에 속병이 나기도 한다. 그래서 보는 사람마다 붙들고 자신의 처지를 호소한다. 그리고 심한 경우 우울증, 화병으로 이어진다. 먹을 거 안 먹고 온갖 고생해서 키워 놨더니 자식들 다 소용없다는 말이나, 남편 복 없는 X가 자식 복 없다는 자조적인 표현은 전통주의자들이 스트레스를 받으면 흔히 하는 넋두리이다. 전통주의자들, 그렇게까지 힘들게 희생하지 않아도 된다. 그래도 자식들이 엄마를 사랑한다. 전통주의자는 내가 다 해야만 한다는 책임감에서 벗어나 자유해야한다. 좀 못하면 어떻고 좀 지저분하면 어떤가. 내가 책임지고 간섭하지 않아도 이 세상은 잘 돌아간다. 이 세상은 내가 책임지는 곳이 아니고 창조주가 책임지는 곳이다.

우리가 효율을 따져야 얼마나 효율적이겠고, 완벽해봐야 얼마나 완벽해지겠는가? 우리가 알아야 얼마나 알고 미래를 보아야 얼마나 보겠는가? 우리가 책임을 져봐야 얼마나 질 수 있겠는가? 다 창조주 앞에서 도토리 키재기 하는 것이고 그 분의 손바닥 안에 있는 것인데. 우리의 수준을 알아야 한다. 그러면 자유함을 얻을 수 있게 된다.

하루는 아들이 방과 후에 학원으로 바로 가야 하니 지하철역으로 책을 가져다 달라고 했다. 재미없는 일을 해야 하는 것이, 효율이 중요한 경험주의자로서 너무나 싫었지만 아들과의 관계 때문에 할 수 없이 해주기로 했다. 그 순간 집에서 먼 그곳까지 갔다가 그냥 오느니 거기서 조금 더 가면 있는 헬스클럽에 들러 운동이나 하고 오는 것이 좋겠다는 생각이 들었다. 그래서 오랜만에 집에 온 딸에게 헬스클럽에 같이 가자고 했다. 그랬더니 MBTI의 고수가 다 된 딸이 묻는다. "엄마, 난 피곤해서 오늘 안 가고 싶고, 엄마도 피곤한데 왜 헬스클럽에 가려고 해요?" 그러나 여전히 경험주의자의 충동욕구에서 벗어나지 못하는 내가 합리화를 하며 말했다. "이왕 거기까지 간 김에 몸에 좋은 운동도 하고, 너하고 같이 지내기도 하려는 거지"라고 했더니 딸이 말한다. "엄마 그 효율 거기서까지 사용 안 해도 돼. 그냥 지하철역에만 갔다가 집으로 와도 괜찮아." 사실 나도 피곤해서 집에서 쉬고 싶었는데 나를 움직이는 기본욕구가 나더러 효율을 추구하라고 밀어붙였던 것이다. 그러나 다행히 딸이 내 기질의 기본욕구에서 허우적거리는 나를 구해줬다.

장·단점으로부터의 자유

기질의 장·단점으로부터 자유해지기 위해서는 단점을 보는 시각을 바꾸어야한다. 많은 사람들이 단점 또는 약점을 나쁜 것으로 생각하고 있다. 그래서 자기의 나쁜 점을 고치려고 하고, 나아가 상대방의 단점을 고쳐주려고 애쓴다.

단점을 고치려고 마음먹는 것은 단점을 나쁜 것으로 보는 경향이 있기 때문이다. 그러나 사실 단점은 나쁜 것이 아니라 우리가 넘지 못하는 한계이다. 상대방의 단점을 한계로 보기 시작하면 그것을 고치려는 생각보다는 도와줄 생각을 하게 된다. 키가 1미터밖에 안 되는 아이에게 2미터가 넘는 곳에 있는 물건을 가져오라고 하는 것은 누가 봐도 불합리한 요구이다. 그래서 우리는 어린아이에게 이런 일을 시키지 않는다. 물론 아이가 의자를 가져다가 그 위에 올라가서 물건을 가져올 수도 있다. 그러나 사고의 위험이 따른다. 우리가 상대방더러 단점을 고치라고 요구하는 것은 마치어린 아이에게 이처럼 불가능한 일이나 사고가 날 확률이 높은 일을 해내라고 하는 것과도 같다.

늘 잘 잃어버리고, 늦고, 정리가 잘 안 되는 아내의 단점은 나를 참 힘들게 했다. 그래서 아내의 기질을 고쳐보려고 수많은 노력을 했고, 또 단점을 고치려고 노력하지 않는 아내에게 무수히 화를 냈다. 아내는 내가 말만 하면 잔소리를 한다고 한다. 사실 나는 정리 안 된 것이 보이면 열 번은 참았다가 한 번 말하는 것인데. 그렇다고 나도 그냥 넘어가지는 못한다. 아무리 참고 기다려도 내가 지적하기 전에는 치우는 법이 없기 때문이다. 나름대로 부드럽게 이야기해도 잔소리라고 한다.

그러나 지금은 분명히 알고 있다. 아내의 단점은 쉽게 고쳐지는 것이 아닌 그의 한계라는 것을. 그리고 그대로 인정해주고 같이 살아야 한다는 것을. 아내 때문에 너무도 힘들었던 어느 날, 아내가 좀 바뀌게 해달라고 기도하다가 성경을 보게 되었는데, 그때 로마서 15장 1절 말씀을 읽으며 생각이 바뀌게 되었다. 성경에는 이렇게 씌어 있었다.

"우리 강한 사람들은 마땅히 연약한 사람들의 약점을 감싸 주고 자기가 기뻐하는 대로 하지 않도록 해야 합니다"(우리말성경, 두란노).

창조주는 우리를 기질별로 다르게 만들고 각자에게 잘 할 수 있는 것과 잘 할 수 없는 것을 모두 주셨다. 잘 할 수 있는 것, 즉 장점을 주신 이유는 그 장점을 가지고 그렇지 못한 사람을 돌봐주라는 것이지 자기만을 위해 사용하거나 자랑거리로 삼아 자신을 기쁘게 하라는 것이 아니라는 말씀이었다. '아~, 그렇구나!' 창조주가 나에게 아내가 갖고 있지 않은 장점을 주신 이유는 아내가 자신의 한계에 부딪혀 잘 할 수 없는 일을 내가 도와주어야 하기 때문이었다. 나에게 정리를 잘하고 시간을 잘 지키는 장점을 주신 것은 그 부분이 약한 아내를 옆에서 도우라고 주신 것이었다. 그런 시각으로 보기 시작하니 나 역시 단점이 많고 한계가 많은 사람이었다. 내가 내향적이어서 새로운 사람을 만나는 것이 편치 않고, 전통주의자여서 도전적인 일을 하지 못하고 염려가 많은 한계는 아내의 도움을 받으라는 것이었다.

그동안 기질이 너무나 달라서 갈등하고 힘들어했던 부부들이 서로의 장·단점으로부터 자유함을 얻게 되면 지금까지 몰랐던 더 넓은 세상을 마음껏 누릴 수 있게 된다. 자기가 잘하는 장점은 최대한으로 살리고 자기가 잘 못하는 한계는 배우자의 도움을 받아서 하면 되기 때문이다. 그러면서 서로의 장점을 점점 귀하게 여기고 날마다 사랑이 더욱 깊어지게 된다.

이제 각 기질별로 장점 다섯 가지씩을 설명하려고 한다. 단점을 따로 설명하지 않는 이유는 단점이나 한계가 장점과 별도로 존재하는 것이 아니라 장점이 지나쳐 잘 안 보이는 부분이 단점이고 한계이기 때문이다. 이렇게 자기의 기본욕구로부터 자유해지고 장단점으로부터 자유해지면 우리는 우리의 기질로부터 자유해지며 성숙으로 한 발짝 나아가게 된다.

4가지 기질의 장점

	장 점	장점이 지나치면…
SP (경험주의자)	• 손재주와 집중력이 뛰어나다. • 순발력과 위기관리 능력이 뛰어나 웬만한 문제는 해결 못하는 것이 없다. • 어떠한 상황에도 잘 적응한다. • 어려움을 쉽게 참아내며 극복하는 능력이 있다. • 현실주의자들이다.	• 하나에 몰두하면 깊이 빠지는 경향이 있어 중요한 것을 놓치곤 한다. • 아무도 해결할 수 없는 문제를 일으키기도 한다. • 적응력이 뛰어나다보니 한 가지 일을 오래 하지 못하고 다른 길로 빠져 버리는 경향이 있다. • 소중하게 여기던 일이나 사람에게도 감정정리가 빨라 겉과 속이 다르다는 느낌을 줄 수 있다. • 냉소적이고 현실적이어서 차갑게 느껴질 수도 있다.
SJ (전통주의자)	• 목표를 세우고, 그것을 성취하는 능력이 뛰어나다. • 주변 환경을 정리하는 데 탁월하다. • 조직화하고 체계화하는 일을 잘 한다. • 남을 잘 섬기고 돌보며 잘 베푸는 유형이다. • 가장 상식적이고 준비된 자들이다.	• 정해놓은 목표만을 바라보기 때문에 좋은 기회가 생겨도 그 기회를 놓치는 경우가 많다. • 자기방식대로 주변을 정리해야 하기 때문에 주변사람들을 많이 간섭하는 편이다. 그래서 잔소리가 많다는 소리를 듣는다. • 원칙과 룰에 지나치게 얽매여 융통성을 발휘하지 못하고 지나치게 완고하다는 말을 들을 때가 많다. • 이들은 섬기고 주는 것이 몸에 배어 있어서 남에게 받는 것을 불편해 한다. • 매사에 염려와 근심이 많아 주변사람들도 우울하게 만드는 경향이 있다.

	장 점	장점이 지나치면…
NT (관념주의자)	• 지적 재능이 뛰어나다.	• 지적 능력이 떨어지는 사람을 무시하기 쉽고, 자신이 관심 있는 지적인 분야에만 흥미를 보여 사회성이 떨어지기도 한다.
	• 탁월함을 추구하며 비전의 사람들이다.	• 계속해서 원하는 기준이 높아지다보니 스스로도 힘들고 주변 사람도 힘들게 한다.
	• 조직이나 이론적인 분야에서 복잡하게 얽힌 난해한 문제를 잘 풀어나간다.	• 일상생활에는 관심도 없고 서투르다.
	• 군더더기 없는 직접 대화법을 쓴다.	• 말이 직설적이고 수사가 없다보니 차갑게 느껴지고 상대방에게 상처를 주기 쉽다.
	• 미래를 예측하는 능력이 탁월하다.	• 미래를 보며 살아가기 때문에 현재에 관심이 없고, 잘 잊어버린다.
NF (이상주의자)	• 동기부여를 잘한다.	• 다른 사람의 감정까지도 장악하고 조종하려 한다.
	• 관계에서 조화를 이루는 능력이 뛰어나다.	• 대결을 싫어하고, 관계에 문제가 생기면 사람을 피한다.
	• 이상주의자들이다.	• 다른 사람들도 다 자기처럼 이상주의인 줄 안다.
	• 상대방의 숨은 능력을 알아내는 데 탁월한 능력이 있어 적재적소에 사람을 잘 배치한다.	• 다른 사람들의 일에 지나치게 관여하거나 간섭할 때가 많다.
	• 공감하는 능력이 뛰어나 상담역에 적합하다.	• 모든 사람을 다 구해주려고 나서다가 자신의 일을 제대로 못하기도 한다.

불량품 아내, 쫀쫀이 남편
닭살부부로 거듭나다.

제4부

기질, 생활에 활용하자

기질이해는 이해과목이 아니라 암기과목

앞에서 우리는 자신과 주변의 사람들이 어떤 기질인지 알게 되었다. 우리를 움직이는 힘이 무엇인지, 그리고 우리가 잘하고 잘못하는 것이 무엇인지, 어떤 상황에서 스트레스를 받는지 알게 되었다. 그러나 아는 것만으로는 부족하다. 나에 대해 그리고 상대방에 대해 많은 것을 알고 있어도, 그 지식을 실천하고 삶에 적용하지 않으면 아무런 일도 일어나지 않는다.

부부가 아무리 오래 살아도 서로 다른 기질은 이해가 잘 안된다. 상대방의 기질을 외우고 있어야 하는데 자꾸 잊어버린다. 그래서 때때로 자신이 어떤 경우에 힘들고 어떤 것이 한계인지 서로 이야기해줘야 한다. 그러기 위해서는 좋은 대화 훈련이 필요하다.

대화에도 등급이 있다. "아이는 자?", "밥 먹었어?" 같이 일상적인 이야기를 하는 것을 5등급 대화라고 한다. "오늘 세금고지서가 나왔어"라고 사실이나 정보를 이야기하는 것을 4등급 대화라고 한다. 여기까지는 갈등이 없기 때문에 안전대화라고 한다. 그러나 자기 생각과 감정을 이야기하는 3등급, 2등급 대화부터는 갈등이 생기고 싸움이 시작된다.

'대화'는 '대놓고 화내는 것'의 약자라고들 한다. 우스갯소리지만 정말 그런 것 같다. 부부들이 서로 대화 한번 해보려고 시작하고서는 화내면서 싸우고 끝을 내는 경우가 많다. 그렇더라도 자꾸 대화하는 것이 낫다. 상대방의 기질에 관심을 가지고 좋은 대화를 하려고 꾸준히 노력하면 나도 모르는 사이 부쩍 대화기술이 늘어 있을 것이고 우리의 삶은 풍요롭게 바뀌어져 있을 것이다.

우리는 가끔 이런 부부를 만나면 긴장한다. "우리 부부는 아직 한 번도 싸워 보지 않았어요." 나도 우리 아파트 옆집에 사는 부인하고는 십여 년 동안 한 번도 싸우지 않았다. 아무런 갈등 없이 웃으면서 잘 지낸다. 하지만 아내와는 사사건건 갈등이다. 특히 남편 쪽에서 이렇게 이야기하면 더욱 긴장된다. 모든 것을 남편 마음대로 하는데 무슨 갈등이 있겠는가? 부인의 마음고생만 있지.

영어회화를 잘하는 방법은 문장을 외우고 그것을 부단히 실습하는 것이다. 좋은 대화도 그렇게 훈련해야 한다. 우리의 일상 상황에서 각자의 기질에 맞는 좋은 대화를 외워서 훈련해야 하는 것이다. 하루아침에 영어회화를 잘하는 사람이 없듯이 좋은 대화도 하루아침에 이루어질 수 없다. 이제 그동안 배운 기질을 우리들의 삶에서 어떻게 활용할 수 있을지 경우별로 살펴보자.

뭔가를 요구할 때

사람들은 자기가 편하고 기분이 좋아야 상대방의 요구를 잘 들어주게 되어 있다. 뿐만 아니라 요구하는 상대방에 대해 좋은 이미지가 있어야 하고, 관계도 계속 좋은 상태여야 한다. 그래서 영업하는 사람들은 어떻게 해서든 고객에게 좋은 이미지를 주려고 하고 그들과 가까워지려고 한다. 접대도 하고 선물도 보내고, 상담할 때는 상대방 기분상태를 잘 살피면서 이야기를 전개한다.

얼마 전 후배가 이런 얘기를 했다. "다른 사람을 설득하는 건 그래도 쉬운데 아내를 설득하는 건 정말 어려워요." "이제는 가정이 가장 소중하다는 걸 알아서 아내와의 관계를 회복하고 싶은데 그게 잘 안 돼요." 그렇다. 가족에게 인정받는 것은 정말 어렵다. 어느 날 내가 "나도 밖에 나가면 성품 좋은 사람이란 소리 듣는다니까" 하자 그 말을 듣던 우리 딸이 막 웃었다. 아빠가 집에서 화내는 것으로 보아 절대 그럴 리가 없을 거라고 생각하기 때문일 것이다. 가족들, 특히 아내는 그동안 나에게 상처를 많이 받은 사람이다. 그럴 때마다 미운 감정이 쌓였을 것이고. 그러니 그 아내를 설득하는 것이 얼마나 어렵겠는가?

내가 그에게 해준 말은 아내를 가장 중요한 고객으로 생각하고 대해보라는 것이었다. 그가 만일 아내를 중요한 고객으로 여기고 계약을 성사시키기 위해 노력하듯 한다면 어느 순간 아내는 남편의 말을 잘 받아들이게 될 것이다.

아내든 다른 사람이든 상대방을 고객을 대하듯 하겠다고 마음을 먹었으면, 먼저 MBTI를 통해 그 사람이 어떤 유형의 사람인지를 파악해야 한다. 사람은 스트레스를 받으면 기분이 나빠지고 이럴 때는 남이 무엇을 요구해도 잘 들어주지 않는다. 그러니 가능하면 상대방이 편안함을 느끼는 환경을 조성해야 한다. 그리고 상대방의 기본욕구를 잘 알아서 활용하는 것이다. 경험주의자들에게는 재미의 논리를, 전통주의자들에게는 책임감의 논리를, 관념주의자들에게는 탁월함의 논리를, 이상주의자들에게는 관계의 논리를 사용하는 것이다.

경험주의자들은 비교적 상대방의 요구를 잘 들어주는 편이다. 말하자면 안 되는 거 빼놓고는 일단 들어주자는 주의이다. 특히 남편이나 아이들이나 연구소 직원들이나 내게 중요한 사람들이 무얼 하겠다고 하면, 되도록 그렇게 하라고 관대하게 허락한다. 그렇다고 책임지고 계획을 세워 배려하면서까지 잘해준다기보다는 별로 신경도 안 쓰고 알아서 하라는 식으로 편안하게 대해준다. 경험주의자들은 자기가 그렇다 보니 상대편도 어렵지 않게 자기 요구를 들어줄 거라고 기대하며 말한다. 그런데 유난히 원칙과 규칙을 강조하면서 절대로 안 들어주는 사람이 있다. 그러면 약이 올라 온갖 수단을 다 동원한다. 안 들어줄 수 없도록 이유를 만들어서 들어주게 하든지, 심한 경우 협박까지도 한다.

경험주의자들이 뭔가를 해준다고 했어도 그것을 다 해줄 거라고 기대하는 것은 오산이다. 그들은 해주어야 할 것을 잊어버릴 수도 있고, 자기는 정말 해주려고 하는데 더 중요한 일이 있어 못 해줄 수도 있기 때문이다. 늘 부탁한 것을 잊지 않았는지 점검해야 하고 안 될 경우를 미리 대비해두는 것이 좋다.

전통주의자들은 해주겠다고 대답하는 일이 거의 없다. 약속한 것은 반드시 해야 한다는 부담감 때문이다. 상대방이 부탁할 때 경험주의자들은 일단 해준다고 말하지만 전통주의자들은 일단 안 된다는 말부터 한다. 그동안의 계획을 바꾸어야 할 수도 있고, 완벽하게 처리할 자신도 없고, 시간 내에 할 수 있을 것 같지도 않아 일단 안 된다고 한다. 그러나 된다고 한 일에 대해서는 책임을 다한다. 뿐만 아니라 은혜에는 꼭 보답해야 한다고 생각하기 때문에 자기에게 잘해준 사람에게는 어떻게든 보답한다. 그러나 자신의 요구를 거절한 사람이 부탁하면 거절하는 경우가 많다.

전통주의자인 남편은 여간해서는 부탁을 잘 안 들어준다. 핸드폰이 처음 나왔을 때 나도 사겠다고 했더니, 운전하면서 전화를 하게 될텐데 위험해서 안 된다고 했다. 라식 수술도 못하게 한다. 잘못되면 어떻게 하냐는 것이다. 전통주의자는 잔걱정이 많다. 친구들은 벌써 몇 년 전부터 수술을 하고 안경을 벗었다. 예뻐진 데다 광명까지 찾았다고 좋아한다. 남편 친구들까지도 "야, 부인이 안경 쓰고 화장하다가 파운데이션이 안경에 묻으면 얼마나 귀찮겠냐? 해줘라 해줘" 하는데도 절대로 안 된단다. 이해를 못하는 건지 아니면 정말 부인의 안전과 건강을 생각해서인지 헷갈린다. 이런 이야기를 들은 내 친구들은 기가 막히다는 표정을 지으며 "그냥 몰래 하구 와. 일단 해버리면 네 남편인들 어쩌겠니?" 한다. 나도 하고 싶다. "하나님, 눈을 밝게 해주세요"가 기도제목이 될 정도이다. 그런데 아직도 못했다.

남편의 기질 때문에 말 꺼내기가 정말 힘들다. 아마 MBTI를 몰랐던 과거라면, 어차피 안 된다고 할 테니 몰래 했다가 결국 들켜서 한바탕 싸움이 일어났을지도 모른다. 하지만 지금은 남편한테 잔소리 들을 게 뻔한 일이라도 용기를 내서 말한다. 왜냐하면 처음엔 잔소리를 하더라도 일단 들어주기로 하면 거기에 대해서는 더 이상 왈가왈부하지 않는 성격임을 알기 때문이다. 물론 결정했더라도 좋아하지 않는 일이라면 계속 궁시렁거리기는 하는데, 그것도 역시 남편의 기질이니 어떡하겠는가.

👨 전통주의자들에게 부탁할 때는 그들이 생각할 시간을 줘야 한다. 그리고 그 요구를 들어줘도 그들의 소속감이나 안정감에 문제가 없고 스트레스 받을 일이 없음을 사전에 주지시켜야 한다. 그러면 그들은 책임감이 있기 때문에 스스로 생각하고 검토한 후에 요구를 들어주게 되어 있다.

👩 관념주의자들은 두 번 반복해서 말하는 것을 싫어할 정도로 의사소통 방식이 분명하고 간결하다. 그리고 매우 독립적이어서 부탁이나 기대를 별로 하지 않는다. 그러나 정말 원하는 것이 있으면 상대방에게 그 일이 갖는 의미와 느낌을 전달하며 공감해주길 바란다. 왜 이런 요구를 하는지 그 의미를 상대방도 같이 느껴주기를 원하기 때문이다. 그러나 의미까지 공감하기를 바라는 이런 요구방식에 대해 때때로 감각형들은 매우 답답해한다. 의미와 느낌을 공유하려는 관념주의자들의 설명이 직접적이지 않고 은근히 속내를 비추다 마는 것 같아 보이고, 빙빙 돌려 말하는 것 같기 때문이다. 관념주의자들은 매우 끈기가 있는 사람들이기 때문에 원하는 것을 쉽게 포기하지 않는다. 그러다 요구가 관철되지 않으면 스트레스를 받고 로봇처럼 굳어지는 경향이 있다.

관념주의자들에게 부탁을 할 때는 그 일을 해야 하는 분명한 의미를 전달해야 한다. 이들은 의미 없는 일은 죽어도 안 하는 사람들이기 때문이다. 그리고 역시 그들의 기본욕구를 기억해야 한다. 이들의 탁월해지고 싶은 욕구, 더 알고 싶은 욕구, 더 영향력을 끼치고 싶은 욕구에 맞추어 자기 사정을 설명해야 한다.

이상주의자들도 원하는 게 있으면 직접 이야기하기보다는 은유적인 혹은 직유적인 표현을 써서 한다. 의미를 전달하고 공유하고 싶은 것이다. 또한 단도직입적으로 이야기하기가 미안해서 비유적으로 돌려 말하고는, 상대방이 알아들었을 거라고 생각한다. 그렇지만 불행히도 감각형들은 직접적으로 이야기해주지 않으면 거의 알아 듣지 못한다. 그럴 경우 이상주의자들은 마음이 많이 상한다. 말 꺼내기 힘들어하며 어렵게 이야기했는데 전혀 알아듣지 못하니 말이다.

이상주의자 딸이 어렸을 때, 껌이 먹고 싶으니까 이렇게 이야기했다. "엄마, 아카시아 향기가 나요." 이렇게 아름답게 이야기했는데 감각형 엄마는 이렇게 가르쳤다. "껌이 먹고 싶으면 그렇게 말하면 안돼. 이렇게 따라 해봐. '엄마, 껌 주세요.'" 아이의 창의성을 없애버리는 행위였다.

이상주의자들은 관계를 중시하는 사람들이기 때문에 부탁을 잘 들어주는 편이다. 아니, 이들은 남의 부탁을 잘 거절하지 못한다. 특히 좋아하는 사람의 부탁은 그것이 잘못된 부탁일지라도 거절하지 못한다. 그리고는 안 들어주었어야 하는데 들어주었다고 고민한다. 이상주의자들에게는 'NO'라고 대답하는 훈련이 필요하다. 그래야 인간관계가 건강해진다.

이상주의자들은 민감하고 예민해서 상대방의 마음을 잘 읽고 헤아린다. 누가 원하는 것을 조금 비추기만 해도 눈치가 10단이다. 벌써 느낌으로 감을 잡는다. 그렇다 해도 이상주의자들에게 부탁을 하려면 역시 이들의 기본욕구를 잘 이해해야 하고, "나를 위해서 해주면 안 될까?"라고 진심을 담아 말해야 한다. 이들은 상대방이 약하고 불쌍한 모습을 보이거나 마음이 통하는 사람이라고 느끼면 움직이는 사람들이다.

한 가지 주의해야 할 일 있다. 상대방에게 요구할 때는 그 사람이 어떤 기질인지 잘 보고 해야 할 뿐만 아니라 그 사람이 잘 할 수 있는 것만을 요구해야 한다. 그 사람이 잘 해내지 못하는 것을 요구하거나 부탁하면 서로 상처받을 수 있다. 경험주의자인 아내에게 정리를 잘하라고 요구하면 제대로 해내지 못한다. 정리가 안 되는 것 때문에 우리 부부가 그토록 싸웠다.

전통주의자가 인식형 관념주의자(NTP)에게 어떤 프로그램의 기획을 부탁했다. 전통주의자가 부탁할 때는 그 일을 구체적으로 기획하고 보고해주기를 원했을 것이다. 그러나 인식형 관념주의자(NTP)는 상세하고 구체적인 것에 약한 기질이다. 여러 번 설명해주고 몇 주를 기다려도 원하는 것이 나오지 않자, 결국 일을 시킨 전통주의자가 다시 할 수밖에 없었다. 두 사람 모두 힘들어지는 결과를 초래했다. 일을 시킨 전통주의자는 상대방이 그 일로 애쓴 것을 알기에 미안하기도 하지만, 제때에 일을 마무리하지 못해 자신이 다시 하게 된 것에 대해 화가 나기도 했다. 일을 원하는 대로 하지 못한 관념주의자(NTP)도 자기가 맡은 일을 잘하지 못해서 몇 주를 허비했으니 미안하기도 하지만, 자기도 일 잘하는 사람인데 인정받지 못한 것이 화가 나기는 마찬가지였다. 다시 말하지만 뭔가 요구할 때는 상대방이 잘 할 수 있는 것을 요구해야 한다.

결정을 내려야 할 때

사고형과 감정형만이 결정할 때 갈등을 겪는 것은 아니다. 사람들은 결정할 때 자신의 유형에 따라 각기 다르게 결정한다. 휴일이 되면 외향형은 놀러가고 싶지만 내향형은 자고 싶다. 판단형은 시간 내에 끝내고 싶지만 인식형은 좀 더 잘할 때까지 하고 싶다. 판단형은 검정색 차를 사고 싶지만 직관형은 빨간색 차를 사고 싶다. 사고형은 아이를 혼내자고 하지만 감정형은 절대로 안 된다고 한다. 이 네 가지 그룹들이 서로 얼키고 설키다보면 결국 16가지 유형 모두가 제각기 다른 결정을 하게 된다.

기질마다 무엇을 결정하는가도 다르지만 언제 결정하는가도 다르다. 내향형은 좀 더 생각하고 결정하고 싶지만, 외향형은 빨리 하고 싶다. 판단형은 결정이 안 된 불안정한 상태가 싫어 결정을 빨리 내리고 싶어 하지만, 인식형은 빨리 결정내리기보다는 더 좋은 기회를 끝까지 기다린다. 좀 더 알아보고 나서 마지막에 결정을 내리고 싶은 것이다. 현실적인 감각형이 멀리 보는 직관형보다 빨리 결정하고 싶어 하고, 논리적이고 원칙적인 사고형이 사람 관계 때문에 주저하는 감정형보다 빨리 결정하고 싶어 한다. 결국 외향적 전통주의자(ESTJ)가 가장 빠른 결정을 내리고 내향적 이상주의자(INFP)가 가장 늦게 결정을 내린다.

그러니 서로 다른 기질로 만난 부부는 결정할 때마다 갈등이다. 남편이 결정하면 아내가 힘들고 아내가 결정하면 남편이 힘들다. 한 사람이 빨리 결정하려 하면 다른 사람이 힘들고, 한 사람이 결정을 미루면 다른 사람이 힘들다. 부부가 같은 기질인 경우에도 강하고 약한 것에서 나타나는 차이가 있어 역시 갈등이 생긴다.

경험주의자들은 즉흥적이다. 충동적으로 결정을 빨리 내리기도 하지만, 하기 싫거나 힘든 것은 뒤로 미루기도 한다. 다른 유형과의 차이점은 이미 한 결정도 상황에 따라 바뀔 수 있다는 것이다. 더 중요한 게 생기면 얼마든지 이미 내렸던 결정을 유보할 수 있다. 이런 경험주의자들은 전통주의자들을 힘들게 한다. 이랬다저랬다 하는 것처럼 보이기 때문이다. 그러나 스스로는 융통성 있는 성격이라고 흐뭇해 한다.

전통주의자들은 결정을 내리기 전에 심사숙고한다. 그리고 여간해서는 '예스'라고 하지 않는다. 생각해 보고 할 수 있다고 생각되는 것만 하기로 하고, 한 번 결정하면 여간해서는 바꾸지 않는다. 이런 이들의 성격은 다른 사람들에게 신뢰감을 주면서도 동시에 융통성 없고 고지식하게 보이게 한다. 그래서 다른 기질들은 전통주의자의 결정을 답답해한다.

관념주의자가 결정할 때는 의미와 가능성이 중요하다. 이들의 결정은 예상을 벗어나는 경우가 많아서 다른 기질들, 특히 전통주의자들이 힘들어한다. 이들은 다른 사람이 논리적으로 설명해도 받아들일 것만 받아들이고 자기 생각은 따로 있다. 그래서 고집이 세다는 평가를 받는다. 내향적인 관념주의자(INT)는 자신의 결정을 말하기보다는 자신의 결정과 같은 결정이 나도록 기다린다. 조용히 아무 얘기 안 한다고 해서 이미 나온 의견에 동의한 줄 안다면 오해다. 영 다른 의견을 가지고 있는 경우가 종종 있기 때문이다. 말은 안 하지만, 자신이 원하는 방향으로 결론이 내려지길 기다리고 있었던 것이다. 그러나 본질적으로 같은 이해를 가진 경우에는 내려진 결정을 받아들인다. 반면 외향적인 관념주의자는 명쾌하다. 척하면 삼천리다.

이상주의자는 결정할 때 상황과 주변 관계를 가장 많이 고려한다. 사람들이 자기가 내린 결정을 어떻게 생각할까 신경 쓰는 것이다. 또 어느 때는 너무 이상적으로 결정하고 후회하기도 하고, 내향적 이상주의자(INF)는 자신을 희생하는 결정을 내리고 힘들어

한다. 그러나 극한 상황이 오면 내향적 이상주의자는 내적인 신념에 따라 결정한다. 그리고 아무도 이를 돌이킬 수 없다.

이렇듯 모든 사람의 생각과 결정이 기질에 따라 다 다르기 때문에 사람들, 특히 부부의 경우 많은 갈등을 한다. 이 갈등을 해소하기 위해서는 결정하기 전에 서로의 생각을 잘 이야기하고 타협할 수 있어야 한다. 대화와 타협이 중요하다. 자기의 생각을 이야기할 수 있는 수준인 3등급 대화가 필요한 것이다.

친하게 지내는 부부가 있다. 남편은 전통주의자(ESTJ)이고 부인은 이상주의자(ENFP)이다. 이 부부가 같은 기질이라곤 외향형(E)밖에 없으니 매사에 갈등이 많았고 또 그 갈등을 다 드러냈다. 외향형이니까. 그런데 이 부부가 유일하게 잘 맞는 부분이 또 그 외향적 기질이다. 외향형들은 가족여행을 간다든지, 외식을 하는 등 바깥세상과 연계된 일을 좋아한다. 아무튼 이 가족의 즐거움은 가족이 함께 여행을 가는 것이다. 그런데 문제는 갈 때마다 지독히도 싸우고 온다는 것이다. 갈 때는 신이 나서 오순도순 나란히 앉아 떠났다가도 돌아올 때는 한 사람은 비행기 이쪽 끝 A좌석에 한 사람은 저쪽 끝 H좌석에 떨어져 앉아 올 정도로 갈등이 심했다.

싸우는 내용은 다음과 같았다. 여행을 다니다 저녁 때가 되어 배가 고프다. 아빠가 "우리 뭐 먹으러 갈까?" 하면 초등학생 아들이 "햄버거요" 한다. 그러면 곧장 아빠가 "햄버거가 밥이냐?" 한다. 그러면 썰렁해져서 침묵이 흐른다.

전통주의자(ESTJ) 남편은 절약가이다. 쓸데없는 돈은 안 쓰고 싶다. 이상주의자(ENFP) 부인은 로맨티스트다. 모처럼 여행 와서 좋은 호텔에서 자고 싶다. 그런데 남편은 69불짜리 모텔만 찾아다닌다. 그리고 스테이크 먹으러 가자고 해놓고선, 주문할 때는 "여기 스테이크 3인분!" 한다. 그러면 이상주의자 부인은 기가 막히다. 가족이 네 명인데 세 개만 시켰기 때문이다. 물론 아이들이 다 먹지 못하기 때문에 그러는 줄은 알지만 자리 값도 있는 건데…. 너무 창피하고 속상해서 차라리 안 먹고 나가고 싶다. 표정이 좋을 리 없는 부인을 보고 남편은 짜증이 난다. 여행 경비를 아끼기 위해 최대한 절약하는 남편을 교양 없는 사람 보듯 하는 게 자존심이 상하는 것이다. 그러니 여행 내내 싸울 수밖에.

당시 대화법을 배우고 있던 우리 부부는 이 부부에게 한 가지 제안을 했다. "이번 여행 중에 누가 무슨 말을 하든지 '그것 참 좋은 생각이야' 라고 말하고 나서 열까지 센 다음 자기가 하고 싶은 이야기를 하라"고. 영문을 몰라 하던 그 부부에게 여행을 즐겁게 보내기 위한 주문이라면서 여러 번 주지시켰다. 여행에서 돌아온 부부는 우리에게 이제껏 그렇게 재미있고 행복한 여행은 처음이었다며 고마워했다.

아빠가 "우리 뭐 먹으러 갈까?" 하고 묻자 아들이 또다시 "햄버거!" 하고 대답했다. 그러자 아빠가 "햄버거가 밥이냐?" 하고 핀잔을 주려하자, 부인이 "여보, 우리 그거 하기로 했죠?"라며 제동을 걸었다. 그러자 온 가족이 함께 "그것 참~ 좋은 생각이야! 하나, 두울, 셋, 넷, 다섯, 여섯, 일곱, 여덟, 아홉, 열" 했는데, 이미 열을 세는 동안 웃음이 터져, 보통 때 같으면 즉시 "햄버거가 밥이냐?" 하고 핀잔줬을 텐데 이렇게 말이 나왔다고 한다. "햄버거도 좋지만 그거 먹으면 금방 배고프잖아. 우리 한식당 찾아보고 햄버거는 내일 점심에 먹자"라고 했다는 것이다. 그 후로는 누가 무슨 말을 하든지 이 주문을 외우고 나서 말하니, 자기 의견을 말하기도 전에 배가 아플 정도로 웃다가 갈등이 많이 해소되었다는 이야기를 들려주었다.

우리는 너무나 빨리 상대방의 말에 반응한다. 상대방이 왜 그런 말을 했는지, 상대방이 원하는 것이 무엇인지 생각해보지도 않는다. 특히 만만한 가족일 때는 더욱 그렇다. 어떤 때는 상대방이 분명히 이런 마음으로 이런 이야기했을 거야 하면서 미리 넘겨짚고 화를 내기도 한다. 너무나 바쁘고 분주한 세상에서 살아서 그런가보다.

사람은 다 갈등을 싫어하기 때문에 대화를 하다가 갈등이 생기면 갈등이 없는 안전대화로 돌아가 버린다. 자기 생각을 이야기하는 3등급 대화를 하다가도 상처를 받으면 4등급, 5등급 대화만

하게 되는 것이다.

상대방이 의견을 내고 자기 생각을 말하면 잠시 기다릴 줄 아는 여유가 있어야 한다. 즉시 반응할 것이 아니라 한 템포 늦춰야 한다. 그래야 상대방에게 이런 생각을 들게 한 기질이 무엇인지가 보이고 그들이 이해되어 상대방과 제대로 된 대화를 할 수 있게 되는 것이다.

갈등을 풀어야 할 때

사람들은 갈등이 너무 지긋지긋해서 갈등 없는 세상에서 살고 싶어 한다. 나 또한 갈등 없는 세상에 살고 싶었고, 갈등이란 게 너무 버거워 어딘가로 도망치고도 싶었다. 그러나 그게 가능한 일일까? 긴장이나 갈등은 어디든 사람이 둘만 있어도 생기는 문제이다. 왜냐하면 서로 다르기 때문이다. 그러면 혼자 있으면 그런 일이 없을까? 그것도 아니다. 인간은 자기 자신과도 갈등하는 존재이기 때문이다. 결국 갈등을 피할 길은 없다. 다만 어떻게든 이 문제를 조화롭게 해결해야 할 뿐이다. MBTI 유형이나 기질이해를 통해 배울 수 있는 건 결국 자신과 상대방의 선호도를 잘 알고 각자의 장단점을 파악해 서로의 다른 점을 인식하고 그에 맞춰 행동하는 것이다.

앞에서도 언급했지만 다양한 기질을 잘 이해하여 나에 대해서 잘 알고, 상대방에 대해서 잘 안다고, 또한 사람이 성숙해지거나 신앙심이 깊어진다고 갈등이 없어지는 것이 아니다. 이 세상에는 갈등이 늘 존재한다. MBTI 유형 이해나 기질 이해는 왜 갈등이 일어나는지 이해하고 그것을 조금이나마 쉽게 해결할 수 있게 도와주는 도구일뿐이다. 갈등이 생겼을 때는 그것을 푸는 것이 상책이다. 그것도 즉시 말이다. 부부 간에 갈등이 생기거나 싸움을 했을 때 입을 다문 채 버티는 사람들이 있는데 참 대단한 사람들이다. 어떻게 말 안하고 며칠씩 버티는지 존경스러운 마음마저 든다.

나도 화가 나면 얘기를 잘 안 하는 사람이었다. 그런데 아내와 다투고 나서 말을 안 하고 지내려니까 나만 답답하고 손해였다. 아내는 이런 대치상황에서도 아무렇지도 않은 듯 잘 지내는데, 나는 화가 안 풀려 끙끙대고 있어야 하니 얼마나 힘든 일인가. 내가 화난 상태로 있으면 아내가 알아서 행동을 고치거나 잘못했다고 먼저 말해주길 내심 바랐는데, 아내는 늘 그 기대를 저버렸다. 일상생활에서 아내의 도움이 필요한 부분이 많은데 말을 안 하고 지내니까 나만 힘들었다. 힘들어질수록 아내에 대한 분노는 더 커져가고, 분노가 더 커지니 더 말 안 하게 되고…. 이런 악순환이 계속될 수밖에 없었다. 화가 머리끝까지 난 경우에는 '걸리기만 해봐라' 하고 벼르다가 아내가 뭐 하나 잘못하는 날이면 꼬투리를 잡아 크게 싸웠다.

말 안 하고 화내며 지내던 중 정말 이렇게 지내는 게 한심하다는 생각이 들었다. 그래서 생각을 바꾸어 불편한 마음을 전하기로 결심했다. 이런 일이 반복되다보니 이제는 사소한 일이라도 불편한 게 있으면 아내에게 불편한 심기를 털어놓는다. 어느 때는 그런 시시한 것까지 이야기하는 내가 좀 우습기도 하고 창피하기도 하지만 그래도 마음이 불편한 상태로 지내는 것보다는 낫다는 생각에 그렇게 한다.

아내가 "남자가 뭐 그렇게 시시한 것 가지고 그러냐"고 언성을 높일 때도 있다. 정말 자존심이 마구 구겨지는 순간이다. 그러나 이제는 그 자존심마저 버리고, "그래, 나는 그 정도밖에 안 돼. 하지만 난 그런 일에 기분이 나빠" 하고 정색을 하고 이야기한다. 기분이 나쁘고 감정이 상하는 것은 모두 자기 마음에서 일어나는 일이다. 내가 기분 나쁘다는데 그 누구도 뭐라 할 수는 없다. 내 마음이니까.

갈등이 시작되면 남편의 얼굴이 갑자기 굳어져 말을 안 하거나 나를 공격하기 시작한다. 그러면 나는 일단 방어해야 하기 때문에 변명거리를 찾거나 다른 의견을 내려고 한다. 판단형들, 특히 사고형 판단형들은 주로 자신이 옳다고 생각한다. 문제를 늘 흑백논리로 보기 때문에 무슨 의견을 제시하려고 하면, "그래서 당신이 잘했다는 거야?" 하며 시비를 건다. 이거냐 저거냐, 옳으냐 그르냐,

좋으냐 나쁘냐 등의 문제를 너무 간단히 정리해버리려고 한다. 자신이 늘 옳다고 믿는 사람과는 타협하기가 어렵다. 판단형들이 갈등에서 벗어나려면 상대방의 말을 잘 경청해줘야 한다. 이들은 항시 판단의 날을 세우고 있기 때문에, 인식형들이 한 마디만 해도 벌써 무슨 말을 할지 알고 상대방의 입을 막아버린다.

인식형인 나는 시비를 가리는 것보다 일단 싸움이 길어지는 게 싫다. 그래서 그런 상황에서 빨리 벗어나고 싶어서 먼저 꼬리를 내린다. "알았다구, 미안해" 하고 서둘러 마무리를 지어버린다. 직감적으로도, 조금만 더 버텼다가는 남자들의 '욱!' 하는 성질 때문에 싸움이 커질 게 뻔해보이기 때문이다. 그런데도 남편은 성이 안 풀린다. "밤낮 미안하다고만 하면 다야? 뭐가 달라지는 게 있어야지. 미안하다고 한 말조차도 진심으로 느껴지지 않아." (자기는 미안하다는 말도 안 하면서) 얄밉다.

인식형들은 생각을 집중하여 정확하게 표현해야 하는 훈련을 해야 한다. 이들은 모든 일에 양면이 있듯이 해결 방법에도 여러 가지 선택이 있을 수 있다고 생각한다. 그래서 항상 더 조사해봐야 한다고 하면서 더 가능한 해결 방법을 찾기 때문에, 갈등을 금방 가라앉히기는커녕 분명하지 않은 태도 때문에 사람들에게 불신을 얻기도 한다.

외향형들은 갈등 상황에서 점점 목소리가 커지고 빨라진다. 지금 당장 그 갈등을 해결하려 하고 뜻대로 안 되면 어쩔 줄 몰라

한다. 그래서 자기 식대로 말을 막 해버린다. 이들이 가장 힘들어 하는 것은 다른 사람의 관점을 듣는 일이다. 갈등을 풀려면 일단 말하던 걸 멈추고 상황을 보고 나서 상대방의 이야기를 들어주어야 하는데 외향형들은 이게 잘 안 된다.

내향형들은 갑작스런 갈등이 생기면 일단 안으로 움츠러든다. 그리고 생각할 시간을 가지고 나서야 나름대로의 의견을 찾는다. 대부분 그냥 넘어가는 것처럼 보이지만 잊어버린 것은 아니다. 특히 내향적 판단형들은 다 기억하고 있다가, 생각이 정리되거나 인내의 한계를 넘어서면 자기 입장을 밝히기도 한다. 이미 한 번 했던 이야기라도 다시 자기 입장을 말하곤 하는데, 잘못하면 넋두리가 될 수도 있으니 주의해야 한다. 내향형들은 갈등을 풀려면 자기 자신을 표현하는 훈련을 해야 한다.

감각형은 사실을 조목조목 따지고 든다. 세부적인 일에 초점을 맞추다보니 오히려 문제의 본질을 놓친다. 혼돈스러워 어디서부터 어떻게 손을 대야 할지 모를 경우가 있다. 그럴 때는 전후상황을 살피는 것이 중요하다. 만약 직관형이 당신이 말하는 것마다 반대하고 나온다면 보이는 게 전부가 아니라 사실은 더 많은 문제가 연관되어 있으리라는 걸 기억해야 한다.

직관형들은 구체적인 사건은 잘 기억하지 못한다. 늘 문제를 일반화시키거나 큰 틀로 이해하고 연관시키려다보니, 세세한 부분에서 막혀 결론이 복잡해진다. 때로는 작은 문제부터 해결하고 나서 큰 문제를 다루는 지혜가 필요하다.

사고형들은 문제를 분석하려고 하기 때문에 감정적인 측면을 놓친다. 그들은 논리적으로 분석만 하지 상처받은 감정에 대해선 생각하지 못한다. 이렇게 감정적으로 흐르지 않으려는 경향이 오히려 문제를 더 꼬이게 한다. 상대방을 따뜻하게 안아주는 등의 감정표현이 갈등해소에 큰 도움이 될 것이다.

특히 직관적 사고형인 관념주의자들에겐 좀더 논리적으로 분명한 가치관과 의견을 가지고 겸손하게 다가가는 게 좋다. 갈등이 생기면 차분하게 편지를 쓰는 것이 오히려 말로 하는 것보다 효과적이다. 내향적 관념주의자인 경우는 속마음이나 반응을 즉시 보이지 않기 때문에 상대방이 힘들 수 있다. 외향형인 경우는 논리적으로 안 맞으면 결코 승복하지 않는다. "네 말이 틀려. 교과서에 나온 거야"라고 증거를 대도 "교과서가 틀린 거야"라고 말할 수 있는 사람이다.

감정형들은 갈등이 생기면 얼굴에 다 나타나서 숨길 수가 없다. 이들과 갈등을 풀려면 그가 얼마나 중요한 존재인지, 얼마나 소중한지 진실하게 말해주어야 한다. 이들에게는 마음이 전달되어야만 한다. 한번 따뜻하게 안아주는 스킨십도 좋다. 함께 공감하는 것을 중요하게 생각하므로, 감정형들과는 분위기 좋은 식당에서 식사라도 같이 하면서 마음이 담긴 선물도 주며 문제를 풀어나가야 한다.

갈등을 풀려면 2등급 대화를 해야 한다. 2등급 대화는 서로의 감정까지 나누는 대화이다. 우리는 상대방의 마음이 상하지 않게 자기감정을 전하는 방법을 배워야 하고, 상대방의 마음이 상하지 않게 그들의 말을 듣는 훈련을 해야 한다.

우리 부부는 많은 부부 모임을 가지면서 이런 대화를 훈련해왔다. 그러면서 깨달은 것은 우리가 이런 대화 훈련이 너무나 안 되어 있다는 것이었다. 부부들에게 마주앉아 자기가 속상했던 이야기를 나누라고 하고 방법을 일러주어도 제대로 하는 부부를 많이 보지 못했다. 정말 외국어를 배우는 심정으로 대화를 훈련해야 한다. 피차 다른 별에서 온 외계인처럼 처음부터 대화하는 법을 배워나가야 하는 것이다.

우리가 배워야 할 2등급 대화법에는 우선 'I - Message'가 있다. 언젠가 너무 피곤해서 집에 좀 일찍 들어가 아내와 저녁을 먹으면서 시간을 보내고 싶은 생각이 들었다. 물론 사전에 약속되어 있던 것은 아니었지만 집에 가면 아내가 있으려니 하는 마음에 집으로 온 것이다. 그러나 기대와는 달리 아내는 집에 없었다. 아내도 일을 하고 있었고 또 약속한 것도 아니니 사실 아내는 잘못한 것이 없었다. 하지만 혼자 집에서 기다리는 동안 마음속에서는 분노가 치밀고 있었다. 한 시간 기다리고 두 시간 기다리고, 시간이 갈수록 분노가 점점 커지는 것을 느꼈다. 세 시간 만에 들어온 아내에게 다짜고짜 소리를 질렀다. "도대체 밤낮 어디를 싸돌아다니는 거야?" 그러자 아내도 갑자기 화를 내는 나에게 대든다. "아니, 내가 언제 밤낮 돌아다녔어?" 아내는 늦게 들어온 것뿐인데 그 사실은 뒷전으로 밀리고, 밤낮 늦게 들어오냐 아니냐가 쟁점이 되어 버렸다.

이럴 때 만약 내가, "오늘 내가 너무 피곤하고 또 당신이 보고 싶어서 집에 일찍 들어왔는데 당신이 없어서 너무 속상하고 화가 났어"라고 했다면 아내의 반응은 어땠을까? "너무 미안해요. 오늘 갑자기 누가 보자고 해서. 당신이 일찍 온다는 이야기도 없고 하니까 나갔지. 미안해서 어떡하지?" 아마 이렇게 나오지 않았을까? 이렇게 자기 감정을 표현할 때 '나'를 주어로 사용하는 방법을 I-Message라고 한다.

"너는 왜 늦게 오니" 하고 '너'를 주어로 쓰면 상대방은 방어 태세를 취하게 된다. 그러나 '내가 속상하다'고 '나'를 주어로 쓰면, 속상하다는데 상대방은 달래주어야 도리가 아니겠는가. 2등급 대화법으로 자기의 속상한 감정을 이야기하지 않고 그냥 상대방만 비방하면, 대화가 아니라 싸움으로 번져 문제도 해결 안 되고 서로 마음을 닫게 된다. 이렇게 되면 다시 안전대화인 4등급, 5등급 대화로 가는 것이다.

또다른 2등급 대화법에는 '공감적 경청'이 있다. 이상주의자 부인이 어느 날, 선물 받은 고급 핸드백을 관념주의자 남편에게 보여주었다. "이거 며느리한테 주면 어떨까?" 남편은 "좋은 생각이야!" 라고 했다. 그런데 부인이 기분이 좋지 않았다. 남편은 이해할 수 없었다. 알고 보니 부인이 이 순간 남편한테 듣고 싶은 이야기는 이랬다. "그렇게 좋은 핸드백은 당신이 쓰지 그래?" 남편이 그 마음을 몰라준 것이 서운했던 것이다. 그러나 어찌 알겠는가? 그 심오한 내면을.

사고형 남편은 부인과 다시는 그런 갈등을 겪지 않기 위해 그 사건의 내용을 암기했다. 어느 날 기회가 찾아왔다. "이 모자, 며느리 주면 어떨까?" 부인이 다시 물었다. 남편은 기다렸다는 듯이 "당신 쓰지 그래?" 했다. 그런데 이번에도 부인은 기분이 좋질 않았다. 남편은 정말 이해할 수가 없었다. 나중에야 이유를 알게 되었는데, 그 모자는 부인이 별로 좋아하지 않는 평범한 모자였던 것이다.

갈등을 일으키지 않으려고 노력해도 상대방의 마음을 이해하기란 이렇게 어렵다. 오히려 더 꼬이는 수가 있다. 그럴 때는 필요한 대화 기법이 '공감적 경청' 이다.

사고형 남편이 감정을 다루는 데 서툴다면 이 기법 한 가지만 사용해도 된다. 이것은 대화 기술을 익히는 것이다. 부인이 "이 가방 며느리 주면 어떨까?" 라고 물으면 대답을 해주는 것이 아니라 마음을 읽어줘야 한다. "당신은 이 가방을 며느리 주고 싶은 거로군" 이라고 하면 부인이 "내가 너무 좋아하는 가방인데 사실은 줄까 말까 생각 중이에요" 라고 좀 더 구체적으로 자신의 마음을 표현할 것이다. 그때 "당신이 그렇게 좋아하면 다시 잘 생각해보구려" 라고 하면 된다.

결국 결정은 부인이 하게 될 것이고 남편은 좋은 상담자 역할을 해준 셈이 된다. 아마 부인은 자기 마음을 읽어준 남편이 고마웠을 것이다. 이런 것을 공감적 경청이라고 한다. 그런데 이 공감적 경청을 하지 않고 묻는 대로 곧이곧대로 자기 생각만 대답하니 부인이 서운하다고 한 것이다.

이렇듯 내가 의도적으로 상처를 주지 않았어도 상대방은 상처받을 수 있다. 정말 나는 그럴 마음이 아니었는데, 아내가 나에게 상처받았다고 화를 낼 때가 있다. 기가 막힐 노릇이지만 상처를 받았다니 내가 준 것이 맞을 것이다. 어느 날 내 꿈에 아내가 다른 남자와 만나는 꿈을 꾸었다. 나는 화가 나서 아내에게 마구 뭐라고 한다. 아내로서는 기가 막히겠지만 화가 나는 것을 어떻게 하나.

그래서 감정에는 윤리가 없다고 한다. 감정은 좋았다 나빴다 할 수 있는 것이다. 내가 어느 순간 감정이 상하고 기분이 나빴다고 해서 내가 나쁜 사람인 것은 아니다. 어린 아이들은 감정을 잘 다스리지 못하고 그대로 표현하지만 대부분의 성숙한 사람은 감정을 잘 다스릴 줄 안다. 그러나 우리는 어렸을 때부터 나쁜 감정을 이야기하면 꾸중을 들어왔기 때문에 나쁜 감정을 갖는 자체를 죄라고 생각하기가 쉽다. 물론 나쁜 감정을 오랫동안 품는다든지 그것 때문에 어떤 잘못된 행동을 하는 것은 잘못이다.

막내 아이가 어느 날 누나에게 화가 나서 "누나 미워. 나쁜 누나야" 하고 말했을 때 엄마가 점잖게 "누나를 미워하면 나쁜 어린이지" 하고 타이른다면 그 순간 막내는 나쁜 아이가 되어 버린다. 누나를 미워하는 감정은 그 순간 어떤 이유 때문에 일어난 것이고, 그 마음은 조금 지나거나 감정이 풀리면 바뀔 수도 있기 때문이다. 마음 상한 아이를 잘못했다고 타이르면 감정이 풀리지 않는다. 상대방의 감정을 풀어주려면 상대방의 감정을 공감하면서 잘 들어주어야 한다. "그래, 네가 지금 누나 때문에 화가 났구나" 하면서 말이다. 사람은 자기의 상한 감정을 상대방이 들어주고 공감해 주면 마음이 쉽게 풀어진다.

어느 날 격무에 시달리고 상사에게 시달린 남편이 술 한 잔하고 집에 와서 아내에게 소리 지른다. "나 내일 회사 그만 둘래." 그 말을 들은 아내가 놀라서 대답한다. "아니, 당신 지금 제 정신이야? 저 애들은 어떻게 하고." 그럴 때 남편은 자기 마음은 아무도 알아주지 않는다고 생각하고 다시는 속마음을 얘기하지 않는다. 안전대화만 하는 것이다. 이럴 때 만일 아내가 "그래, 여보 너무 힘들지? 그만 둬. 그만한 회사 어디 없겠어? 안 되면 내가 포장마차라도 하지 뭐." 이렇게 공감적 경청을 하면 남편의 태도는 달라진다. 자기 마음을 이해해주는 아내가 있는데 몸이 부서지더라도 돈 벌어와야지.

고3 아들이 집에 와서 책가방을 던지면서 소리친다. "나 공부 때려 칠 거야!" 그럴 때 어떻게 반응할 것인가? "아니, 얘가 미쳤나? 이제 시험이 한 달 남았는데. 다 너 위해 공부하라고 하지 남 위해 공부하라고 하니?" 이런 대화로는 아들의 마음을 달래지 못한다. "그래, 공부하는 게 얼마나 힘드냐. 그만 둬. 그 대신 내가 상가에 가게 하나 얻어 줄게. 공부 많이 한 놈 치고 돈 많이 버는 놈 못 봤다." 이런 말을 들은 아이는 조금 있다가 주섬주섬 가방을 챙겨 밖으로 나간다. "야, 어디 가니?" 하고 묻자 "어딜 가긴 어디 가요. 학원에 가야지." 이런 것이 다 공감적 경청이다.

기운을 북돋워주고 싶을 때

상대방의 기운을 북돋워주고 싶을 때 첫 번째로 해야 할 일은 ' 그 사람의 기질에 맞는 환경을 조성해주는 것이다. 기본적으로 내향형은 쉬어야 기운이 나고, 외향형은 반대로 사람을 만나거나 돌아다녀야 기운이 난다. 판단형은 일이 완료돼야 힘이 나고, 인식형은 더 중요한 일을 만나면 힘이 난다. 감각형은 세세한 부분까지 안정돼야 힘이 나지만, 직관형은 큰 비전을 보면 힘이 난다. 사고형은 일을 해결할 때 힘이 나지만 감정형은 관계가 좋을 때 힘이 난다. 주변 환경이 자기 기질과 맞지 않을 때 우리는 스트레스를 받고 힘이 빠지게 되어 있다. 그러기에 우리는 상대방의 기질을 잘 이해하고 그 사람이 편하게 여기는 환경을 만들어줘야 한다.

때론 어쩔 수없이 힘든 환경에 둘러싸일 수도 있다. 하지만 어떠한 환경에서든 상대방의 기운을 북돋워줄 수 있는 것은 상대방에 대한 칭찬과 인정이다. 칭찬은 고래도 춤추게 하지 않는가? 인간은 누구나 칭찬을 듣고 싶어 하고 상대방에게 인정받고 싶어하지만, 앞에서 보았듯이 기질에 따라 서로 듣고 싶고 인정받고 싶은 내용이 조금씩 다르다. 그래서 상대방의 MBTI 기질을 잘 이해하고 그 사람에 맞게 칭찬해주는 것은 매우 중요하다.

⬤ 경험주의자이지만 사고형인 나는 성의 없는 칭찬을 듣고는 감동을 받지 못한다. 내가 생각해봐도 잘 한 일에 대해 칭찬해주는 것을 좋아한다. 그리고 내가 중요하게 생각하는 가치와 일을 인정해주고 가능성을 북돋워주면 힘이 난다. 전통주의자인 남편은 책임을 다한 일이나 아버지로서의 역할, 남편으로서의 역할에 대해 칭찬해주면 좋아한다. 또 자신이 완벽하게 일을 해낸 거라든지, 만족스럽게 의무수행을 한 것을 자랑스럽게 여긴다.

이상주의자들은 누군가 그들로 인해 동기부여가 되고 새사람이 되어 개과천선했을 때 보람을 느낀다. 그러므로 그들이 얼마나 좋은 영향을 끼쳤는지 말해주면 매우 흐뭇해한다. 누구하고도 잘 지내는 것, 자기 마음을 사람들이 알아주는 것, 그리고 한 마디의 따뜻한 격려가 이들의 기운을 북돋운다. 이들에게는 매끄러운 언변보다는 진실한 마음이 전해지면 된다. 적어도 상대방이 노력하는 마음이 보이면 위로를 얻는다. 관념주의자들은 이들이 생각해낸 기발한 아이디어나 자신의 관심 분야에 깊은 공감을 나타내며 공로를 칭찬하고 능력을 인정해줄 때 힘을 얻는다. 새로운 지식을 배우게 될 때도 기뻐한다. 또한 깨달은 부분이 탁월하다고 인정해주고 이들이 가진 꿈을 격려해주면 정말 좋아한다.

전통주의자인 B사장의 이야기다. 아들 둘을 미국 대학에 유학 보내고 아내와 함께 지내는 B사장은 아들들과 관계가 좋지 않았다. 크게 사이가 나쁜 것은 아니었지만, 정말 친밀한 관계는 아니었다. 『칭찬은 고래도 춤추게 한다』라는 책을 읽은 후 미국을 15일간 방문할 기회가 생긴 B사장은 최소한 그 기간만큼은 아들들을 칭찬해주기로 결심했다. 그러나 아들들과 함께 지내면서 아무리 눈을 씻고 찾아보아도 칭찬할 거리가 없더란다. 고민하다가 MBTI를 공부한 것이 생각나서 MBTI에서 배운 아들들의 기질의 장점을 외우고 장점이 보일 때마다 칭찬을 하기로 마음먹었다고 한다. 아들들의 행동을 잘 관찰하면서 그들의 장점만 나오면 그 즉시 칭찬하기를 15일. 놀랍게도 아들들과의 관계는 변하기 시작했다. 보름만 더 있으면 확실하게 친밀한 관계를 만들 수 있었을 텐데 하는 아쉬움을 남긴 채 B사장은 한국으로 돌아왔다. 그 후 계속 아들들과 인터넷으로 채팅할 때도 그들의 MBTI 기질을 써서 컴퓨터 앞에 붙여놓고 칭찬을 계속했다고 한다. 그렇게 1년 6개월을 지내고 보니 이제는 정말 아들들과 친밀한 관계가 된 것을 느낀다고 한다.

전통주의자인 나 역시 있는 사실 그 이상을 이야기하지 않는 사람이었다. 항상 내 기준과 관점에서 상대방을 평가하고 그 기준보다 높아야 칭찬해주는 습관이 든 사람이었다. 그러니 주변 사람들의 잘하는 점을 칭찬하는 것이 참 힘들었다. 그러나 칭찬은 상대방의 입장에서, 그리고 내 눈높이를 낮추어서 해야 한다. 내 기질에 맞추는 것이 아니라 상대방 기질에 맞추어야 한다. 나에게는 마음에 안 들고 설혹 나에게 스트레스를 주는 경우라 하더라도 상대방이 자기 기질에서 잘 한 것은 칭찬해주고 격려해주어야 한다.

결혼 생활에서 제일 힘들었던 부분 중 하나는 칭찬과 격려를 받지 못했던 것이었다. 어려서부터 늘 칭찬을 듣고 자라 여전히 칭찬을 들어야 힘이 나고 신나는 사람인데, 결혼하고 나니 남편은 칭찬보다는 지적을 많이 했다. 지금 와서 생각하면 남편 자신도 칭찬을 많이 받지 못하고 자라 칭찬할 줄 몰랐으며, 전통주의자적 기질인 남편은 칭찬보다는 비판을 잘 할 수밖에 없는 사람이었다. 게다가 남편의 기준이 워낙 높아서 웬만한 사람은 절대로 그 기준에 맞출 수가 없었다. 오죽하면 나를 불량품으로 취급했을 정도였을까?

그러던 요즘은 남편이 변했다. 열심히 학습해서 칭찬을 해준다. 그러나 뭐 경험주의자나 이상주의자들이 칭찬해주듯이 넉넉하게 해주지는 않는다. 여전히 전통주의자답게 칭찬에 인색하다. 어쩌다 칭찬 비슷하게 해도, 사람은 본능적으로 칭찬인지 비판인지 구별할 수 있다.

상대방을 칭찬해주고, 인정해주고, 기운을 북돋워주는 대화를 1등급 대화라고 한다. 힘들고 지칠 때 상대방으로 하여금 새로운 힘을 얻게 하고, 새로운 동기를 부여하고, 새로운 도전을 하게 하는 그 한 마디 말. 우리는 이런 말을 일상에서 사람들에게 자주 해야 한다. 힘들어하는 남편에게 "여보, 당신은 할 수 있어요. 지금까지 잘 해왔잖아" 하고 힘을 불어넣어주고, 공부에 지친 아들에게 "얘야, 힘들지? 하지만 이제 조금만 더 하면 된다. 너는 할 수 있어. 아빠가 옆에 있어 줄게" 하면서 짐을 함께 나누고 기운을 북돋워주는 말들. 이것은 우리가 배워보지 못한 가장 어려운 외국어이다. 이런 1등급 대화를 하기 위해서는 수년간 연습하고 훈련해야 할지도 모른다. 하지만 이런 말을 자유자재로 할 수 있게 되는 순간 우리는 가족을 포함하여 주변의 많은 사람들에게 영향력을 갖게 될 것이다.

내가 1등급 대화를 배우고 처음 한 일은 그 당시 유치원에 다니던 아들을 격려하는 일이었다. 나는 매일 이 아이를 꼭 껴안고 "아빠는 이 세상에서 해성이를 제일 사랑해"를 외우는 것이었다.

그리고는 꼭 물어보았다. "아빠가 왜 제일 사랑하는지 알아?" 당황한 아이는 답을 찾지 못하고 더듬는다. 그때마다 이렇게 답해주었다. "해성이는 아빠의 맏아들이잖아." 무엇을 잘해서가 아니라 아들이니까 조건없이 사랑한다는 것을 알게 해주고 싶었다. 아이가 나의 질문에 자신 있게 "응, 내가 아빠 맏아들이잖아" 하고 대답하는 데 한 달 정도 걸렸다. 우리는 너무나 조건적인 사랑에 길들여져 있는 것 같다.

셋째에게 제일 사랑한다고 말하면 옆에 있던 첫째가 묻는다. "그럼 나는?" 그러면 나는 다시 옆의 첫째를 껴안고 "아빠는 이 세상에서 승현이를 제일 사랑해"라고 했다. 옆의 둘째가 샘을 내면 둘째를 껴안고, 막내가 샘을 내면 막내를 껴안고 "아빠는 이 세상에서 너를 제일 사랑해"를 매일 외웠다. 그럼 누구를 제일 사랑하느냐고 묻기는 하지만 아이들은 불평하지 않았다. 오히려 가슴이 뿌듯한 듯 기분 좋아하는 것을 느꼈다.

그러길 6개월쯤 했을 때 누군가의 입을 통해 셋째에 대해 이런 말을 들었다. "도대체 이 아이는 왜 이렇게 자신감이 있어요?" 조건 없는 아빠의 사랑을 받는 아이들은 자신감이 있다. 자신감이 있는 아이는 무엇이든지 잘 할 수 있고, 그런 것이 쌓이면 나중에 자기가 원하는 것을 얻게 될 것이다. 내 주위에는 교회에 다니는 사람들이 많이 있는데, 교회에 다니면서 하나님이 자기를 사랑한다고 분명히 느끼는 사람들은, 그렇다고 생각하지 않는 사람들보다 자신감이 있다.

이 글을 쓰면서 나도 참 많이 반성한다. 모르고 잘 못하면 할 수 없지만, 다 알고도 잘 못하니 내 스스로도 한심하고 부끄럽기 짝이 없다. 조금 나아지기는 했지만 아직 너무도 부족한 면이 많다. 하지만 분명한 것은 과거에 비해 지금은 이 어려운 외국어를 쓰는 것이 많이 나아졌다는 것이다. 완전할 수는 없지만 점점 나아지는 모습. 이것이 성숙으로 가는 길이다.

한 미국인 부부를 만났는데, 그 부인이 모든 사람 앞에서 이렇게 이야기하는 것이었다. "나는 내 남편을 정말 사랑한다. 그래서 남편이 좋아하는 모닝커피를 맛있게 타주려고 아침에 일찍 일어난다. 그러나 내가 아침에 일어났을 때 남편은 나보다 더 일찍 일어나 나에게 준비한 커피를 가져다준다. 남편의 사랑에 감동하여 그 커피를 마시며 결심한다. 내일은 내가 먼저 일어나 남편에게 커피를 타줘야지. 다음날 아침 30분 더 일찍 일어나 커피를 준비하려고 일어나니 남편은 오늘도 더 일찍 미소를 지으며 나에게 커피를 가져다준다."

이 이야기를 들은 여자들조차도 세상에 이런 남편이 있을까 싶을 정도로 비현실적으로 들린다고 한다. 그리고 어떤 한국 남자들은 한심한 놈이라고 욕을 할 수도 있다. 그러나 나는 이 이야기를 들으면서 숨이 막히는 것 같았다. 도대체 이 부부와 우리 부부는 무엇이 다르기에, 한 부부는 이렇게 행복을 나누면서 사는데 우리는 지지고 볶으면서 사는 것일까? 그 부부나 우리 부부나 다 똑같은 하나님을 믿으면서 사는데 왜 우리 부부는 저런 행복을 맛보지 못하고 사는 것일까? 이 일 이후 나는 우리 가정도 행복한 가정으로 바꾸어보겠다는 결심을 하게 된 것 같다. 남편이 결심해야 가정이 변한다.

그 후 몇 해가 지나, 그 부부는 싱가포르에서 살게 되었다. 싱가포르로 출장 간 김에 나는 우리 직원과 함께 그 집에 놀러가서 저녁을 먹기로 했다. 얻어먹은 저녁은 스파게티와 빵 몇 조각이었지만, 저녁을 먹은 후 그 가족이 이야기를 나누는 모습을 보면서 나는 또 한 번 놀랄 수밖에 없었다. 아들이 무슨 이야기를 하면 아버지가 "야, 너 참 잘했다. 어떻게 그런 생각을 했니" 하고 올려주고, 또 아들이 받아서 아버지를 올려주고, 옆에서 아내가 거들고…. 하여간 주거니 받거니 하는 말이 다 상대방을 붕붕 띄워주는 격려와 칭찬 일색이었다. 그 집을 나서면서 같이 갔던 우리 직원이 나에게 물어보았다. "어떻게 저 사람들은 저렇게 지내요? 크리스천이어서 그래요?" 기독교인이 아니었던 그 직원의 눈에도 서로를 북돋워주는 그들의 대화는 감동적이었던가 보다. 교회 나가는 내가 참 민망해지는 순간이었다. 나는 그렇게 하지 못하는데….

한국 남자들은 남편이 아내에게 잘 해주면 사람들에게 놀림당하는 문화에서 자라왔다. 그런 내가 아내에게 사랑한다고 말한다는 것은 사실 너무나 어려운 일이었다. 그런 말을 하려고 하면 정말 온몸에 닭살이 돋곤 했다. 때론 아내의 모습이 아름답지 않을 때도 있다. 같이 늙어 가는데 항상 내 앞에서 예쁘게 하고 있을 수만은 없지 않은가. 옆에서 코를 드르렁 드르렁 골고 자는 아내의 모습을 보면서 "당신 참 아름다워, 나는 당신을 사랑해" 하고 이야기하기는 쉽지 않았다.

그러나 1등급 대화를 하기로 결심한 후 이것을 외울 수밖에 없었다. 이것은 혼자서 하기 정말 힘들다. 도움을 주고 함께 하는 친구가 필요하다. 다행히 내 주변에는 같은 마음을 가진 친구들이 있었고, 우리는 정말 아내에게 사랑을 고백하는지 서로 점검하기도 했다. 그렇게 아내에게 사랑을 고백하고 나니 아내를 사랑하는 마음이 점점 더 커지는 것을 느꼈다. 사랑하는 감정이 말보다 앞서가는 것이 아니라, 사랑의 말을 계속하다 보면 사랑의 감정이 따라가는 것 같다. 지금은 이 부분에서 외국어를 유창하게 사용하는 편이다. 어떤 때 아내는 내가 사랑한다고 하는 말이 거짓말 같다고 의심하기는 하지만 그래도 좋아한다.

아내가 미워보여도 예쁘다고 말해주고 사랑한다고 말해주는 것은 거짓말이 아니다. 아내가 만들어준 음식이 별로 맛없어도 맛있다고 해주는 것은 거짓말이 아니다. 그것은 성숙한 사람들만이 할 수 있는 사랑의 표현이다. 사랑은 감정이 아니라 의지이고 행동이라고 한다. 의지적으로 사랑하는 마음을 표현하는 것이다.

잘못된 것을 지적할 때

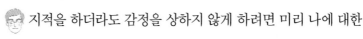 잘못을 지적당하는 것을 좋아하는 사람은 없다. 아무리 자기를 위해서 해주는 충고라고 이해하더라도 일단 기분은 좋지 않다. 자기가 잘못한 것이 맞아도 자꾸 들추어내고 지적해주면 신경질 난다. 그래서 상대방의 잘못을 지적한다는 것은 정말 어려운 일이다. 감정을 상하게 하지 말아야 하기 때문이다. 그런 면에서 잘못된 것을 지적하는 데 첫 번째로 중요한 요소는 감정을 상하지 않게 하는 것이다.

경험주의자들은 상대방의 잘못에 가장 관대하다. 그래서 그냥 넘어가 주는 경우가 많다. 그러나 지적을 해주지 않으면 상대방이 계속 잘못할까봐 걱정하는 전통주의자들은 상대방이 힘들어하는 줄을 뻔히 알면서도 신랄하게 지적을 한다. 물론 감정형보다는 사고형인 전통주의자(STJ)의 경우가 더 심하고 내향형보다는 외향형인 전통주의자 (ESTJ)가 더 심하다. 다른 사람의 감정에 무딘 관념주의자들 역시 상대방의 감정 변화를 잘 못 느끼고 하고 싶은 말을 다 하여 상처를 주기도 한다. 그러나 이상주의자들은 상대방의 감정에 매우 민감하고 갈등을 원치 않기 때문에 지적을 하지 않고 속으로 끙끙거리며 참는다.

지적을 하더라도 감정을 상하지 않게 하려면 미리 나에 대한 좋은 감정을 많이 갖게 만들어야 한다. 내가 잘못을 지적할 수 있을 정도의 친밀한 관계가 아니라면 먼저 친밀한 관계 회복에 더 힘을 쏟아야 하는 것이다. 지적이 효과적이려면 내가 그를 진심으로 사랑하기에 이런 지적을 한다는 것을 상대방이 알기까지 기다려야 한다. 나의 충고가 정말 도움이 된다는 것을 상대방이 신뢰하지 않으면 진정한 충고는 불가능하다.

상대방에게 잘못을 지적할 때 주의해야 할 두 번째 사항은 상대방의 기질에 따라 조심스럽게 하지 않으면 과민반응이 나온다는 것이다. 기본적으로 사고형은 지적도 잘하고 또한 지적을 당해도 잘 받아들인다. 객관적이고 논리적으로 보기 때문이다. 그러나 감정형은 그렇지 않다. 이들은 상대방의 잘못을 지적하는 것을 좋아하지도 않고 설사 자기가 잘못을 했더라도 지적을 받으면 관계를 의심하고 감정이 많이 상한다. 감정형에게 잘못을 지적하려면 먼저 10가지 칭찬을 하고 조심스럽게 이야기해야 한다.

상대방의 잘못을 지적할 때 역시 상대방의 잘못을 "네가 잘못 했잖아" 하고 직접 표현하기보다는 그 잘못으로 인해 나와 다른 사람이 힘들다는 I-Message를 사용하는 것이 현명한 방법일 것이다. 이 방법은 이미 앞에서 설명한 바 있다.

스스로 관대하다고 생각하는 경험주의자들은 기본적으로 잘못을 지적당하는 것을 싫어한다. 다른 사람들도 자기와 같이 관대하게 넘어가 주기를 원한다. 그러니 잘못을 하면 혼이 나야 한다고 생각하는 전통주의자들과 갈등이 많이 생긴다. 특히 일상에서 많은 실수를 하는 이들은 그때마다 참고 넘어가 주지 않는 전통주의자들에게 가장 많은 지적을 받게 되고, 그럴 때마다 그들의 관대하지 않고 쫀쫀한 행동에 상처를 받고 반발하게 된다. 우리 부부를 가장 많이 싸우게 한 갈등은 이 부분이었다. 칭찬과 인정받기를 무엇보다도 좋아하는 이상주의자 역시 지적을 좋아하지 않는다. 그래서 이들 역시 자기를 지적하는 사람들에게 감정이 상하고 심하면 도망가 버리고 만다.

관념주의자들은 자기의 잘못이 논리적으로 받아들여지면 즉시 인정한다. 이런 경우 감정의 상처는 별로 많지 않다. 그러나 논리적으로 수긍이 안 되면 절대로 승복하지 않는다. 권위와 힘에 눌려 일방적으로 혼나는 경우가 되어도 속으로는 절대로 승복하지 않는다. 전통주의자들 역시 상대방의 지적을 잘 인정하고 순종하는 편이다. 물론 감정형일 경우 상처는 더 크겠지만.

잘못을 지적할 때 상대방이 가장 아파하는 부분, 예를 들어 가족 문제나 학교 성적 같이 열등감이나 자존심을 건드릴 만한 이야기들은 피하는 것이 좋을 듯하다. 그러나 앞에서도 이야기 했듯이 우리는 부부싸움을 할 때 서로가 너무 미워져서 어떻게 하면 치명적인 한 마디를 해서 쓰러뜨릴까를 궁리한다. 그래서 상대방이 가장 듣기 싫어하는 약점을 끄집어내 펀치를 날린다. 그러면 막상막

하의 위력을 가진 펀치가 되돌아온다. 결과는 피차 피투성이가 된 채 헐떡거리는 것이다.

각 기질들이 힘들어하는 아킬레스건은 다음과 같을 것이다. 경험주의자들은 효율적으로 일처리를 못했다는 지적을, 전통주의들은 책임감이 없다는 지적을, 관념주의자들은 일을 탁월하게 제대로 해내지 못했다는 지적을, 이상주의자들은 남다를 것 없이 평범하다고 지적하는 것을 견디지 못한다.

세 번째는 상대방이 잘못해서 일어난 일과 자기 기질의 한계 때문에 일어난 일을 구분해야 한다는 것이다. 앞에서도 언급했지만 한계 때문에 일어난 일은 그 사람 잘못이 아니다. 엄밀히 말하면 그것은 일을 시킨 사람의 잘못이다. 그래서 일을 시키거나 같이 할 때 상대방의 기질을 이해해야 하고 그 사람의 장점과 한계를 이해해야 한다.

그렇다고 자기의 한계이니까 어쩔 수 없이 늘 못해도 된다는 것은 아니다. 우리는 누구나 자신의 기질을 잘 알고 자기의 한계가 무엇인지 알고 있어야 한다. 자기가 잘 못하면 잘하는 다른 사람을 찾아 함께하자고 부탁해야 한다. 또한 자기의 한계도 계속 노력하면 조금씩 넘어설 수 있다. 그래서 훈련이 필요하다. 항상 "나는 원래 이것이 한계니까"라고 말하는 사람은 성숙한 사람이라고 할 수 없다.

시간을 잘 못 지키는 인식형이 계속적으로 늦는 것은 이해는 해줄 수 있는 일이지만, 그는 결코 성숙한 사람은 아니다. 새로운 사람을 만나는 것이 힘든 내향형이 언제까지나 사람 만나는 것을 기피하는 것도 이해해 줄 수는 있지만 성숙한 모습은 아니다. 우리는 계속 성장해야 하고 성숙해져야 한다. 그러기 위해 훈련이 필요하고, 훈련을 하기 위해서는 오랜 시간과 인내가 필요하다.

서로에게 잘못을 지적할 수 있는 관계가 아니라면 그것은 사랑하는 관계는 아니다. 서로 사랑하지 않는 사람, 별로 중요하지 않은 사람에게는 잘못을 지적하지 않는다. 괜히 사서 고생하고는 사이까지 나빠질 이유가 전혀 없기 때문이다. 부모가 자식의 잘못을 지적하지 않으면 자식을 사랑하는 부모가 아니듯, 나와 관계된 사람의 잘못을 지적하지 않으면 사랑이 없는 것이다. 결국 모든 지적은 사랑과 관심이 바탕이 되어 있다. 물론 방법을 잘 몰라서 그럴 수도 있고, 자기 방식대로 끌고 가려고 고집하기 때문에 상대방에게 상처를 주는 경우가 많다. 그렇지만 잘못을 지적당하는 사람이 상대방의 이런 마음을 조금 헤아려 주면 감정이 그렇게까지는 상하지 않고 갈등도 조금은 줄어들 것이다.

친구 사이도 마찬가지이다. 잘못을 지적하지 않고 넘어가는 친구는 진정한 친구가 아니다. 지난 수년간 아주 가깝게 지냈던 몇몇의 친구가 있었다. 우리는 서로의 실수와 잘못을 참으로 많이도 지적하며 지냈다. 사업에서도 잘못하는 것이 있으면 어김없이 잘못을 지적했다. 부부 사이에 남편으로서 잘못한 것을 지적받을 때는 그래도 좀 낫다. 사장으로서 사업을 잘 못한다고 지적받을 때 그 쓰라린 감정은 당해보지 않은 사람은 모를 것이다. 그러나 그런 지적이 오늘의 나를 만들었다고 생각한다. 철이 철을 날카롭게 하듯이 좋은 친구나 좋은 팀은 서로에게 할 말을 다 할 수 있어야 한다. 그러나 이것은 쉽지 않다. 가족이나 팀이 먼저 하나가 되어 서로를 이해하고 사랑하는 관계가 되기 전에는 이루어지지 않는다.

새로운 일을 위해 팀이 구성되면 우리는 급한 마음에 팀 구성원끼리 서로 잘 알지도 못한 채 일을 시작하곤 한다. 처음에는 아무 문제없이 잘 진행되지만 시간이 지나면 갈등이 생기게 마련이다. 다른 생각을 거리낌없이 이야기해야 하는데 서로 눈치를 보느라고 말을 못한다. 상대방 감정이 상할까봐 잘못하는 것을 알고도 이야기하지 못했다가, 나중에 뒤늦게 수습하느라 시간을 보내기도 한다. 그 팀은 점점 더 팀원 간의 갈등을 해소하는 일에 더 많은 에너지를 써야 하기 때문에 효율이 점점 떨어지게 된다.

하지만 일을 천천히 시작하더라도 MBTI를 통해 서로의 기질을 이해하고 팀원끼리 친밀한 관계를 만든 팀은 조그만 갈등 정도는 서로 덮어주면서 넘어갈 수 있다. 서로의 잘못을 지적해도 크게 얼굴을 붉히거나 갈등하지 않는다. 왜냐하면 서로 근본적으로 다르다는 것과 서로를 사랑하고 위하는 한 팀이라는 생각을 갖고 있기 때문이다. 이렇게 팀 빌딩이 된 팀은 처음에는 느린 것 같으나 나중에 보면 훨씬 더 생산적이 된다.

 우리는 그동안 MBTI를 통해 나를 이해했다. 그리고 다른 사람들도 이해하게 되었다. 다른 사람들과 사랑하며 지내기 위해서는 먼저 자기 자신을 자기 기질 안에서 성숙한 모습으로 변화시켜야 한다. 우리가 바꿀 수 있는 유일한 사람은 나밖에 없기 때문이다. 내가 변하면 내 주변이 변한다. 관계가 회복되고 사랑이 회복되는 것이다. 무엇보다 가정이 행복하게 바뀌게 되고, 부부관계가 날마다 더 행복해진다.

진정으로 행복한 부부 사이가 어떤 것인지는 경험해보지 않은 사람은 알 수 없다. 정말 말로는 설명이 잘 안되는 부분이다. 행복이 넘치는 가정에서 남편과 아내는 더욱 힘을 얻게 되어 직장이나 사회에서 맡은 일을 더 잘 할 수 있게 된다. 또한 그 가정의 아이들은 자신감과 행복감으로 무엇을 해도 남들보다 뛰어나게 될 것이다. 주변의 사람들이 점점 더 나를 좋아하게 되므로 나는 점점 더 영향력이 있는 사람이 될 것이며, 그 결과 더 많은 일을 성취할 수 있게 될 것이다.

나와 나의 가정의 모습을 보고 주변 사람들이 영향을 받게 될 것이며, 이를 통해 다른 사람을 행복하게 만들어주는 기쁨을 맛보게 될 것이다. 이런 것들이 우리가 MBTI를 통해 사람들을 잘 이해하고 날마다 이를 가정과 직장의 삶에 적용할 때 얻을 수 있는 열매들이다.

우리도 결혼 25주년이 되어간다. 벌써 남편의 친구들 중엔 자녀를 결혼시키는 부부들이 생겼다. 행복에 겨워 보이는 신랑 신부를 보면서 사람들이 부러운 듯 말한다. "어머, 너무 좋겠다." "얼마나 좋으세요? 신혼인데…." "나도 신혼으로 돌아갔으면…."

옆에서 이런 이야기를 들으며 생각한다. 만약 누가 나에게 신혼시절로 돌아가고 싶지 않느냐고 물으면 "전혀!" 라고 말할 것이라고. 내가 기억하는 신혼시절이란 좋았던 것보다는 괴로웠던 기억들이 더 많았다. 25년을 돌려줄 테니 다시 선택 할 수 있는 젊음을 가지라고 해도 미련 없이 거절할 것이다. 왜냐하면 우리는 현재가 예전보다 훨씬 행복하기 때문이다.

젊고 핸섬했어도 성숙하지 못해 자기주장만 내세우던 남편보다는 머리가 반백이 되고 얼굴에 깊은 주름살이 패이긴 했지만 자신을 변화시켜 성숙해가고 지혜로워지는 남편이 훨씬 존경스럽다. 예전엔 하루 종일 같이 있어도 남편이 무슨 생각을 하는지 몰랐는데 지금은 떨어져 있어도 그 마음이 헤아려진다. 어쩔 땐 같은 생각을 동시에 하고 있는 것을 알고 깜짝 놀랄 때도 있다. 예전의 남편답지 않게 소탈한 행동을 하는 걸 보고 휘둥그레진 내게 남편은 말한다. "나 이제부터 인식형 할래!" 하긴 왕인식형인 나도 이번 원고 쓰는 내내 마감시간을 지켜야한다며 판단형처럼 남편을 들볶아댔다.

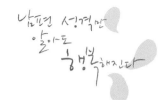

(주)어세스타 대표이사 김명준

MBTI는 일상생활에서 일어나는 크고 작은 갈등이 서로 미워하고 싫어해서가 아니라 각 개인이 고유하게 가진 성격유형 때문임을 알게 해준다. 그래서 '저 사람은 나와 맞질 않아', '도대체 왜 저럴까' 싶은 것들이 실은 나도 상대방도 몰랐던 기질, 성격유형 때문이었음을 보게 하는 유용한 틀을 제공한다. 이 땅에 MBTI가 인간 이해의 유용한 도구가 되는 데는 많은 사람들의 인간애(人間愛)와 사람을 돕고자 하는 열정이 바탕이 되었다.

이번에 『남편성격만 알아도 행복해 진다』를 쓰신 이백용 · 송지혜 부부 또한 심리학자는 아니지만, 부부들이 일상 생활 속에서 겪게 되는 오해와 갈등을 MBTI를 통하여 바라볼 수 있게 함으로써 부부간에 불필요한 오해와 갈등을 해소시키는 데 큰 도움을 주고 있다. 사람에 대한 사랑하는 마음과 열정이 바탕이 되어 이러한 작업을 해 나가셨으리라 믿으며, MBTI를 부부들이 경험하는 실제적인 삶에 적용시켜 풀어 나가는 모습이 인상적이었다. 특히 자신들의 아픔을 공개하는 용기를 통해 많은 사람들의 갈등이 줄어들고 이로 인해 주변에 좋은 영향을 미치도록 노력한 것, 이것이 사랑의 실천이라는 생각이 든다. 부디 MBTI를 통해 서로의 성격에 대한 이해가 높아져 더 행복한 세상이 되었으면 좋겠다.

♥ (주)어세스타는 국내 MBTI 출판권 및 상표권자입니다

MBTI 자기 유형 추측 체크리스트

본 자료는 MBTI 성격유형에 대한 이해를 돕기 위해 간단하게 구성된 체크리스트입니다. 본 체크리스트는 자신의 성격유형을 추측하기 위한 자료일 뿐이므로, 자신의 정확한 성격유형을 알고자 하시는 분은 MBTI 전문교육을 받으신 전문가에 의해 MBTI 검사를 받고, 이에 대한 해석을 받으시기 바랍니다.

MBTI 자기 유형 추측 체크리스트

아래의 내용들에 대해 자신이 좀 더 편안하게 느끼고, 자신에게 해당된다고 생각하시는 내용들을 체크하시기 바랍니다. 더 많이 체크된 쪽이 자신의 선호 경향일 확률이 높습니다.

외향형 (E)		내향형 (I)	
바깥에서 활동해야 신난다.	☐	혼자 조용히 생각하는 것이 편하다.	☐
폭넓은 인간관계를 맺고 있다.	☐	소수와 깊은 인간관계를 맺는다.	☐
의사 전달할 때 말로 하는 것이 편하다.	☐	의사 전달할 때 글로 표현하는 것이 편하다.	☐
사람을 처음 만났을 때 쉽게 잘 사귄다.	☐	사람을 처음 만났을 때 조용하고 신중한 편이다.	☐
행동을 먼저하고 생각하는 편이다.	☐	생각한 다음에 행동하는 편이다.	☐
감각형 (S)		**직관형 (N)**	
보고 듣고 느낄 수 있는 정보를 더 쉽게 받아들인다.	☐	통찰 또는 육감에 의존한다.	☐
지금, 여기에 주목하는 경향이 있다.	☐	미래의 가능성을 더 중요하게 여기는 경향이 있다.	☐
실제로 경험하는 것을 중요하게 여긴다.	☐	아이디어를 풍부하게 제안하는 것을 중요하게 여긴다.	☐
사실적이고 구체적인 것을 선호한다.	☐	의미있고 영감을 주는 것을 선호한다.	☐
관례를 잘 따르고 보수적인 경향이 있다.	☐	새로운 것을 시도하는 경향이 있다.	☐

사고형 (T)		감정형 (F)	
진실과 사실을 중요하게 여긴다.	☐	사람과의 관계에 초점을 맞춘다.	☐
원리와 원칙에 입각하여 판단하는 경향이 있다.	☐	의미와 영향을 중요하게 여기며 판단하는 경향이 있다.	☐
논리적으로 분석하는 것을 선호한다.	☐	공감하고 받아들이는 것을 선호한다.	☐
	☐	좋다, 나쁘다는 판단을 선호한다.	☐
옳다, 틀리다는 판단을 선호한다.	☐	나에게 주는 의미를 중요하게 여긴다.	☐
규범과 기준을 중요하게 여긴다.			

판단형 (J)		인식형 (P)	
체계적이고 논리적이다.	☐	자율적이고 자발적이다.	☐
정리 정돈과 계획적인 것을 선호한다.	☐	상황에 따라 변화시키는 것을 선호한다.	☐
계획한 대로 의지를 갖고 추진한다.	☐	변화에 대해 이해하고 수용한다.	☐
목표 의식이 분명하다.	☐	목표와 방향은 상황에 따라 유동적이라고 생각한다.	☐
빠르게 결정하고 마무리 지으려고 한다.	☐	최종 결정을 미루며 다양한 가능성을 찾는다.	☐

♥ 이 체크리스트는 한국MBTI연구소와의 협의에 의해 게재함

| 참고 문헌 |

- Mike & Linda Lanphere, 강의 교재 *In His Image : Understanding Your Personality*, Oaks of Righteousness Ministry.

- David Keirsey & Marilyn Bates, *Please Understand Me I: Character and Temperament Types*, Prometheus Nemesis Book Company,1984

- Otto Krieger & Janet M. Thuesen, *Type talk: The 16 Personality Types That Determine How We Live, Love, and Work*, Dell, 1989

- Paul D. Tieger & Barbara Barron-Tieger, *Do What you are: Discover the perfect Career for You Through the Secret of Personality Type*, Little, Brown and Company, 1992,1995

- Paul D. Tieger & Barbara Barron-Tieger & E. Michael Ellovich, *Nurture by Nature: How to Raise Happy, Healthy, Responsible Children Through the Insights of Personality Type*, Little, Brown and Company, 1997

- David Keirsey, *Please Understand Me II: Temperament, Character, Intelligence*, Prometheus Nemesis Book Company, 1998

- Paul D. Tieger & Barbara Barron-Tieger, *Just Your Type: Create the Relationship You've Always Wanted Using the Secrets of Personality Type*, Little, Brown and Company, 2000

- 김정택 · 심혜숙, 『MBTI 질문과 응답』 ((주)어세스타, 1995)

- Sandra Krebs Hirsh & Jean M. Kummerow, 『기업 조직에서의 MBTI 활용 입문』 ((주)어세스타, 1997)

- S.Hirsh & J.Kummerow, 『성격유형과 삶의 양식』 ((주)어세스타, 1997)

- Janet Penley & Stephens, 『성격유형과 자녀양육태도』 ((주)어세스타, 1998)

- Gordon Lawrence, 『성격유형과 학습스타일』 ((주)어세스타, 2000)

- Isabel Briggs Myers & Peter B. Myers, 『서로 다른 천부적 재능들』 ((주)어세스타, 2002)

이 책으로 인해 당신과 배우자를 비롯,
주변의 모든 인간관계가 행복해지길 바랍니다.

행복한 성공자를 위한 출판-

비전과리더십